HAJO HEIDER

Schweres Wasser

STRAHLENDE GESCHÄFTE Sylvia Schliemann wird während ihrer Promotionsarbeit in einen Fall von Technologieschmuggel hineingezogen. Sie eilt ihrer Schwester, Bianka Rotbeck, zu Hilfe, die nur knapp einem Mordanschlag entkam, weil sie ihren Arbeitgeber beim LKA Stuttgart melden wollte. Zwei leitende Angestellte der WASAN AG wollen den Iran mit Kühlmittelpumpen für einen Schwerwasserreaktor beliefern. Die Iraner benötigen diese Pumpen dringend, um ihr Atomprogramm weiter voranzutreiben.

Für Nuklearverbrechen ist das LKA, in der Person von Kriminaloberkommissar Bramert, zuständig. Sylvia mischt sich in den Fall ein, indem sie bei der WASAN AG ein Praktikum absolviert – und sich damit in Todesgefahr begibt. Aber Bramert benötigt ihre Mitarbeit, um unauffällig an die Drahtzieher zu gelangen. Zusammen heften sie sich an die Fersen der Schmuggler …

Hajo Heider studierte Maschinenbau und BWL. Seine Arbeit als Verkaufsingenieur für Pumpen und Pumpanlagen führte ihn vorwiegend in den arabischen Raum. Unter anderem arbeitete er am Great-Man-Made-River-Projekt in der Wüste Libyens mit.

Nach »Wüstenwasser« ist »Schweres Wasser« sein zweiter Krimi im Gmeiner-Verlag.

Bisherige Veröffentlichungen im Gmeiner-Verlag:
Wüstenwasser (2013 E-Book-only)

HAJO HEIDER

Schweres Wasser

Kriminalroman

GMEINER SPANNUNG

Dieses Buch wurde vermittelt durch die
Literaturagentur Bienia

Personen und Handlung sind frei erfunden.
Ähnlichkeiten mit lebenden oder toten Personen
sind rein zufällig und nicht beabsichtigt.

Besuchen Sie uns im Internet:
www.gmeiner-verlag.de

Im Ehnried 5, 88605 Meßkirch
Telefon 07575/2095-0
info@gmeiner-verlag.de

1. Auflage 2015

Lektorat: Sven Lang
Herstellung: Mirjam Hecht
Umschlaggestaltung: U.O.R.G. Lutz Eberle, Stuttgart
unter Verwendung eines Fotos von: © dioxin / photocase.de
Druck: GGP Media GmbH, Pößneck
Printed in Germany
ISBN 978-3-8392-1672-9

Der folgende Bericht beschreibt unseren gemeinsamen Fall beim LKA. Ich bedanke mich hiermit bei meinem Ausbilder, Mentor und meiner heimlichen Liebe.

Tanja Zainer

EIN ANRUF BEIM LKA

Wie eine Tuschezeichnung stach das schwarze Schulterhalfter vom hellblauen Hemd ab. Im Fenster reflektierte sein blondes Haar, die dreifarbige Krawatte hing locker am geöffneten Kragen. Kriminaloberkommissar Bramert wartete auf das Schneechaos. Mitte November war zu früh, aber die Warnungen im Fernsehen steigerten sich.

Um 23 Uhr schaukelten Flocken herab. Der Himmel stülpte sich dunkelgrau über die Stadt. Tief unten lag der erstarrte Kinderspielplatz. Bramert sperrte die Pistole in den kleinen Stahlschrank und stellte sich mit schwarzen Retropants auf die Waage.

»93«, sagte er und klang zufrieden.

Anschließend ging er ins Bad, wo er die letzten Handgriffe erledigte. Zum Zähneputzen musste er vor dem Spiegel die Knie beugen, weil andernfalls sein Mund auf Höhe der Leuchte war, sodass er, anstelle seiner Zähne, seinen Bauchnabel betrachten konnte. Einiges an dieser Wohnung wäre für einen Mann seiner Statur verbesserungswürdig. Sein Bett, ehemals das Ehebett seiner Eltern, hatte normale Länge. Bramert war 1,96 Meter groß. Er war ein Baucheinschläfer, der bei jedem Lagewechsel aufwachte, weil er die Beine und die Füße strecken musste und gleichzeitig gegen das Fuß- und Kopfende stieß. Bramert stellte den Wecker auf eine Zeit, die dieser nur widerwillig akzeptierte.

Um Mitternacht stocherte ein Schlüssel an der Wohnungstür. Das Nachbarhaus, ein siebenstöckiger Koloss, versteckte sich hinter einem weißen Vorhang, der im leichten Wind tänzelte. Seine Schwester huschte auf Zehenspitzen ins Bad. Er schlief sofort ein.

Kurz nach sechs Uhr trat er aus dem Haus. Auf dem Gehweg drückte er die erste Spur in den mehligen Staub. Kindlicher Übermut brach durch. Er stapfte, dass seine Schuhe einen Abdruck der Größe 55 hinterließen – welche Körpergröße würde er bei einer Tatortanalyse aus dieser Fährte ableiten? Hinter dem Schwenktor der Tiefgarage stand ein großer Sandcontainer mit einer kleinen Schaufel. Er schleuderte drei Schaufeln Sand, mit weit ausholendem Schwung, auf die Steigung der Ausfahrt. Die Nebenstraße lag wie eine Brautschleppe, längs einer Ehrengarde schwarzer Mülltonnen mit weißen Mützen.

Den jungen Belag der Hauptstraße zerschnitten ein paar Reifenspuren. Die Wischerblätter schaufelten Schnee. Auf der Zollbergsteige vibrierte sein Handy, er stieß eine Verwünschung aus, denn die Rufumschaltung funktionierte überall wunderbar, nur nicht hier. Das Anhalten an der Steigung war gefährlich, er fuhr langsam und aktivierte die Freisprecheinrichtung.

»Bramert, LKA, ich höre.«

»Bia…« Das Wort knackte und zerbrach. Nach dem Aussetzer konnte er das Wort »Verbrechen« ausmachen, dann unterbrach ein tiefes, großes Funkloch die Verbindung endgültig.

Halb sieben Uhr war bei dieser Witterung eine geniale Zeit für die Fahrt zur Arbeit. Sein Kreislauf rebellierte wie gewöhnlich, weil er ohne Frühstück losgefahren war. Auf der B 10 überließ er sich dem Tempomaten und fantasierte von einer heißen Tasse Kaffee, deren Aroma aus einer Winterlandschaft hochdampfte. Als er von der B 14 abbog, zischte eine Straßenbahn wie ein gelber Blitz an seiner Motorhaube vorbei. Die Taubenheimstraße war links nahtlos zugeparkt.

Wie jedes Jahr würde der erbitterte Kampf zwischen Schneepflug und Schneeschaufel folgen. Die Schneemassen auf den Straßen wurden mit Motorkraft auf die Gehwege bis zu den unteren Fenstern geschleudert und eine Stunde später in kräftezehrender Handarbeit zurückbefördert. Der Fahrstreifen verengte sich danach täglich.

Die Wendelfahrt zum Parkdeck war mit Sommerbereifung eine Herausforderung, aber das Glück war ihm hold. In der Auffahrt setzte sich der Schneepflug in Bewegung, der an jedem Neuschneetag das obere Parkdeck freiräumte und unterwegs Sand streute. Bramert folgte dem gemächlichen Fahrzeug und parkte auf dem mittleren Deck. Er notierte das Wort ›Reifenwechsel‹ auf den Notizblock, der am Armaturenbrett klebte.

Auf dem Weg zu seinem Schreibtisch ließ er einen Kaffeebecher aus dem Automaten. Da er kein Freund des Münzkastens war, nannte er das heiße Getränk verächtlich »schwarze Brühe«, aber er brauchte sein Morgenkoffein. Die Kaffeemaschine hinter Tanjas Schreibtisch war ausgeschaltet. Oft stand ein kalter Rest in der Glaskanne, einmal hatte er davon gekostet und sich danach fünf Minuten geschüttelt. Schlimmer war nur die bituminöse Masse, die entstand, wenn die Wärmeplatte bis zum Morgen durchheizte. Meist zog der Nachtdienst den Stecker. – »Bitte die Kaffeemaschine abends ausschalten!«

Das Telefon auf seinem Schreibtisch schellte. Einen Herzschlag später vibrierte das Handy in seiner Sakkotasche. Bramert stellte den heißen Becher auf den nächsten Schreibtisch und rannte die paar Schritte. Bevor er nach dem Hörer griff, schaltete er die Gesprächsaufzeichnung ein.

»Kriminaloberkommissar Bramert, LKA Stuttgart.«

Zweifellos dieselbe Stimme – diesmal atemlos: »Ich habe den Verdacht, dass in meiner Firma ein Verbrechen geplant wird.«

»Sagen Sie bitte Ihren Namen und um welche Firma es sich handelt.«

»Ich kann nicht offen sprechen.«

»Meinen Sie, dass die Angelegenheit unsere Zuständigkeit betrifft? Wir wären zum Beispiel im Bereich der Nuklearkriminalität …«

»Darum handelt es sich.«

Beim Versuch, der Stimme alle Untertöne abzulauschen, hörte er Furcht und etwas wie naive Ehrlichkeit heraus. Er zwang sich, die Botschaft zu erfassen. »Wie kommen Sie zu diesem Verdacht?«

»Weil ich Arabisch kann.«

Bramert spürte die zunehmende Nervosität – Angst verkürzte die Stimmbänder. Bramert fürchtete den Abbruch des Gesprächs. »Können wir uns treffen?«

»Donnerstag, Mannheim, 20 Uhr, Kronenbourg am Wasserturm«, kam kaum verständlich.

»Wie erkenne ich Sie?« War die Stimme bisher klar zu hören, erkannte er jetzt Nebengeräusche.

»Ich muss Sch…«

Bramert erstellte eine Gesprächsnotiz und speicherte die Aufzeichnung auf seiner Festplatte. Danach trat er ans Bürofenster. Beim Blick in seine innere Ferne konnte er besonders gut nachdenken. Er öffnete das Fenster. Auf den Ästen der kahlen Bäume lagen Schneepolster. Die Taubenheimstraße verbarg sich halb hinter gepuderten Bäumen – bunte Autos glitten vorbei und zerdrückten den quakenden Neuschnee. Windstöße wirbelten durchs Geäst und warfen Schneefladen zu Boden. Er schloss das Fenster, als die Kälte seine Nasenlöcher schmerzte. Das arbeitsame Kratzgeräusch des Druckers endete, er ging hinüber und entnahm die Notiz für Tanja.

20 Minuten später erschien sie vor der Glastür, vom Kopf bis zu den Schultern eingeschneit. Mit heftigem Kopfschütteln wirbelte sie Schnee von ihrem haselnussfarbenen Bubikopf, dann klopfte sie ihre Winterjacke aus und betrat schimpfend das Büro. Auch sie war auf das Schneechaos vorbereitet, aber die Mischstrategie aus Straßenbahn und Fußmarsch nannte sie »einen Kalten«, was in diesem Fall ein passender Ausdruck war. Sie wirkte abgekämpft.

Tanja stellte die Handtasche neben ihren Schreibtisch und keuchte: »Kaffee?« Sie wirkte, als sei sie durch den Schnee gehetzt worden.

»Setz dich zuerst. Ich habe einen Anruf erhalten.«

»Geduld!« Tanja ging gemächlich zur Kaffeemaschine und startete sie. Genauso gemächlich kam sie herüber und stellte sich neben Bramert.

Er schaute hoch und fixierte sie. »Wie hättest du reagiert, wenn ich nach Kaffee geschmachtet hätte?«

Sie betrachtete ihn herablassend. »Ich hätte mit ›Macho!‹ gekontert.«

Morgens hörte Bramert eindeutig Tanjas fränkische Herkunft. Da waren alle harten Laute butterweich und die R-Laute rollten wie Güterzüge.

»Was mich gezwungen hätte, dich des Mobbings zu bezichtigen«, erwiderte er scharf. Bevor sie herzhaft lachten, schauten sich beide im leeren Büro um.

Er startete die Aufzeichnung, Tanja lauschte.

»Lass nochmal laufen«, bat sie und setzte den Kopfhörer auf. »Die Übertragungsqualität ist gut. Wahrscheinlich Festnetz. Entweder ein offenes Fenster …«

Bramert unterbrach sie mit dem Hinweis: »Wir haben Winter.«

Tanja, unbeirrt: »… oder ein nach allen Seiten öffentliches Telefon – so ein grauer Starenkasten.« Sie schloss die Augen. »Schritte in einem Flur – eindeutig ein Flur«, deutete sie die Hintergrundgeräusche.

»Du brauchst dir keine weiteren Gedanken machen, es ist ein Handy«, sagte Bramert. »Ich habe die Nummer.« Er schob ihr einen leeren Zettel hin.

Sie lachte kurz.

»Glaubst du der Stimme?«, wollte Bramert wissen.

»Die Beklemmung ist echt – sofern keine deiner Schauspielerinnen angerufen hat.«

»Ich kenne keine Schauspielerin«, antwortete Bramert schnell, um jedem Geplänkel zuvorzukommen. »Übrigens hat sich die Stimme bereits während der Herfahrt gemeldet, was für die Echtheit der Botschaft spricht. Das Gespräch ist in einem Funkloch abgebrochen.«

Er spielte die zwei Gesprächsbrocken ab und kopierte sie auf die Festplatte.

»Bia könnte eine Art Vorsilbe sein, wie bei Biathlet.« Er hob resignierend die Schultern. »Hast du Lust, mit nach Mannheim zu fahren?«

»Wenn ich dabei noch etwas lernen kann.«

»Du schaffst die Prüfung auch ohne Exkurs nach

Mannheim – trotzdem …« Er machte eine längere Pause. »… hätte ich jetzt gern einen Kaffee.«

Tanja knurrte »Macho« und floh, als sich Bramert ruckartig aus seinem Bürostuhl erhob. Er folgte ihr mit langen Schritten, sie bog zur Maschine ab und er eilte weiter zu Siebers Schreibtisch, zu dem herrenlosen Becher. Er nahm ihn, bevor Sieber durch die Glastür trat, machte einen Umweg zu den Toiletten, wo er das schale Getränk im Waschbecken entsorgte.

Tanja rührte ein braunes Zuckerstück in Bramerts blaue Tasse mit dem gelben B und goss Milch nach – sie teilten sich eine winzige Milchbox. Dann saßen sie sich gegenüber und leerten wortlos die erste Morgentasse. In seiner Schreibtischschublade fand er eine angebrochene Keksschachtel, deren Restinhalt er mit Tanja verzehrte.

»Wie gehen wir vor?«, fragte sie.

»Mach einen Vorschlag.«

»Ich schlage vor, dass wir den Anruf ernst nehmen, also machst du den Bericht und ich suche den Weg zu dem Lokal, lasse den Anruf überprüfen und bringe die Tonaufzeichnung zur KTU. Vielleicht muss später eine Analyse erstellt werden.«

Bramert stimmte zu, überlegte weiter und gab ihr ohne viel Überzeugung den Rat: »Recherchiere, ob in Mannheim ein Nuklearbetrieb ansässig ist.« Er spann den Gedanken weiter und klang etwas zuversichtlicher. »Könnte auch im medizinischen Bereich sein. – Uni oder so.«

PANIK

Ein kalter Windstoß wehte das blonde Haar über ihr Gesicht, als sie das Fenster öffnete. Der Anruf brach ab. Die junge Frau strich mit ihren langen Fingern die flatternden Strähnen hinter die Ohren. Sie setzte sich an ihren Schreibtisch und las den Zettel, der darauf lag. Der Zeigefinger folgte den Zeilen von rechts nach links.

Eine halbe Stunde später wählte sie die Nummer erneut. Diesmal sprach sie über eine stabile Verbindung mit dem Mann, dessen Stimme sie wiedererkannte. Sie notierte seinen Namen und schob den Zettel mit der Telefonnummer in ihre Handtasche.

Schritte näherten sich im Flur. Sie klappte hastig ihr Handy zusammen, dass es wie eine Kastagnette klackte. Das Gespräch war abgeschnitten. Die junge Frau legte die linke Hand auf das Handy und schaute durch halb gesenkte Wimpern zur Tür, die sich geräuschlos öffnete. Doktor Schneemüller stand dort, schaute auf seine Armbanduhr, wobei er ungläubig aber wohlwollend den Kopf schüttelte. Der enge Türrahmen machte ihn kleiner und massiger, als er eigentlich war, 90 Kilo auf eine Länge von 1,74 Metern verteilt. Er nannte es spöttisch sein Privileg, als Erster in die Firma zu kommen, was eindeutiger Tadel für die später Kommenden war.

Er wünschte Frau Rotbeck einen guten Morgen und betrat das Büro des Controllings. Der jungen Frau begegnete er gern allein. Bisher widerstand sie seinen Annäherungsversuchen mit eleganten Abwehrtechniken, was ihn anspornte, in seinem Bemühen fortzufahren. Ihr Gesicht strahlte an diesem Morgen fast transparent.

Er hatte Bianka vor einem halben Jahr von der Einkaufsabteilung abgeworben. Seither beobachtete er sie aufmerksam, dass ihm die kalkige Blässe sofort auffiel.

»Fühlen Sie sich unwohl?«, fragte er besorgt. Er registrierte die aufkommende Nervosität, bemerkte die zitternde Hand, die ein Blatt in einen offenen Ordner legte. Die andere Hand gab ein bisher verborgenes Handy frei. Ein Sekundenblick genügte, dass er den Ordner erkannte. Das zitternde Blatt bedeckten arabische Schriftzeichen.

»Der Wetterumschwung macht mir zu schaffen.«

»Ich dachte, sie hätten die Zwischenkalkulation abgeschlossen.«

»Der Zettel lag heute Morgen auf meinem Schreibtisch. Er könnte zu dem Vorgang gehören.«

Die Stimme kratzte. Er nahm kleinste Kleinigkeiten wahr – er spürte die Anspannung, betrachtete die Mitarbeiterin mitfühlend. Sie wurde verlegen, als er ihre himmelblauen Augen ergründete. Ihre Lippen zitterten leicht, aber dann schien sie sich zu beruhigen, als er mit ihrem Dekolleté sprach.

»Sie müssen sich schonen.«

»Es ist alles in Ordnung.«

Sie schob das Handy in die Schublade, brachte den Ordner ans Regal und schloss auf dem Weg dorthin das Fenster. Er beobachtete, wie sie die Arme hob, dass sich der Busen streckte, vom dünnen Pullover umspielt – zu dünn für die Jahreszeit, dass er den Schatten eines blauen BH erkannte. Sie stand auf Zehenspitzen, um das oberste Regal zu erreichen. Er bewertete die glatt gezogenen Jeans.

»Schlank wie eine Gazelle«, flüsterte er, als wollte er vermeiden, dass sie sein Säuseln hören konnte. Sie ging kommentarlos zu ihrem Schreibtisch zurück. Schneemüller wünschte gutes Schaffen. Sie erwiderte den Gruß und stierte auf die Tischplatte.

Noch fügten sich Schneemüllers Beobachtungen zu keiner stabilen Einheit. Die erste Richtung seiner Gedanken war von der eigenen Natur vorbestimmt. Er hoffte, die junge Frau sei genauso vernarrt wie er selbst. Aber ihre Nervosität hatte vermutlich eine gänzlich unerotische Ursache, aber der nahe liegende Gedanke war noch zu weit entfernt. Für ihn war arabische Schrift unleserlich und er traute keiner schönen Frau des Westens zu, diese Schrift entziffern zu können.

Er rätselte und gab ihrer Nervosität und Blässe eine tiefere Bedeutung, die anscheinend etwas mit dem Blatt zu tun hatte. Dann war noch das Handy, das sie unter ihrer Hand versteckte. Das Klickgeräusch – ein abgeschnittenes Gespräch? Sein Gehirn biss sich an den Einzelheiten fest. Er ging nachdenklich zu seinem Büro und wünschte sich die junge Frau wie einen frischen, klaren Bach, den er mit einem Blick ergründen konnte.

Als wichtiges Dokument der Menschwerdung galt ihm die Personalakte. Er schlenderte durch sein Vorzimmer, setzte sich hinter seinen Schreibtisch, nahm einen Merkzettel und schrieb: ›Rotbeck‹.

Als die Schritte sich am Ende des Flurs auflösten, wählte die junge Frau eine Nummer im Ortsnetz. Der Ruf ging fünfmal durch, bis sich die Sprachbox meldete.

»Mutter, ruf mich schnellstens an.«

Danach zog sie den Ordner, entnahm das Blatt und übersetzte den Text ins Deutsche. Die Übersetzung steckte sie gefaltet in ihre Handtasche. Der Hinweis ›Übernahme der Ware in Kali Limenes‹ – Kali Limenes mit lateinischen Buchstaben geschrieben – war eigentlich unspektakulär, aber ein sonderbares Gefühl hatte sie zurückgehalten, den referenzlosen Zettel in den Papierkorb zu werfen.

Sie sinnierte, weshalb der Zettel auf ihrem Schreibtisch lag. – Die Putzfrau könnte zwischen den Regalen einen eingeklemmten Zettel befreit haben, den sie, mangels einer besseren Ablage, auf ihren Schreibtisch platzierte.

Die Google-Suche führte an die Südküste Kretas, wo eine Umkehrosmose der modernsten Generation aufgebaut werden sollte. Trinkwasser, Kochsalz, Solebadanlage, Energie-Rückgewinnung. Sie durchblätterte die Kreta-Akte. Unter der Rubrik ›Export‹ war eine Einbauerklärung sowie eine Herstellererklärung eingeheftet. Das Material unterlag den Einschränkungen für Dual-Use, wie sie aus der internen Checkliste erkannte. Aber auch hier musste sie zuerst Wikipedia konsultieren, um die Hintergründe zu verstehen. Sie war keine Spezialistin für Materialien oder Exportbestimmungen, dass sie den Ordner ohne schlechtes Gewissen hätte schließen können.

›Übernahme der Ware in Kali Limenes‹ konnte harmlos sein.

»Weshalb ist die Anweisung arabisch geschrieben?«, fragte sie leise.

Die junge Frau hätte, anstelle ihrer Mutter, ihre Schwester Sylvia anrufen sollen, die an der Uni Kaiserslautern im Fachbereich Hydraulik promovierte. Sie war Spezialistin für Materialien und ihre Verwendung im Bereich der Hydraulik.

Doktor Schneemüller schob den Zettel von links nach rechts über seinen lackierten Eichenschreibtisch, überlegte und schob ihn zurück. Er nahm den Telefonhörer, legte auf und verließ sein Büro.

»Ich gehe in die Personalabteilung«, sagte er seiner Sekretärin im Vorbeigehen.

Die rundliche Frau mit den gesunden Wangen schaute ihm irritiert nach. »Das könnte ich doch für Sie machen«, flüsterte sie.

Schneemüller ging über den Hof, an der langen Glaswand der Kantine entlang. Zwei Frauen wischten Tische und rückten Stühle. Sein Ziel war der zweckmäßige Flachbau vor den Wohnhäusern, die sich jenseits des Zauns anschlossen.

Die Schneedecke war dünn. Gegen den schneidenden Wind hüllte er sich in seinen Wintermantel, hielt den hochgestellten Kragen mit einer Hand vor seine Nase. Sein schwarzes Haar federte wie ein Antennenwald. Platanen, die aus der Zeit der ersten Firmengründung stammten, reckten blattloses Geäst in die Kälte. Während die Firma dreimal Namen und Produktion gewechselt hatte, waren sich die Bäume treu geblieben. Jetzt nannte sich der Betrieb ›Wasser Anlagen (WASAN) – Werk Mannheim‹.

Mit dem Betreten des Personalbüros sank der Geräuschpegel auf Flüsterniveau. Zwei Damen schauten hilfsbereit von ihrer Arbeit auf, er wandte sich an die ältere.

»Kann ich einen Blick in die Personalakte von Frau Bianka Rotbeck werfen?« Als Erklärung fügte er hinzu: »Ich glaube, dass die junge Dame viel Potenzial hat.«

Die Mitarbeiterin ging an einen Schrank, in dem, hinter abschließbaren Glastüren, Ordner in alphabetischer Reihe standen. Sie zog den Ordner ›Ri bis Rz‹ und trug ihn an ihren Arbeitsplatz. Sie reichte Schneemüller die entsprechende Akte. »Soll ich eine Kopie machen?«, bot sie an.

Er blätterte die wenigen Seiten um. »Ein Blick genügt.« Als er die Akte schloss, war er unzufrieden. »Lebenslauf, Sprachkenntnisse?«, fragte er mit mürrischem Ton. »Da fehlen wichtige Informationen.«

Die Kollegin schaute flehend zu der Jüngeren, die das Gespräch verfolgte. »Ist da was abgespeichert?«

Die jüngere Kollegin tippte mit flinken Fingern auf ihr Tastenbrett. Schneemüller umrundete den Doppelschreibtisch und betrachtete den Bildschirm.

»Geboren in Tripolis? Das finde ich sehr erstaunlich. Ist Frau Rotbeck Libyerin oder Griechin?«

»Sie ist geschieden«, meinte sie, weil sie keine bessere Erklärung parat hatte.

»Ich sollte sie aus ihrer Depression holen.«

Die beiden Damen waren unsicher, welche Antwort erwartet wurde, deshalb schwiegen sie. Ihren Mädchennamen wollte er nicht wissen.

»Deutsch, Englisch, Französisch, Arabisch – das hört sich doch sehr gut an!« Schneemüller bedankte sich überschwänglich und ging zurück. Unter einem ausladenden Platanenast blieb er stehen und telefonierte mit seiner Sekretärin.

»Verbinden Sie mich bitte mit Frau Rotbeck.«

Er wartete.

»Schneemüller!«, meldete er sich mit einer Stimme, die Hochgefühl ausstrahlte. »Haben Sie Lust mit mir im Casino zu essen?«

Bianka willigte ein, weil sie sein Überschwang irritierte. Sein Auftritt im Büro war nur ein Morgenbesuch gewesen, aber sie war hellhörig geworden. Sie hätte wahrscheinlich lieber in Ruhe nachgedacht, mit ihrer Mutter gesprochen und einen schlichten, mürrischen Rat eingeholt, um ihn letztlich zu ignorieren.

Schneemüller bat seine Sekretärin, im Casino einen Tisch für zwei Personen zu reservieren. Er bog ab zur Montagewerkstatt.

Schneemüller betrat Punkt 12 Uhr das Büro des Controllings. Bianka war allein. Der andere Schreibtisch war aufgeräumt, wie am Morgen. Er zeigte mit dem Kinn in die Richtung dieses Schreibtischs. »Ist Ihr Kollege krank?«

»Urlaub.« Bianka erhob sich und schob den Stuhl an den Schreibtisch.

Schneemüller, im Plauderton: »Es geht das Gerücht um, dass sie Arabisch können.«

»Ist sozusagen meine Zweitsprache.«

»Dieser arabische Zettel«, er wartete bis Bianka fragend schaute. »Sie könnten ihn kurz übersetzen, damit ich weiß, ob der mit dem Osmose-Projekt etwas zu tun hat?«

Biankas Hand zitterte leicht, als sie den Ordner aus der oberen Reihe zog. Sie trug ihn zu ihrem Schreibtisch, suchte der Zettel, den sie unter der Rubrik ›Allgemeiner Schriftverkehr‹ eingeordnet hatte. Sie übersetzte mit ruhiger Stimme. Schneemüller grübelte.

»Sonderbar«, war sein Kommentar.

Bianka betrachtete ihn, in der Hoffnung eine vernünftige Erklärung zu erhalten, aber Schneemüller schien ratlos.

Sie gingen ins Casino. Im Nebenraum befanden sich kleine Nischen, durch verstellbare Wände voneinander abgetrennt. Eine Küchenfrau lugte hinter einer spanischen Wand vor und eilte zum Tisch, als ihre Gäste auf den Stühlen saßen. Sie sprach im Singsang der Vorderpfälzer. »Darf ich Ihnen einen Aperitif bringen?«

»Zwei gerührte Motorfüllwasser«, bestellte Schneemüller.

Die Küchenfrau lachte herzhaft.

Biankas Gesicht spiegelte Verwunderung, dass er erklärte: »Ein hauseigener Aperitif, den unser Prüffeldleiter komponiert hat und dem er gleich den passenden Namen gab.«

Sie sprachen über alle möglichen Themen – Urlaub und Bücher, Biankas Herkunft war ebenfalls ein Thema. Schneemüller brachte sie nach dem Essen in ihr Büro zurück.

DREI HEIMFAHRTEN

Die Talstraße war die kürzeste Strecke zu Biankas Wohnung in Wilhelmsfeld – zwar eine Landstraße, aber eigentlich kein echter Fahrweg, manchmal sogar gefährlich. Nach der Scheidung war Bianka unverhofft die Eigentümerin eines kleinen Hauses geworden. Schneewetter zwang sie zum Schritttempo, wenn die Begrenzungen hinter Schneeverwehungen verschwanden. Bei Frost fuhr sie sehr konzentriert, sie fürchtete die glatten Stellen unter Schnee oder Laub. Entweder fuhr sie morgens oder abends durch Finsternis.

Die Heimfahrt am Montag war eine Fahrt für den zweiten Gang. Sie dachte nebenher an das Essen mit Schneemüller. Er war charmant, ein blendender Unterhalter. Die Aufregung, die sie beim Lesen des arabischen Schreibens empfunden hatte, war verflogen. Sie ärgerte sich bereits über ihren Anruf beim LKA und nahm sich vor, ihrer Mutter Entwarnung zu geben. Die Reifen nagten sich durch den gefrorenen Matsch. Solange sie sich übermäßig konzentrierte, schwieg das Radio, aus dem sonst leise Musik rieselte.

An diesem Montag fiel ihr das unruhige Auf und Ab von Licht und Schatten auf. Ihr folgte ein Wagen. Sie hatte auf der L 536 noch nie Scheinwerfer im Rückspiegel gesehen. In zwei Jahren war ihr auf diesem Weg noch kein Auto gefolgt. Der Wagen hielt gleichmäßigen Abstand. Sie erkannte weder Marke noch Typ. Die Scheinwerfer schienen hoch angebracht, dass sie einen Geländewagen vermutete. Die Lichter verschwanden nach der Haarnadelkurve. Die Talstraße schlängelte sich bis nach Wilhelmsfeld. Es gab fast keine Abzweigung. Die einzige Erklärung war, dass sich ein Ortsfremder verfahren hatte und umkehrte.

»Gott sei Dank.«

An den aggressiven Unterton ihre Stimme war sie bei solchen Fahrten gewöhnt – wenn sie in endlosen Staus vor grünen Ampeln gefangen war, stieß sie raumfüllende Flüche aus. Sie war erleichtert, als die Lichter verschwanden, denn auf dieser Strecke mussten sich zwei Wagen regelrecht aneinander vorbeitasten. Sie schaute in den Rückspiegel, ob sie Rücklichter erkennen konnte. Sie sah weder Rücklichter noch Scheinwerferstrahlen, die eigentlich in der Schneelandschaft reflektieren sollten. Nach der Kurve waren die Beobachtung und das zugehörige Staunen vergessen.

In ihrer Wohnung sinnierte Bianka über den arabischen Zettel. Sie nahm die Übersetzung aus ihrer Handtasche, las den Text sehr kritisch und fand ihn – wenn er überhaupt einer Bewertung bedurfte – belanglos. Jetzt ärgerte sie sich über die vorschnelle Reaktion, die sich vermutlich durch ihren hormonalen Zyklus erklären ließ. Sie las ›Bramert‹, betrachtete die Telefonnummer und nahm sich vor, den Mann am Donnerstagmorgen über die Harmlosigkeit ihres Verdachts zu informieren. Bis dahin konnte sie alles gründlich von allen Seiten durchdenken und sich für den Kommissar eine akzeptable Entschuldigung einfallen lassen. Schneemüller war anders, als sie ihn bisher eingeschätzt hatte – er war sympathisch!

Am Dienstag schaute Schneemüller wieder in ihr Büro. Diesmal war sie unverkrampft und schenkte ihm ihr schönstes Morgenlächeln. Er wünschte fröhliches Schaffen. Bei ihrer Mutter meldete sich wieder der Anrufbeantworter, aber das war bedeutungslos. Ihre Furcht war verschwunden. Sie hatte eindeutig überreagiert.

»Dual-Use bedeutet nur, dass ein wirtschaftliches Gut für zwei Verwendungszwecke geeignet ist. Daraus kann kein Missbrauch abgeleitet werden.« Sie flüsterte mit sich selbst, weil gehörte Sprache mehr Überzeugungskraft hatte als zerbrechliche Gedanken.

»Der arabische Zettel ist ein dummer Zufall.«

Schneemüller lud sie zum Mittagessen ein und sie genoss seine Gegenwart. Er schlug ihr einen gemeinsamen Bowlingabend vor, was ihr schmeichelte, dass sie ehrlich erfreut zustimmte.

Am nächsten Abend, auf ihrem Heimweg, verfolgten sie wieder hoch angebrachte Scheinwerfer. Genau wie am Montag verschwanden die Lichter. Diesmal hielt sie an und wartete. Sie drehte den Kopf, damit sie einen größeren Sichtwinkel hatte. An der Haarnadelkurve leuchteten Bremslichter auf, also fuhr der Wagen tatsächlich zurück. Bianka rätselte über dieses sonderbare Verhalten, das sich durch die Wiederholung schwerlich als bloßer Irrtum oder Zufall abtun ließ.

Der Mittwochmittag war mit acht Grad relativ warm, aber als Bianka die Firma verließ, waren null Grad erreicht und für die Nacht war Frost angekündigt. Auf der Heimfahrt lag betonfarbiger Nebel auf der Straße. Es war, als zerschneide der Wagen eine graue Barriere. Bianka fuhr absolut vorsichtig. Sie tastete sich über den Weg. Die Scheinwerfer strahlten gegen eine reflektierende Wand, dass sie mit Abblendlicht weiterfuhr. Als sie in den Rückspiegel schaute, bemerkte sie zwei schwach strahlende Punkte. Sie wusste, dass sie von hoch angebrachten Scheinwerfern erzeugt wurden. Diesmal näherten sie sich. Sie schätzte, dass der Wagen 50 Stundenkilometer fuhr, während sie höchstens 30 zu fahren wagte. Er näherte sich mit unverminderter Geschwindigkeit. Die enge Haarnadelkurve lag vor ihr. Sie musste sich auf den Weg konzentrieren. Gleißendes Licht füllte ihre Rückspiegel und blendete von drei Seiten, dass sie sekundenlang durch pechschwarze Nacht fuhr.

»Der Idiot überholt in der Kurve!«, schrie sie.

Am Scheitelpunkt der Haarnadelkurve spürte Bianka einen harten Stoß.

EINE FAHRT NACH MANNHEIM

Kurz vor Mitternacht fielen die letzten Schneeflocken. Die Temperatur stürzte dem Gefrierpunkt entgegen. Bramert dachte missmutig an die Fahrt nach Mannheim. Streudienste salzten nachts die Autobahnen. Die meisten Autofahrer hatten zur Winterroutine zurückgefunden. Werkstätten verdienten gut an Winterreifen, aber die Vorräte waren erschöpft. Bramert kam für den Reifenwechsel zu spät, der nächstmögliche Termin war in sechs Wochen.

Er fuhr wieder hinter dem Schneepflug die Wendel hoch, Tanja saß an seiner Seite. – Fast zufällig waren sie sich begegneten. Sein Trick bestand in einem kleinen Umweg an die Haltestelle Ebitzweg, wo er auf ihre Straßenbahn wartete. Sie erkannte den roten Mercedes und federte wie ein Reh über die Straße. Aus Dankbarkeit küsste sie seine rechte Wange. Bramert gab sich als Kavalier alter Schule, öffnete ihr im Parkhaus die Wagentür, hielt die Eingangstür auf. Beim Betreten des LKA wurde das Gespräch dienstlich.

»Ich bin gespannt, was da rauskommt.«

Bramert wusste, wovon Tanja sprach, denn er dachte ebenfalls an den Anruf und die Fahrt. »Hast du schon Antworten bekommen?«

»Das Café sieht auf der Webseite gut aus. Ob man dort parken kann, hätte ich noch prüfen können.«

»War's das?«

»Die Schallanalyse ergab, dass das Gespräch in einem Büro geführt wurde, das Fenster stand offen – wahrscheinlich zum Lüften, woraus geschlossen werden kann, dass die Frau kurz vorher als Erste zur Arbeit kam, oder dass sie ihr eigenes Büro hat.« Nach einer kurzen Denkpause fügte sie hinzu: »Wir können von einem älteren Gebäude ausgehen, weil bei Klimaanlagen die Fenster geschlossen bleiben.«

»Eine schlüssige Deduktion«, lobte Bramert, »aber ich hab dennoch das Gefühl, dass uns das zu wenig ist. – Was ist mit Nuklearbetrieben? Wo ist der Anruf hergekommen?«

»In Mannheim existiert kein Betrieb, der mit einem Nuklear-Vergehen in Beziehung gebracht werden kann.«

Bramert hielt die Tür zum großen Büro auf. Tanja tänzelte vorbei und streifte ihn zufällig. Bramert ignorierte die angenehme Berührung und steuerte sofort dagegen. »Handy?«, bellte er.

»Vermutlich prepaid!«, kläffte sie zurück. Sie stand vor ihrem Schreibtisch, durchwühlte ihre Handtasche, schob ein Päckchen Papiertaschentücher und die Pistole in die Schreibtischschublade, da fragte er schroff: »Krieg ich endlich Kaffee?«

»Macho!«, war ihre Antwort. Sie drehte sich zur Kaffeemaschine. »Das Kaffeepulver reicht für sechs Tassen.«

Bramert war für den Einkauf zuständig. Die Maschine blubberte und füllte die Glaskanne mit dunkelschwarzer Flüssigkeit. Langsam waberte der Duft durchs Büro. Tanja schob ihm einen Zettel mit einer Handynummer über den Schreibtisch. Er wählte, lauschte, bis er das sechste Freizeichen hörte, und legte auf.

»Auch keine Mailbox?«

Bramert schüttelte den Kopf und beobachtete, wie sie die randvoll gefüllten, großen Tassen zu den Schreibtischen schaukelte. Heute früh hatte sie ihren Bubikopf in akkurate Form gebracht. Sie setzte die Tasse mit dem gelben B vor Bramert ab. Die haselnussbraunen Haarfransen pendelten über ihre Stirn. Ihre erhitzte Haut verdampfte das herb-fruchtige Parfüm einen Hauch zu intensiv. Die mit dem Kaffeelöffel kreisende Hand, und die resultierende Schlingerbewegung des Oberkörpers, stiegen ihm ins Gehirn.

»Was guckst du so …« Sie zögerte, ihre Empfindung in Worte zu fassen. »Ich weiß nicht, so …« Nahm sie einen weiteren Anlauf. »Es interessiert mich einfach.«

»Wie lange bürstest du deinen Bubikopf?«

»Zehn Minuten.« Sie ging mit dem umgerührten Kaffee auf ihre Seite.

Bramert nickte anerkennend und sagte: »Wir vergessen das Handy. – Wenn wir die Frau treffen, frage ich nach ihrem Namen und du machst Fotos.«

Unter anderen Umständen hätte Bramert den Anruf anders behandelt, aber er bildete die Kommissaranwärterin Tanja Zainer aus. Er musste sie durch jeden angedeuteten Fall mit aller Sorgfalt und bis zum Ende führen.

Bramert fühlte sich von ihr angezogen, weshalb er bemüht war, die persönliche Distanz groß zu halten, damit das berufliche Verhältnis unbelastet blieb. Sie hatten bei der letzten Abteilungsfeier getanzt, zu sechst waren sie in eine Disco gegangen, hatten weitergetanzt und waren zu zweit in seiner Wohnung gelandet. Tanja hatte im Ehebett geschlafen, während er auf dem Klappsofa seiner Schwester lag, die sich mit ihrem Semester auf einer Exkursion in der Schweiz befand.

Das Ehebett war ein Überbleibsel seiner Eltern. Diese Nacht war eine Tortur gewesen, denn er musste bis zum Morgen an Tanja denken, die sozusagen in Reichweite war. Er war stark geblieben und auch Tanja hatte keinen Versuch gewagt, ihren Ausbilder zu verführen.

Tanja fuhr den Dienst-Mercedes. Bramert hatte den Beifahrersitz flacher gestellt und schlief. Der Feierabendverkehr trieb sie von Stuttgart fort. Es gab kein Entrinnen in dem dickflüssigen Blechstrom. Bramert wurde vom Navi geweckt. »Links einordnen.« Er öffnete die Augen – Heilbronn.

Bramert drehte den Polizeisender lauter, lauschte kurz und reduzierte die Lautstärke wieder. Es war dunkel, als sie den angestrahlten Wasserturm sahen, dessen Spitze die Häuser überragte. Das Navi diktierte unerbittlich. »Bitte rechts einordnen!« Rechts, links, rechts! »Sie befinden sich in der Fressgasse.« Tanja fuhr am Anfang der Fressgasse auf eine Halteverbotsstelle, wo sie etwas Ähnliches wie eine Parklücke erspähte. Sie schob den Wagen zwischen zwei widerrechtlich geparkte Autos, klappte die Sonnenblende auf der Beifahrerseite herab. ›Polizei im Einsatz‹. Sie schlenderten ungefähr 100 Meter auf dem Friedrichsring zurück.

Bramert trug keine Dienstwaffe, dafür war er mit Mikro und Sender ausgestattet. Tanja betrat das Lokal zuerst und suchte einen Platz, von dem sie unbeobachtet Bilder machen konnte. Bramert ging an der Tür vorbei und betrat das Lokal zwei Minuten später. Mit raschen Blicken überschaute er den Raum. Da ihm keine Frauenhand winkte, wählte er den Tisch, der in freier Sichtlinie zu Tanja lag. Als Bramert seine Bestellung machte, steuerte Tanja das Aufzeichnungsgerät aus. Sie trug einen Knopf im Ohr, den ihr glattes Haar verdeckte, das Kabel verschwand hinter dem dicken Schal. Wenn sie entspannt war, frischte sie ihr Haar mit einer kombinierten Bewegung aus Kopfschütteln und einem schnellen Handstreich auf – aber jetzt war ihre gesamte Aufmerksamkeit auf Bramert und die zu erwartenden Ereignisse konzentriert.

Bramert neigte sich leicht nach links, als die Bedienung die Bestellung aufnahm und sich dabei in die Sichtlinie zur Tür stellte. Er hatte eine konkrete Vorstellung, wie die Anruferin auszusehen hatte – hellbraunes Haar, weiche Gesichtszüge, mittelgroß – also zwischen eins sechzig und eins achtzig. Er schob den linken Ärmel hoch und schaute auf seine goldene Uhr, die früher das linke Handgelenk seines Vaters geziert hatte.

»Fünf Minuten vor 20 Uhr.«

Sein Blick schwenkte kurz zu Tanja, sie bestätigte den optimalen Empfang durch leichtes Kopfnicken.

Punkt 20 Uhr öffnete sich die Tür, eine jüngere Frau trat ins Lokal – knöchellanger Wintermantel, den ein Gürtel an der Taille einfasste, eine schiefe, grüne Strickmütze verbarg helles Haar und ein karierter Schal verdeckte den Mund. Sie lockerte den Schal, dass schmale Lippen und ein starkes Kinn sichtbar wurden. Bramert beglückwünschte sich. Sie schaute sich suchend um. Sie gefiel ihm gut. Bramert hob die Hand und hielt sie kurz in der Schwebe. Sein langes Haar rutschte in die Stirn. Er schob die Locke ruhig aus seinem Gesichtsfeld. Die Frau näherte sich erfreut – und ging vorbei. Zwei Tische entfernt klang verliebtes Flüstern und das sanfte Schmatzen eines Begrüßungskusses. Tanja machte ein Zeichen mit den Schultern, das alles bedeuten konnte – inklusive Erleichterung.

Er trank seinen Kaffee mit kleinen Schlucken. Bramert bereitete durch ein unauffälliges Zeichen das Ende vor. Tanja leerte ihre Tasse.

Um Viertel nach acht sagte Bramert: »Abbruch.«

Tanja bezahlte und ging. Ein paar Minuten später erhob sich Bramert, schaute sich um, wie auf der Suche nach einer Verabredung, und verließ gemessen das Café. Selbst als er die Tür zuzog, hoffte er noch – vergebens.

Sie trafen sich beim Wagen. Beide waren enttäuscht. Bramert lud Tanja zu einem Abendessen ein, als Trost für den Fehlschlag. Beim Essen besprachen sie den Anruf zum zehnten Mal. Sie hofften, eine zufriedenstellende Erklärung für einen Abschlussbericht zu finden. Die Informationen der Anruferin waren zu dürftig, um daraus einen Fall fürs LKA zu machen. Bei einem konkreten Verdacht hätten sie vom Netzbetreiber das Bankkonto erfahren können, von dem das Handy-Guthaben aufgefrischt wurde, aber ohne Staatsanwalt und Richter waren ihnen die Hände gebunden.

DAS ENDE EINES MÄDCHENABENDS

An jedem zweiten Freitag war Mädchenabend und diese Zeremonie ging reihum. Eine brachte selbst gemachtes Essen. Diesmal schleppte Claudia zwei Salatschalen, selbst gebackenes Brot und eine Kühltasche mit Panna cotta. Babs brachte an diesem Abend vier Weinflaschen verschiedener Provenienz und vier stille Wasser. Gut verpackt waren zwölf entsprechende Gläser, weil Sylvias Kristallwaren bei vier Personen ihre Grenze überschritten. Conny war diesmal die Unterhaltungschefin. Unten in ihrer Tasche lag ein Spiel, das mit langen Gesichtern begrüßt wurde, weil sie bei diesen Abenden keine Verliererin wollten – und darauf lief dieses Spiel hinaus. Conny zog noch eine DVD hervor. Sie las mit theatralischem Schmelz eine Beschreibung, die Abgründe und Höhepunkte versprach. Sylvia war die Gastgeberin und legte fest, dass der Film der letzte Nachtisch sein sollte.

Das Essen war hervorragend und die Weine passten, aber die Gastgeberin nippte nur, damit sie die Situation notfalls über seichte Stellen lenken konnte. Ein angeregtes Gespräch über Jungprofessoren begleitete das erste Dessert.

Conny schob den ausgeliehenen Film in den Laptop. Sie lachten schallend, als der Filmheld mit Bravour am ersten Höhepunkt arbeitete. Die drei Freundinnen hörten nicht, dass Sylvias Handy klingelte. Sie ging ins Bad und schloss die Tür, weil sie bei dem Lachen und Kreischen kein Wort verstanden hätte.

Sylvias Mutter klang atemlos und besorgt. »Bianka hat am Montag auf meinen Anrufbeantworter gesprochen, ich soll sie unbedingt zurückrufen.«

»Das war vor fünf Tagen? – Und jetzt?«

»Ich bin heute von einer Reise zurückgekommen.«

»Du bist noch ganz außer Atem.«

»Treppensteigen mit einem Koffer.«

»Hast du sie erreicht? – Wie oft hast du's versucht?«, fragte Sylvia hastig.

»Bianka hebt nicht ab. – Ich meine, wo's angeblich so dringend war.«

»Typisch, dass Bianka nicht mit mir gesprochen hat?«

»Ihr beide seid stur«, klagte Frau Schliemann.

»Ruf bei der Polizei an, wenn du dir Sorgen machst.« Sylvia beendete das Gespräch unzufrieden. Das Verhältnis zu ihrer Mutter war seit acht Jahren gestört. Sie ging ins Wohnzimmer zurück und setzte sich in den Lehnstuhl beim Fenster.

Conny startete wieder die DVD, aber als sie Sylvias geistige Abwesenheit bemerkte stoppte sie und betrachtete die Freundin, die stur auf ihre Knie starrte. Das Gebläse des Laptops wirkte aufdringlich laut, sechs Augen musterten Sylvia.

»Probleme?«, fragte Conny.

»Was gibt's?«, fragte Sylvia.

»Was gibt's bei dir?«, wollte Babs wissen.

Sylvia erzählte von dem Anruf. Die Mädchen kannten Bianka von früher und schaukelten unruhig auf den Stühlen. Sylvias gerunzelte Stirn war beunruhigender als die Tatsache, dass Bianka auf einen Anrufbeantworter gesprochen hatte. Auf dem Bildschirm leuchtete eine eingefrorene Bewegung.

»Hoffentlich eine harmlose Geschichte, die sich bald aufklärt«, wünschten alle.

Die Anspannung ließ nach. Sylvia meinte, sie sollten den Film weiterlaufen lassen. Alle erschraken, als das Handy schellte.

»Hallo, Mutter.«

»Bianka liegt in Mannheim auf der Intensivstation.«

Sylvia schrie ins Telefon: »Was ist geschehen?«

»Mittwochnacht, auf der Heimfahrt von der Arbeit, ist sie einem Schaf ausgewichen und den Abhang hinabgestürzt.«

Sylvia erwürgte mit der rechten Hand einen Schreckensruf. »Welche Klinik?« Sie notierte den Namen.

»Ich fahre sofort!«

Die Mädchen verstanden und versuchten zu beruhigen.

Sylvia bot den Freundinnen an, mit dem Abend weiterzumachen, aber sie wollten nicht. Sie verließen die Wohnung. Bevor Sylvia ins Auto stieg, umarmten sie sich. Sie war die Größte und mit 25 auch die Älteste im Kreis ihrer Freundinnen. Barfuß war sie 1,89 Meter groß. Bei der Abiturfeier – in Kairo – wurde zum ersten Mal ihre extrem gute Gewichtsverteilung bewundert. Je nach Lichteinfall wirkte ihr Gesicht asketisch oder sanft, ihre dünne Nase verstärkte den einen oder anderen Eindruck. Dunkelbraune, hüftlange Haare, oft zu einem dicken Zopf geflochten, wehten in der Winterluft.

»Richte Bianka unsere besten Genesungswünsche aus!«, riefen die Mädchen und winkten, als der gelbe Fiat Cinquecento wegfuhr.

Kurz nach Mitternacht stand Sylvia am Empfang des Klinikums. Die riesige Anlage wirkte so verschlafen wie die

Empfangsdame. Sie meldete Sylvia in der Abteilung an. Sylvia trabte über das Gelände, folgte den Hinweisschildern, fand den richtigen Bau und fuhr mit dem Aufzug. Den Blick auf Richtungspfeile geheftet, eilte sie durch Flure. Wie ein unzeitiger Weckruf hallten ihre Absätze bis zum Schwesternzimmer.

Eine stattliche Nachtschwester führte sie zu einem großen Fenster. Die weiße Mütze mit dem roten Kreuz blähte ein versteckter Haarwust. Auf dem Weg zur Intensivstation schwiegen sie. Die Rollos waren herabgelassen. Die Nachtschwester kippte die Lamellen, dass Sylvia in den schwach erleuchteten Raum schauen konnte. Bianka war in Verband gewickelt, in Gips gegossen, mit Schläuchen behängt, dass sich Sylvia ihre Schwester darunter nur mit Mühe vorstellen konnte. Schläuche verstopften die Nasenlöcher, ein Teil des Gesichts bedeckten Mullbinden, das lange, blonde Haar, das Bianka nur zaghaft an den Spitzen schnitt, schien durch ärztliche Notmaßnahmen für lange Zeit ruiniert. Bianka starrte mit unbewegten Augen die Decke an, alle Apparate waren eingeschaltet. Nur das gleichmäßige Piepen und Flimmern wirkte beruhigend.

»Wie geht es Bianka?«

»Sie ist stabil.«

»Ein stabiles Gleichgewicht stellt sich immer im Tiefpunkt ein.«

Dies war ein Zynismus aus dem Bereich der Physik, den die Nachtschwester mit Schweigen beantwortete. Ihre Augen spiegelten großes Bedauern. Sylvia schüttelte den Kopf, als sie den Blick bemerkte.

»Es war nicht so gemeint. – Ich bin Ingenieurin.«

»Ich dachte schon, Sie seien Ärztin.«

»Hat meine Schwester etwas gesagt?«

»Ich schaue in der Akte.«

Sylvia folgte der Krankenschwester und ging nach zwei langen Schritten an ihrer Seite.

»Wir notieren solche Sachen, denn vielleicht geben sie später einen wichtigen Hinweis.«

Sylvia bemerkte den dunklen Teint, studierte das Profil, lauschte den Worten. Alles war perfekt. Sie jonglierte mit den Betonungen der Worte, schaltete ohne Vorwarnung auf Arabisch um – eine Bemerkung über das Dreckswetter. Die Nachtschwester stand ruckartig still, betrachtete Sylvia, lachte und antwortete im selben Idiom. Sie redeten auf dem Weg zum Bereitschaftszimmer arabisch.

»Zu Hause spreche ich mit meinem Mann Aramäisch und Deutsch mit den Kindern.«

»Ich bin überrascht, wie akzentfrei Ihr Deutsch ist.«

»Schlechtes Deutsch können sich Ärzte leisten. Bei uns werden andere Anforderungen gestellt.«

Sylvia schaute in die ernsten Augen. Die Nachtschwester blieb vor der Tür zum Schwesternzimmer stehen. »Arabisch habe ich in der Schule gelernt und bei der Arbeit gesprochen.«

Sylvia bemerkte das Kreuz mit dem großen, birnenförmigen Ring, das auf der Wölbung des Pullovers lag. Sylvia lachte leise.

»Weshalb lachen Sie?« Die Schwester klang erschüttert über so viel Kälte.

»Ihr Kreuz«, sagte Sylvia und deutete darauf. »Dürfen Sie damit auch Patienten anderer Religionszugehörigkeit pflegen?«

»Ich mach's genau wie in Syrien.«

Nach kurzer Reflexion vermutete die Schwester: »Sie sind also doch eine Zynikerin.«

Der Korridor war in müdes Licht getaucht. Im Bereitschaftszimmer saß ein junger Mann, der von einem Buch aufschaute, als die Schwester und Sylvia das Zimmer betraten. Sylvia schaute auf die Uhr und wünschte einen guten Morgen.

Die Krankenakte, eine dünne Hängemappe mit rotem Reiter, lag auf dem Tisch, neben anderen dünnen Mappen. Die Schwester zog ein Blatt heraus.

»Ihre Schwester hat nur arabisch gesprochen, was den Bereitschaftsarzt – zufällig ein Tunesier – ziemlich verwirrt hat. Verstehen Sie?«

Sylvia kannte das Erschrecken über die vollkommen falsche Einschätzung einer Person. In Tripolis hatte sie Gesichter beobachtet, die unter der verbalen Abwehr ihrer Schwester regelrecht zerfallen waren. Männer, die unablässig vermeintliche Liebesworte auf Englisch gestammelt hatten und dann mit ihrer Muttersprache geohrfeigt wurden.

»Diese blonde Frau, deutsch wie aus dem Bilderbuch. – Ich war in dieser Nacht nicht im Dienst.«

»Das würde mich auch verwirren«, gab ihr Sylvia recht. »Hat der Arzt notiert, was meine Schwester gesagt hat?«

»Das meiste blieb ohne Zusammenhang, aber sie hatte mehrfach wiederholt, wir sollen Bramert anrufen.« Sie betrachtete Sylvia, weil sie einen Aha-Effekt erwartete.

»Wo ist der Unfall passiert?«

»Talstraße, Richtung Wilhelmsfeld.«

Sylvia murmelte die Notizen langsam vor sich hin, als wolle sie die Worte ins Gedächtnis brennen.

»Wir sollen uns bei der Polizei melden, sobald die Patientin vernehmungsfähig ist.«

»Wird sie wieder vernehmungsfähig?«

»Wir müssen uns gedulden.«

Bevor Sylvia in den Wagen stieg, telefonierte sie mit ihrer Mutter. Nach dem vierten Klingeln meldete sich die verschlafen Stimme.

»Kann ich vorbeikommen?«

»Wie geht es Bianka?«

»Sie ist nicht ansprechbar.«

»Weshalb willst du vorbeikommen?«, fragte die müde Stimme.

»Ich sollte Holger anrufen.«

Frau Schliemann, unwirsch: »Holger ist seit einem Jahr wieder verheiratet. Bianka interessiert ihn nicht mehr.«

»Auf wen bist du so wütend?«

»Er hätte bei Bianka bleiben sollen.«

»Bianka hätte ihn mir lassen sollen – das ist allein Biankas Problem.«

»Und ich hätte dich da unten lassen sollen.«

»Vater konnte der bleiben, der er war.«

»Du hast ihn mit anderen Augen gesehen. Für dich war er ein Held.«

»Mutter, bist du deswegen so verbittert?«

»Wann sehe ich euch noch?«

»Vielleicht gehe ich nach Libyen zurück?«

»Geh doch! – Ich sehe dich sowieso nie.«

»Du siehst uns doch immer?«

»Weihnachten oder Ostern ist nicht immer.«

»Holger wird Bianka besuchen.«

Als Frau Schliemann schwieg, fragte Sylvia: »Sagt dir der Name Bramert etwas?«

»Nie gehört!«

Wieder trat eine Pause ein, die Sylvia unterbrach.

»Auf dem Heimweg von der Arbeit? – Sie fährt seit zwei Jahren die Strecke zweimal täglich.«

»Die Strecke ist nachts eine Todesstrecke.«

»Wie heißt die Straße? – Ich hab's vergessen.«

Frau Schliemann überlegte: »Etwas mit Bergen«, grübelte sie, dann sagte sie: »Talstraße.«

»Gute Nacht Mutter!«

Sylvia suchte in der Straßenkarte und fand die Talstraße, auch L 536 genannt, die fahrtechnisch anspruchsvoll wirkte. Sie durchquerte Käfertal, dann las sie Schriesheim und ein dunkler Wald tat sich auf – Stämme, wie die Stützen der Höllenpforte, die sie verschlingen wollte. Es kam ihr wunderbar vor, als sie das Hinweisschild nach Wilhelmsfeld las. Ein gutes Gefühl beflügelte sie, weil sich hier kein Eingang in die Unterwelt befand. Das war allerdings keine Straße, in die sie sich verliebte – bei Nacht auf keinen Fall, aber mit 30 Stundenkilometern fuhr sie sicher. Auf diesem Weg kam ihr kein Auto entgegen, sie fuhr mit Fernlicht. In einer sehr scharfen Kurve glaubte sie, eine Unfallspur zu erkennen. Sie stellte den Wagen so ab, dass die Stelle ausgeleuchtet war. Sicherheitshalber schaltete sie das Warnlicht ein.

Der Straßenbelag war von grobem Reifenprofil zerwühlt. Sie näherte sich der Stelle, wo Buschwerk ausgerissen war. Außerhalb des Lichtstrahls war pechschwarze Dunkelheit, weshalb ihr eine Gänsehaut über den Rücken schlich. Sie näherte sich vorsichtig dem Abgrund, der Schein der Strahler verlor sich in der Nacht, rechts und links war die Landschaft abgeschnitten. Der Mond hing als dünne Federskizze über ihrem Kopf. Erstaunlich viele Sterne betupften das schwarze Himmelstuch. Sylvia schaltete das Licht aus und tappte Schritt um Schritt, im Takt der Warnblinkanlage, dicht an den Abhang. Nachdem ihre Augen auf das Dunkel eingestellt waren, sah sie die zerfetzten, weißen Bruchstellen zweier junger Bäume, die den Sturz des Wagens gemildert und aufgehalten hatten.

Sylvia brauchte Ruhe. Sie dachte ein paar Tage darüber nach, was sie für Bianka tun konnte. Am Dienstagnachmittag suchte sie im Online-Telefonbuch nach Bramert. Im 100-Kilometer-Umkreis von Mannheim fand sich kein Eintrag. Bei der bundesweiten Suche fand sie ungefähr zehn Einträge! Acht Einträge hatte sie bereits von ihrer Suchliste gestrichen. Johannes Bramert war der Vorletzte. Sie hatte das Gefühl, dass sie auf der richtigen Spur war. Sylvia atmete entspannt, als sie die Stimme hörte, denn aus der Stimme wuchs ein klares Bild, sodass sie keinen Moment zweifelte, mit dem richtigen Bramert zu sprechen. LKA passte in ihre Vorstellung.

Sie begann ohne lange Erklärung. »Meine Schwester hat Ihren Namen genannt, bevor sie ins Koma fiel.«

Bramert war von der Stimme begeistert. Auch die Art, direkt aufs Ziel zuzuhalten, gefiel ihm. »Viele Frauen rufen meinen Namen bevor …« Bramert brach ab, weil er den falschen Ton anschlug. Der unbeherrschte, geradezu wütende Atem, der in den Hörer pustete, stoppte seine Euphorie. »Weshalb hat sie meinen Namen genannt?«

»Letzten Mittwoch hatte sie einen Unfall auf der Fahrt zu ihrer Wohnung. Durch Zufall, oder weil es das Schicksal so wollte, hat sie den Unfall und die Nachtkälte überlebt.«

Bramert überlegte, wie er vorgehen sollte. »Sagen Sie mir bitte Ihren Namen und den Ihrer Schwester.«

»Mein Name ist Sylvia Schliemann, der Name meiner Schwester ist Bianka Rotbeck.«

Sie nannte Adressen und Beschäftigung, bevor er danach fragte. Bramert merkte, dass ein Telefonanruf aus der Versenkung auftauchte, spürte das Eindringen in sein Bewusstsein, bis es ihm glasklar vor Augen stand. »Bia«, murmelte er.

»Wie bitte?«, fragte Sylvia.

»Was für ein Unfall ist Ihrer Schwester zugestoßen?«

»Man hat mich informiert, dass sie aus dem Koma geholt wird.«

»Ich werde zu Ihrer Schwester fahren, um mir ein Bild zu machen.«

Tanja war trotz der bedrückenden Nachricht glücklich, dass der Anruf mehr als ein abgebrochenes Gespräch war. Sie betrachtete das exhumierte Fragment bereits als ihren Fall – natürlich unter der Schirmherrschaft von Bramert. »Ich habe oft an diesen Anruf gedacht«, gestand sie. »Jetzt wissen wir, weshalb uns die Frau im Café sitzen ließ.«

»Wir fahren in einer Stunde.«

BEFRAGUNG AM KRANKENBETT

Bianka kam aus dem Koma zurück. Sie blieb unbewegt und lauschte auf die schwachen Geräusche, die von links kamen. Ihre Stirn legte sich mühsam in Falten. Es sah aus, als sortiere sie Geräusche, um eine vage Vorstellung von dem Ort zu bekommen, an dem sie sich befand. Mit der rechten Hand fasste sie vorsichtig an ihren linken Arm, der auf der weißen Bettdecke lag. Die Kanüle an ihrem Handrücken schien zu jucken. Erst wollte sie kratzen, aber sie zögerte und ihre Hand glitt weiter. Sie ertastete den Schlauch, der mit einer Flasche verbunden war, die an einem Gestell pendelte.

Dämmerung sank von der Zimmerdecke. Ihre Augen hatten tagelang ins Nichts gestarrt. Sie senkte vorsichtig die Lider und wischte mit fünf Lidschlägen den Belag fort, der ihren Blick wie eine Milchglasscheibe trübte. Sie lauschte dem gleichmäßigen Piepen und drehte die Augen langsam nach links. Dabei sah sie den dünnen Draht über ihrem linken Auge schaukeln. Er verschwand über ihrer Stirn, unter einem Verband. Sie schob einen Finger darunter und spürte die aufgeklebte Sonde. Sie bekam Panik, als sie die kahle Stelle ertastete.

»Mein schönes Haar«, jammerte sie mit brüchiger Stimme.

»Das wächst wieder nach«, tröstete eine dunkle Stimme.

Die Antwort schien ein Kommentar ihrer inneren Stimme zu sein. Sie schaute weiterhin zur Decke, von wo die Stimme gekommen war.

»Ich weiß«, antwortete sie kaum verständlich.

Im Gleichklang des Piepens flackerte Licht wie eine blakende Kerze. Als sie den Kopf mit einer winzigen Bewegung nach rechts drehte, bemerkte sie den großen, aufrechten Schatten, der sie beobachtete.

»Wo bin ich?«, fragte sie.

Ihre Stimme war ausgetrocknet. Wasser plätscherte. Ein Arm löste sich vom Schatten, eine Hand reichte eine Schnabeltasse. Die andere stützte ihren Kopf. Ein blonder Mann neigte sich über sie. Dabei fiel eine lange Strähne über die hohe Stirn. Sie trank, machte ein wohliges Geräusch, als der kühle Wasserstrom den Rachen erfrischte und angenehm die Speiseröhre benetzte. Sie nahm einen zweiten Schluck und reichte die Tasse zurück. Die Hand senkte ihren Kopf vorsichtig ins Kissen.

»Sie sind in Mannheim in der Uniklinik. Sie hatten einen Autounfall.«

Bianka überlegte und schwieg. Der Mann rückte einen Stuhl und setzte sich.

»Welchen Tag haben wir?«, fragte sie nach einigen Minuten.

»Mittwoch – eine Woche nach Ihrem Unfall. Man hat Sie ins künstliche Koma versetzt.«

»War es schlimm?«

»Sie haben meinen Namen genannt und deshalb bin ich hier.«

»Ihren Namen?«

»Bramert.«

Bianka überlegte. Der Name lag in einer Nische ihres Gedächtnisses. Der Unfall fehlte dort und vieles andere.

»Ihre Schwester sagt, Sie haben nach dem Unfall arabisch gesprochen.«

Bramerts Stimme floss leise und langsam. Er versuchte sich vorzustellen, wie dieses unfallgeschüttelte Gehirn mit aller Macht Ordnung schaffen wollte.

Die Tür ging auf, ein Mann mit einem weißen Mantel stand im Gegenlicht.

»Was machen Sie hier?«, flüsterte er.

»Bramert ist mein Name – LKA.« Er erhob sich, ging betont ruhig zur Tür. Der Flur war beleuchtet, dass der Mann im Arztkittel den Dienstausweis lesen konnte.

Bramert beugte die Knie, da er aus seiner Position den Namen auf der linken Brusttasche nicht lesen konnte, weil der Stoff von vier Kugelschreibern nach unten gezogen wurde, und auch weil er aus psychologischer Erwägung seine Körpergröße reduzieren wollte.

»Herr Doktor Aarhaus, ich muss die Hintergründe des Unfalls klären. Es besteht der Verdacht, dass sich Frau Rotbeck in Gefahr befindet.« Er legte eine Pause ein, als er das Staunen im Gesicht des Arztes sah. »Ich spreche von Gefahr, die über die allgemeinen Gefahren der Krankenhäuser hinausgeht.« Er wollte lautlos in sich hinein lachen, aber seine Bronchien rasselten. Der Arzt betrachtete ihn entrüstet, lächelte jedoch milde, als er Bramerts Verlegenheit erkannte.

Vor dem Zimmer standen drei Besucherstühle, die Bramert hatte aufstellen lassen. Auf dem rechten saß Tanja und lauschte dem Gespräch. Unter der Zeitung in ihrem Schoß lag ihre rechte Hand sowie ihre Pistole.

»Vielleicht können wir die Bewachung bald aufheben.« Er zeigte auf Tanja, die den Arzt bewundernd betrachtete. »Aber bis wir sicher sind, herrscht für uns Alarmstufe rot.« Bramert liebte diesen Ausdruck, der auf viele Menschen bedrohlich wirkte. *Alarmstufe rot.*

»Frau Rotbeck muss geschont werden. – Zehn Minuten kann ich Ihnen zugestehen.«

»Herr Bramert wirkt sehr beruhigend auf mich«, meldete sich Bianka. »Es ist wohltuender, wenn er sorgsam mit mir umgeht, als dass er alle Fragen in zehn Minuten abhandelt.«

»Herr Doktor Aarhaus, Sie erkennen, dass ich rezeptpflichtig bin.«

Der Arzt lachte laut, machte Licht und trat ins Zimmer, wo er Bianka betrachtete. Dann las er die Anzeigen der verschiedenen Geräte.

»Wie fühlen Sie sich?«

»Wie soll ich das wissen?«, antwortete Bianka. Ihre Stimme klang frisch.

Bramert setzte sich wieder auf den Stuhl an der rechten Bettseite. Er beobachtete die Bewegungen des Arztes und schwieg, bis er die Tür hinter sich zuzog.

Bianka drehte vorsichtig den Kopf. »Ich erkenne Ihre Stimme wieder und bald besinne ich mich, weshalb ich Sie angerufen habe.«

»Landeskriminalamt!«, begann Bramert tastend. »Nuklearkriminalität«, fügte er hinzu, als er bei Bianka keine Reaktion bemerkte. Er beobachtete ihr Gesicht sehr genau, denn ihr Mienenspiel blieb auf den Bereich rund um die Augen konzentriert.

»Ich erinnere mich, aber das hat sich erledigt. – Ich wollte Ihnen sagen, dass Sie nicht zu kommen brauchen.«

Bramert, ruhig: »Erzählen Sie mir alles der Reihe nach. Es ist durchaus möglich, dass Ihr Unfall mit Ihrem Anruf zusammenhängt.«

Langsam erinnerte sie sich. »Ich war mit der Kalkulation eines laufenden Auftrags beschäftigt. Ein arabisch geschriebenes Blatt fiel mir in die Hände. – Ich würde Ihnen gern sagen, wie das zugegangen ist.« Bianka sprach stockend. Jeder Satz erforderte eine Neuorientierung ihrer Gedanken. »Das Schreiben eines Arabers, vermutlich eines Seehafenspediteurs oder eines Reeders. – Doktor Schneemüller kam in mein Büro. – Ja, er betrat mein Büro in der Zeit, als ich mit Ihnen telefonierte. Ich bekam ein schlechtes Gewissen, als er in der Tür stand. – Mein Herzklopfen und mein schlechtes

Gewissen waren irgendwie sonderbar, aber es gibt eine biologisch einleuchtende Erklärung für meine überzogene Reaktion.«

Bramert kräuselte verschämt die Lippen. Danach folgte eine Pause. Bianka grübelte.

Bramert wartete und fragte schließlich: »Was stand in dem Schreiben?«

»Übernahme der Ware in Kali Limenes. Aber ich erinnere mich nicht, was mich auf die Idee gebracht hat, dass etwas falsch läuft?« Sie kaute die Unterlippe. »Eine RO-Anlage auf Kreta für ein Wellness-Projekt.«

»RO?«

»Meerwasserentsalzung – *Reverse-Osmosis*«, erklärte Bianka. »Da muss mein Verdacht entstanden sein. Dieser Zettel war ohne Bezug zu dem Auftrag.«

»Möglicherweise hat er aufgehört, harmlos zu sein.« Bramert lauschte auf das Piepsen. Die Frequenz stieg an. Er hoffte, dass er noch ein paar Minuten Zeit hatte, bevor Alarm ausgelöst werden würde. Er schaute aus dem Fenster, zählte die Töne und fixierte eine Minute lang seine Uhr. 78!

»Wie geschah Ihr Unfall?«

Bianka lachte gequält. »Eigentlich wollte ich diese Frage stellen.«

»In einer Haarnadelkurve, auf der Heimfahrt zu Ihrer Wohnung.«

»Ich bin langsam gefahren – ich weiß genau, dass ich langsam gefahren bin. – Bei solchem Wetter schleiche ich. Die Talstraße ist bei Schmuddelwetter schwierig zu fahren, weil dann manchmal die Konturen verschwimmen.«

»Ist Ihnen etwas aufgefallen? Erinnern Sie sich an …?«

Sie wollte endlich sprechen. Ihr Gehirn hatte vermutlich ununterbrochen nach einer Erklärung für etwas gesucht, wofür bisher noch kein Name existierte.

»Drei Tag hintereinander haben mich auf der Heimfahrt Lichter verfolgt. Normalerweise fährt da niemand.« Als ihre Stimme krächzte, reichte Bramert die Schnabeltasse. »Montag und Dienstag hielt er Abstand und wendete hinter der Kurve. Am Mittwoch fuhr er mit ungefähr 50, dass er bald dicht hinter mir war. – Hoch angebrachte Scheinwerfer, vermutlich ein Geländewagen.«

»Waren da Schafe?«

»Schafe?«, fragte Bianka ungläubig. »Wo sollen Schafe gewesen sein?«

Bramert wusste, dass das Ultrakurzzeitgedächtnis gelöscht war. Es hatte keinen Sinn, weiterzufragen.

»Ihre Schwester hat mich angerufen.«

»Ich hätte Sylvia gleich fragen sollen. *Dual-Use* – ich kenne mich damit kaum aus –, wir sprechen nur noch das Nötigste miteinander, sehen uns nur noch bei Mutters Geburtstagen oder an Ostern.«

»*Dual-Use*?«

»Werkstoffe und Ausführungen, die höchste Ausfuhrzertifikate erforderlich machen. Sie müssen wissen, dass für jeden Exportauftrag eine Checkliste abgearbeitet wird, die bei staatlichen Kontrollen als Nachweis dient.«

Bramert gewann den Eindruck, dass Biankas Gehirn keinen Schaden genommen hatte. Die Erinnerungen kamen langsam, was normal war, aber sie wirkten präzise. Er schritt gemächlich vor dem Bett hin und her, die Arme auf dem Rücken verschränkt, stellte sich ans Fenster, drückte zwei Lamellen auseinander und schaute hinaus – Blick auf den Neckar, links eine Insel! Er machte kehrt und ging zur Tür.

»Ich sollte Ihnen Ruhe gönnen. Wir warten vor der Tür. Wenn Sie fit sind, rufen Sie uns.« Er öffnete die Tür und gab Tanja ein Zeichen. Sie zeigte sich Bianka und hob die Hand zum Gruß. »Das ist meine Mitarbeiterin Tanja Zainer. – Damit Sie wissen, wer auf Sie aufpasst.«

»Okay!«

Bianka spürte plötzlich, wie anstrengend dieses Gespräch war. Sie schloss die Augen und schlief.

WIE ALTE BEKANNTE

Bramert setzte sich neben Tanja.

»Etwas Konkretes?«, wollte sie wissen.

»Erinnerst du dich an die Schritte, kurz bevor Frau Rotbeck aufgelegt hat?« Sie nickte einmal kurz. »Das war ihr Chef, Doktor Schneemüller.«

»Du schaust so erwartungsvoll. Soll ich mitschreiben?«

»Er hat gesehen, wie Frau Rotbeck einen arabischen Zettel weglegen wollte, aber sie meint jetzt, dass sie überreagiert hat.«

Tanja hielt sich eine Hand vor den gähnenden Mund und sagte vorgetäuscht gelangweilt: »Mir zittern die Hände vor Aufregung.«

»Danach wurde sie drei Tage hintereinander von einem Wagen verfolgt. – An Schafe hat sie keine Erinnerung.«

Tanja setzte sich kerzengerade in ihren Stuhl. »An drei Tagen derselbe Wagen?«

Bramert reichte ihr seine Notizen und schwieg. Sie vertiefte sich in seine Aufzeichnung, blätterte um, blätterte zurück und gab ihm das Buch zurück.

»Bei welcher Firma arbeitet Frau Rotbeck? – Ich habe kein Nuklearunternehmen gefunden.«

»WASAN, ein Pumpenhersteller.«

»Wir könnten Akteneinsicht beantragen«, deutete Tanja an und entwertete den Gedanken durch heftiges Kopfschütteln.

Bramert, bedächtig: »Ich erkenne zwar noch keine Logik, aber der Unfall wirkt kunstvoll konstruiert.«

»Wenn der arabische Zettel kompromittierend war, wurde er ersetzt.«

»Zusammenstoß mit einem Schaf klingt zwar blöde, aber im Verkehrsfunk hörst du fast täglich von entlaufenen Pferden, Rindern oder anderem Viehzeug.«

Tanja wandte ein: »Schafe sind extreme Herdentiere. Einzelne Tiere findest du nur beim Metzger.«

»Diese Bemerkung streiche ich aus dem Protokoll.« Er überlegte und fragte halb anerkennend: »Wo ist der Rest der Herde?« Er lachte. »Oder wo ist der Metzger?«

Tanja und Bramert besprachen das weitere Vorgehen. Sie skizzierten einen Plan.

»Bis wir geklärt haben, ob Frau Rotbeck einen Unfall hatte oder Opfer eines Verbrechens wurde, hält ein Kriminalbeamter Wache«, legte Bramert fest. »Wir werden schnell herausfinden, in welche Richtung unsere Maßnahmen gehen sollen.«

Sie wogen verschiedene Möglichkeiten ab. Tanja schaute ins Krankenzimmer und zog die Tür zu.

»Frau Rotbeck schläft.«

Absätze hämmerten vom Aufzug her. Beide drehten, wie an einem Faden gezogen, die Gesichter in Richtung des Geräusches. Bramerts Gehör war auf die stöckelnden Absätze gerichtet, und seine Augen hingen an der näher kommenden Erscheinung. Die Frau umwehte dunkelbraunes Haar bis zur Taille, sie trug enge Jeans und einen marineblauen Pullover, der sich wie ein Jongleur bewegte.

»Bramert«, flüsterte Tanja, die bemerkte, wie sehr er auf die Näherkommende fixiert war, und der Oberkommissar erinnerte sich schlagartig, dass er vor einem Krankenzimmer saß.

Die Frau prüfte die Zimmernummern und hielt vor Biankas Zimmer an.

Tanja richtete sich halb auf. »Halt! Polizei!«

Die junge Frau drehte sich, wobei das Haar hochschwebte und sie in ein seidiges Netz hüllte. »Gott sei Dank!«

Der Ruf klang wie Freude, wie Erlösung und dunkel. Sie neigte den Kopf zurück und strich mit der rechten Hand ihr Gesicht frei. Bramert erhob sich.

»Frau Schliemann, ich glaube, es gibt einiges zu besprechen.«

»Herr Bramert, da bin ich ganz Ihrer Meinung.«

Er reichte Frau Schliemann die Hand. Sie standen sich auf Augenhöhe gegenüber. Die Frau schmunzelte herausfordernd.

»Was missfällt Ihnen? Bin ich schlecht rasiert?«

»Ich stelle mir nur gerade die Frage, wie sie eine geheime Mission erledigen können.«

Er hob fragend die Brauen. »Geheime Mission?«

»Wie ich sehe, sind Sie annähernd zwei Meter groß und entsprechend breit, sodass unauffälliges Observieren unmöglich scheint. Außerdem sind sie so ehrlich blond, wie es jede Mutter für ihre Tochter wünscht.«

»Sie denken an das Blond Ihrer Schwester?«

Die Spitze traf heftiger, als Bramert beabsichtig hatte. Das schöne Gesicht verzerrte sich eine Sekunde lang zu einer wütenden Maske.

Tanja unterbrach das verbale Pingpong: »Frau Rotbeck schläft!«

»Setzen Sie sich am besten in die Mitte.« Bramert erinnerte sich, dass er Tanja vorstellen wollte. »Meine Mitarbeiterin, Kommissaranwärterin Zainer.« Bramert setzte sich auf den linken Stuhl, Frau Schliemann nahm in der Mitte Platz.

»Wie geht es meiner Schwester?«, wandte sie sich an Tanja.

»Ich habe hier draußen aufgepasst, weil wir noch klären müssen, ob ihre Schwester Bewachung braucht.«

»Geistig scheint sie unverletzt«, war Bramerts Einschätzung.

»Sie haben Fragen?« Kurz und knapp! Die Pfeilspitze brannte noch, sie war Bramert ernsthaft böse.

»Ihre Schwester deutete an, dass es vernünftig gewesen wäre, Sie bezüglich der Materialien zu fragen.«

Frau Schliemann hob ratlos die Schultern – möglicherweise gleichgültig.

Er blätterte in seinem Notizbuch und sprach weiter: »Eine RO-Anlage auf Kreta. – Dann erwähnte Ihre Schwester, dass alle Formulare der Ausfuhrkontrolle ausgestellt waren.« Er hielt sein Notizbuch nahe an die

Augen. »*Dual-Use* war wohl der Kernbegriff. – Können Sie damit etwas anfangen?«

Sylvia dachte nach.

Bramert beobachtete und wartete.

»*Dual-Use* besagt, dass ein wirtschaftliches Gut in zwei Bereichen eingesetzt werden kann. – Wenn das BAFA, das Bundesamt für Wirtschaft und Ausfuhrkontrolle, betroffen ist, vermute ich Material, das neben dem zivilen Einsatz auch kriegstechnisch oder im Nuklearbereich eingesetzt werden kann.«

Bramert hakte nach: »Wäre solches Material für eine RO-Anlage einsetzbar?«

Sylvia nickte heftig, dass das lange Haar über die Schultern rutschte und ihre Wangen verdeckte. Sie schaute auf die Wasserränder ihrer Schuhe, denen sie einen Marsch durch Schneematsch kein zweites Mal zumuten durfte. Während sie sprach, zog sie den rechten Schuh aus und fasste hinein. »Material, das in der Dual-Use-Verordnung erfasst ist, wäre einsetzbar, aber überqualifiziert.« Sie betrachtete ihre Hand, rieb die Finger aneinander und schüttelte traurig den Kopf. »Nass.«

Tanja: »Besteht dadurch kein berechtigter Verdacht auf Technologieschmuggel oder Umgehung eines Embargos zum Zwecke von Punkt, Punkt, Punkt und so weiter?«

Sylvia hob die Schultern und entschuldigte sich fast: »Pumpen und Rohrleitungen sind per se unverdächtig.«

»Das LKA ist für Nuklearvergehen zuständig und bei erweiterter Auslegung auch für Embargovergehen, aber die Vorschriften und Bestimmungen sind so umfangreich, dass wir oft Spezialisten hinzuziehen müssen«, sagte Bramert.

Tanja mischte sich ein: »Weshalb Überqualifizierung?«

»Vielleicht ist der Konstrukteur ängstlich oder hat sich etwas Besonderes ausgedacht.«

Leise singend schob eine dunkelhäutige Schwesternschülerin den Essenwagen. Sie hielt kurz vor Biankas Zimmer und fuhr singend weiter. Tanja schaute irritiert hinterher.

Bramert wandte sich an Frau Schliemann, beobachtete einige Sekunden ihr Gesicht und fragte: »Was halten Sie von einem Zusammenstoß mit einem Schaf?«

Sie antwortete schnippisch: »Grundsätzlich nichts.«

»Können Sie sich vorstellen, dass Ihre Schwester auf der Heimfahrt mit einem Schaf kollidierte?«

»Wenn es so einen verrückten Unfall gegeben hat, haftet der Schafhalter.«

Frau Schliemann erhob sich, öffnete leise die Tür, schaute ins Zimmer und sagt: »Meine Schwester schläft. Sagen Sie ihr bitte, dass ich hier war.« Sie reichte Tanja die Hand, dann Bramert, der sich erhob, um die dargebotene Hand ausgiebig zu schütteln.

»Frau Zainer wird die Unfallakte sichten. Wir halten ein Verbrechen für denkbar.«

»Ich habe Appetit auf Lammbraten bekommen«, verkündete Sylvia.

Bramert sah ihre ernste Miene, aber die Stimme klang unglaublich spöttisch. Sie setzte sich in Bewegung, die Absätze hämmerten davon. Bramerts Blick folgte dem Geräusch mit aufgerissenen Augen.

»Ob sie wohl wiederkommt?«, fragte er verklärt.

INSTITUT FÜR STRÖMUNGSMECHANIK

Sie trug einen dicken Zopf, der über ihren Schwimmerrücken bis zur Taille fiel. Die Vorlesung fand in einem kleinen Raum im ersten Stock statt. Sylvia Schliemann hatte das Diplom in Maschinenbau mit der Note Eins plus abgeschlossen, was die Prüfer mit Staunen akzeptierten. Nach den Diplomprüfungen hatte in den Institutsräumen eine bescheidene Feier mit kleinen Sektgläsern und belegten Brötchen stattgefunden. Viele dunkel gekleidete Herren plauderten vor Schreibtischen. Wie jedes Jahr umringten sie Pickert, weil die WASAN AG ein treuer Sponsor des Instituts war. Die anwesenden Frauen konnten an einer Hand gezählt werden. Dunkelfeld stieß mit Sylvia auf ihre Zukunft an, von der sie am Nachmittag noch keine präzise Vorstellung hatte.

»Wollen Sie als meine Assistentin arbeiten?«, fragte Dunkelfeld. »Ich, als ihr Doktorvater?«

Sylvia jonglierte mit diesem frischen Gedanken. Noch während des Abschlussfestes keimte die Vorstellung einer akademischen Laufbahn in ihrem Kopf und leuchtete am Ende der Veranstaltung aus ihren braunen Augen.

Mit dem Zeigestock, der Teleskopantenne eines Kofferradios, zeigte sie auf die besprochenen Punkte. Immer wieder glitt ihre linke Hand über die Stirn, um Haare wegzustreichen, die dort nicht hingen. Sie konnte sich kaum auf ihren Vortrag konzentrieren. Den Studenten blieb ihr Aufmerksamkeitsdefizit verborgen. Sie lauschten begierig, machten Notizen auf raschelndes Papier. Der Klinikbesuch zerrte an Sylvias Nerven, sodass ihre Gedanken über jede kleinste verbale Brücke abschweiften, aber den Vortrag hätte sie im Tiefschlaf halten können.

Bis auf den letzten Stuhl war der Hörsaal belegt. Sie überließ ihren eigenen Stuhl einer Studentin, die am Kopfende eines Tisches der ersten Reihe saß. Seit Politik und Industrie über den symbolischen Mangel an Ingenieuren lautstark lamentierten, studierten vermehrt Mädchen in den technischen Fakultäten. Sylvias Vorlesungen waren begehrt, weil das trockene Thema in ihrer Präsentation frisch und lebendig wirkte. Sie verließ den Hörsaal, nachdem er sich geleert hatte. Die Gesichter, die an ihr vorbeidrängten, konnte sie sich einprägen, aber keinen zugehörigen Namen. Sie raffte ihre Unterlagen zusammen, löschte das Licht, schloss ab und tappte wie eine mechanische Puppe davon.

Autos und Schafe defilierten in langen Schattenreihen hinter ihren offenen Augen. Sie pflegte zu ihrer Schwester eine komplizierte – fast feindselige – Beziehung. Aber jetzt forderte Biankas Zustand Zuneigung, auch Mitgefühl, aber zu Liebe fehlte ihr die Kraft. Ein dunkler Flur tat sich auf, der sich in ihrem Unterbewusstsein fortsetzte. Eine dunkle Frauenstimme sprach aramäisch, aber sie verstand die Worte.

»Die Schwellungen werden abklingen. Wir gehen davon aus, dass sie wieder wie früher aussehen wird.«

»Wird sie wieder gehen können?«

Schweigen war Qual.

Sylvia stolperte von der letzten Treppenstufe, federte den Sturz ab, ging in die Knie und packte mit der rechten Hand das Geländer. Ihre Unterlagen klatschten auf die Betonstufe. Als sie fest auf dem Boden stehen wollte, sank ihr rechter Fuß ein. Zuerst erschrak sie, aber nur der Absatz war weggebrochen. Die Beleuchtung spendete knauseriges Notlicht. Sie tastete nach dem verlorenen Absatz und steckte ihn in die Handtasche. Der Höhenunterschied von rechts nach links betrug sechs Zentimeter, dass sie auf dem Weg zum Labor wie ein beladenes Dromedar schaukelte.

Ein Versuch mit dem Elektronenmikroskop wartete. In ihrem Fach fand sie das Teilstück einer Laufradschaufel. ›Das Kavitationsverhalten metallischer Werkstoffe beim Einsatz in hydraulischen Strömungsmaschinen‹ war ihr Thema.

Dunkelfeld trat an ihren Stuhl. Sie hörte weder das weiche Tappen seiner Gummisohlen, noch bemerkte sie, dass ein Schatten auf ihren Arbeitsplatz fiel. Die Hand mit der Pinzette zitterte. Als er sprach, fiel die Probe auf den Tisch.

»Sylvia, was ist mit Ihnen los?«

Sie schaute mit geweiteten Augen hoch. »Nichts«, sagte sie mechanisch und dann: »Viel zu viel.«

»Kann ich Ihnen helfen?«

Dunkelfeld war besorgt und fühlte eine unbestimmte Verantwortung.

Sylvia war so hart, dass sie daran zerbrechen konnte. Sexuelle Attraktion schloss er bei seinem Verantwortungsgefühl aus, denn er war zu nüchtern, um das Glück seiner Familie leichtfertig aufs Spiel zu setzen. Väterliche Zuneigung nannte er den Wunsch, sie zu beschützen.

Sylvia suchte Geborgenheit. Sie befand sich in einer ernsten Krise. Seit ihrem 18. Lebensjahr durchlebte sie eine Dauerkrise, die sie mit Härte meisterte, aber ihr Panzer zeigte Risse. Sie trauerte um den Vater, den ihr die Scheidung der Eltern geraubt hatte. Auch den Verlust der Heimat verkraftete sie schwer. Ihre Mutter hatte der arabischen Welt den Rücken gekehrt.

Dunkelfeld legte eine Hand auf Sylvias Schulter und führte sie aus dem Labor. Sie tappte fast willenlos an seiner Seite. Er fragte, ob sie ihr Bein verletzt habe. Sie lachte gequält und zeigte den abgebrochenen Absatz in ihrer Ledertasche.

»Das lässt sich reparieren«, sagte sie leichthin und dann niedergeschlagen: »Anderes bleibt für immer zerstört.«

Sie gingen die Treppen hoch in sein Büro. Die Sekretärin hatte Feierabend. Die Nacht war kalter Nebel, der in Schlieren am Fenster vorbeiwölkte und die Erinnerung an ihre Schwester noch grauenvoller machte.

»Erzählen Sie, was Sie bedrückt.«

Sie setzte sich an den kleinen Tisch, schob Akten zurück, dass sie die Ellbogen aufstützen konnte. Ihr Kinn lag in den Händen. Dunkelfeld schaltete die Kaffeemaschine im Vorzimmer an.

»Schwarz mit Zucker?«

Sylvia klang erlöst: »Das ist genau das, was ich brauche.«

Die Maschine fauchte, Dunkelfeld kam mit zwei dampfenden Tassen.

»Gestern war ich in der Klinik«, begann sie.

»Gehen Sie unbedingt zu einem zweiten Arzt!«, riet er ihr.

»Meine Schwester ist seit gestern wieder ansprechbar.«

»Verstehe.«

»Meine Schwester nannte mehrfach einen Namen, bevor sie ins Koma fiel.«

Die Pause zog sich hin, Dunkelfeld rutschte auf seinem Stuhl.

»Sprechen Sie doch! – Weshalb fiel sie ins Koma?«

»Sie wollte eine Verabredung absagen. Das schien der Gedanke, der sie stark beschäftigte.«

»Eine private Verabredung?«

Sylvia nahm einen Schluck und betrachtete Dunkelfeld über den Tassenrand hinweg.

»Ein Unfall auf der Heimfahrt.«

»Das passiert den besten Autofahrern.«

»Als ich sie besuchte, saßen zwei Polizisten des LKA vor ihrem Zimmer.«

Er wollte ihren Blick erwidern, aber ihre Augen glitten über die Einrichtung. Einbauschränke für die Akten. Eine Schranktür stand offen – grüne Ordnerrücken. Der Schreibtisch wirkte gediegen, aber dem Rest des Mobiliars fehlte Individualität, die einem Professorenbüro gut getan hätte.

»Meine Schwester erinnert sich sehr detailliert an die Tage vor dem Unfall.«

Dunkelfeld beobachtete schweigend, rätselte, wohin ihn Sylvias Erzählung führen wollte.

»Bianka stürzte mit ihrem Wagen über den Abhang. – Angeblich ein Zusammenprall mit einem Schaf. Sie arbeitet bei der WASAN, sollte ich erwähnen.« Sylvia wärmte die Hände an der Tasse mit Emblemen des Instituts für Strömungsmaschinen.

Dunkelfeld setzte seine Tasse mehrfach ab, wirkte nachdenklich. »Es wäre unverzeihlich, wenn Ihre wissenschaftliche Arbeit unter dieser Geschichte leidet.«

Sylvia pinselte sich mit dem Ende ihres Zopfes über die Nase. Die sanfte Berührung beruhigte.

Der Professor wollte das belastende Thema beenden. »Sie waren schon lange nicht mehr im Verein. Ihre Freunde erkundigen sich jedes Mal nach Ihnen und ich komme in den Verdacht, dass ich Sie mit Arbeit überhäufe.«

Sylvia lachte heiter. Sie streckte ihren rechten Arm vor, der merklich zitterte. »Da verfehle ich selbst die Scheibe.«

»Das wird schon werden.«

»Ich will klären, was dahinter steckt. – Vielleicht täuscht sich meine Schwester, aber ich muss es wissen.«

»Die Polizei ist dafür da.«

Sylvia widersprach heftig: »Schaf oder nicht Schaf ist eine von vielen Fragen.«

Dunkelfeld, ungeduldig: »Wie lautet eine andere Frage?«

Sylvia schob ihre Tasse spielerisch über den Schreibtisch, trank den letzten Schluck und spielte weiter. Dunkelfeld nahm die Tasse und sie starrte gedankenverloren vor sich hin.

»Steckt ein Vergehen gegen das Embargo-Gesetz dahinter?« Sie fügte enttäuscht hinzu: »Eigentlich wollte ich Rotbeck heißen.«

Der Klang der Stimme hielt ihn zurück, nach der Bedeutung des Satzes zu fragen. Er trug die Tassen ins Vorzimmer. Sylvia erschreckte das tönerne Rappeln. Sie schaute zu dem leeren Stuhl und erhob ihre Stimme: »Ein sechswöchiges Praktikum im Bereich der Verarbeitung von korrosionsfesten Materialien wäre hilfreich.«

Dunkelfeld kam gemächlich zurück und stellte sich hinter Sylvia. Sie wagte keine Bewegung. Sein Gesicht spiegelte sich im toten Bildschirm und sie erkannte eine gewisse Anteilnahme, was wohltuend war. Bei der sanften Berührung ihrer Schultern wollte ihr Herz zerspringen. Seine Hand löschte den brennenden Schmerz, dass ihr Körper zitterte wie eine Bogensehne nach dem Schuss. Die Vibration war weder Ablehnung noch Ermutigung. Er wusste nicht, dass seine Hand therapeutisch wirkte.

»Sylvia, ich wünsche mir eine erstklassige Doktorin – vielleicht eine erstklassige Professorin.«

»Ich war so verspannt. – Jetzt ist es gut.«

Dunkelfeld lächelte verhalten. »Noch eine Tasse?«

Sie schüttelte träge den Kopf. »Dann bekomme ich Schlafstörungen.«

»Sie sollen wach bleiben.« Er klang vieldeutig und wartete lange. »Heute Abend bin ich mit Vorstand Pickert im Klub verabredet. – Eine Wette, die endlich ausgetragen werden muss.«

Sylvia, erleichtert: »Sie stimmen zu?«

»Vielleicht können Sie sich auf diese Weise empfehlen. WASAN ist eine Topadresse.«

Sylvia bestätigte diese Einschätzung durch lebhaftes Kopfnicken und sagte: »Wenn Sie mit Pickert sprechen, plaudern Sie bitte nur so viel aus, wie er wissen sollte, damit keine Konfusion entsteht.«

Professor Dunkelfeld beschrieb einen Zettel, um seine Strategie zu fixieren. Er sagte: »Drei Punkte darf ich auf keinen Fall verschweigen.«

»Sie kennen die Geschichte und ich lasse mich überraschen, was Sie daraus machen«, stimmte sie zu, weil letztlich nur der Erfolg zählte.

TANJA PRÜFT DIE UNFALLAKTE

Tanja erkannte, dass Aversionen gegen das LKA Klischees von Fernsehkrimis sind. Sie fragte beim Polizeipräsidium nach, wer den Unfall aufgenommen hatte und wo sie Akteneinsicht nehmen konnte. Sie spürte kein Bestreben, einen Deckel auf dreckige Wäsche zu drücken. Die Abteilungssekretärin meldete sich nach einer halben Stunde, sagte wo und wann sie an die Arbeit gehen konnte. Bramert fuhr sie in die Quadrate.

Im Gebäude des Präsidiums, im dritten Stock, mit Sicht auf den Nachmittagsverkehr, der in eine Richtung durch die Straße gezogen wurde. Für Tanja stand ein Schreibtisch mit PC und Internetzugang bereit. Eine Mitarbeiterin brachte die angeforderte Akte, einen dünnen, grünen Schnellhefter.

Der Unfall war mit einem mehrseitigen Bericht und Bildern dokumentiert. Tanja studierte die Bilder des Unfallorts. Geknickte Bäumchen und zerdrücktes Gestrüpp markierten die Absturzstelle. Durch Schnee und gefrorenen Matsch gegrabene Reifenspuren. Bis zum Abgrund hatten die Bremsen blockiert. Ein Hubschrauber der Bundeswehr hatte den Wagen an den Felgen hochgewuchtet – mit vier breiten Tragbändern und Radkrallen.

Bianka bekam nicht mit, dass sie bei dieser Aktion im Wagen saß, denn bei dem Unfall hatte ihr Kopf gegen die Frontscheibe geschlagen, wobei sie das Bewusstsein verlor. Die Rettung war ein Balanceakt, der fliegerisches Feingefühl erforderte. Der Hubschrauber schwebte während der gesamten Rettungsaktion in der Luft, weil

Landen unmöglich war. Es dauerte annähernd eine halbe Stunde, bis der Golf, von den Krallen befreit, auf dem Weg stand. Zwei Rettungssanitäter hoben Bianka vorsichtig vom Sitz. Der Arzt untersuchte den Rücken der Bewusstlosen, bevor sie auf die Trage gelegt wurde. Ein Krankenwagen stand bereit, der sie in die Klinik brachte. Im Krankenhaus war Bianka für wenige Minuten ansprechbar. Der rote Golf blieb stehen, bis ihn ein Abschleppdienst in die Werkstatt fuhr. Er wurde untersucht und fotografiert.

Die Analyse ergab keinen Hinweis auf Fremdverschulden. Nach den Fotografien schätzte Tanja das Alter des Wagens auf zwei Jahre, was die Kopie des Fahrzeugscheins bestätigte. Er wurde als sehr gepflegt beschrieben und befand sich in technisch einwandfreiem Zustand. Auf der Fahrerseite, im Bereich des vorderen Kotflügels, zeigten drei Fotografien eine große, flache Delle – vier Zentimeter tief eingedrückt. Eine Detailaufnahme ließ anhaftende Fasern erkennen. Der Bericht nannte die Fasern Wolle eines weißen Schafs – zweifelsfrei.

Aus der Fülle der Indizien wurde folgender Unfallhergang rekonstruiert: Die Fahrerin fuhr bei nebliger Dunkelheit auf der ohnehin gefährlichen Talstraße. Plötzlich tauchte im Scheinwerferstrahl ein Schaf auf, dem sie reflexartig auswich. Vermutlich war das Tier durch den Strahler geblendet und angststarr, dass es zum Zusammenprall kam. Durch das Ausweichmanöver und die Wucht des Aufpralls stürzte der Wagen über den Straßenrand.

Tanja machte Notizen in ihr schwarzes Buch.

Bianka überlebte den Unfall zufällig. Der Ganghebel war herausgesprungen, oder sie besaß noch die Geistesgegenwart, den Gang herauszunehmen – jedenfalls arbeitete der Motor bis zum Morgen im Leerlauf und heizte den Wagen.

In der Telefonliste suchte Tanja den Beamten, der den Bericht geschrieben hatte. Sie stellte sich als Mitarbeiterin des LKA vor. Die Stimme des Streifenpolizisten klang jung – geschätzt 22.

»Wurde das Schaf gefunden?«

»Wir haben gesucht, aber das war weg.«

»Keine Hufspuren? Wurden Suchhunde eingesetzt?«

Der Mann zögerte verlegen. »In der Nacht war heftiger Schneefall, dass wir kaum noch die Bremsspuren gefunden hatten. Der Fall ist sonnenklar.«

»Einen Aufprall dieser Wucht überlebt kein Schaf.«

Das folgende Schweigen verriet, dass darüber ergebnislos spekuliert worden war.

Tanja bohrte weiter: »Das ist eine Schwachstelle bei der Ermittlung.«

»Die Wolle ist ein sicheres Indiz.«

Tanja hörte Motorgeräusche. »Fahren Sie gerade Streife?«

»Ja.«

»Wie lange?«

»Bis 15 Uhr.«

Sie schaute auf ihre Armbanduhr. »Wir müssen uns zusammensetzen und darüber sprechen.« Sie beschrieb ihm, wo er sie finden konnte.

Tanja arbeitete weiter, verglich die Akte mit Bramerts Aufzeichnungen und versuchte die spärlichen Informationen des Unfallopfers in einen nachvollziehbaren Ablauf einzuarbeiten. Tanja lehnte sich zurück, schloss die Augen und erstellte auf ihrer Netzhaut ein Denkmodell. Zwischendurch machte sie Notizen, strich alte Aufzeichnungen durch und telefonierte mit Bramert.

»Ich höre.«

»Die Beschädigung an Frau Rotbecks Wagen ist so stark, dass ein Schaf diese Begegnung unmöglich lebend überstanden hätte. – Der Kadaver wäre vermutlich zehn Meter weggeschleudert, aber weder Blut noch Kadaver wurden gefunden.«

Bramert schwieg.

»Du weist in deinen Notizen auf Scheinwerfer hin, welche Frau Rotbeck drei Tage hintereinander verfolgt hatten?«

Bramert zögerte. »Einen Geländewagen vermutet sie, der sie seit Mannheim-Käfertal verfolgte.«

Tanja schwieg.

»Habe ich das in meinem Bericht vergessen. Diese Verfolgung fiel Frau Rotbeck am Montag zum ersten Mal auf und sie wiederholte sich, obwohl sie jeden Tag zu einer anderen Zeit Feierabend gemacht hatte.«

Tanja schwieg immer noch – sie blätterte. In Bramerts Bericht war der verfolgende Wagen erwähnt und sie erinnerte sich an ihr Gespräch im Krankenhaus, nachdem Bramert das Krankenzimmer verlassen hatte.

»Ein Geländewagen?«, fragte sie, um die Aussage zu hinterfragen.

»So erinnert sich Frau Rotbeck.«

»Da war Nacht, wenig Mond«, wandte Tanja ein. »Ich hab das überprüft. Bodennebel hat zusätzlich die Sicht verschlechtert.«

»Hoch angebrachte Scheinwerfer. Ich glaube die Scheinwerferposition lässt sich auch im Rückspiegel abschätzen. – Der Wagen hat zweimal an der Unfallkurve gewendet.«

Bramert saugte hörbar Luft durch die Nase, dass Tanja einen gewichtigen Nachtrag erwartete. So schwiegen sie lange Zeit, weil noch etwas Wichtiges zu sagen war. Irgendwann sagte er: »Frau Rotbeck hat keine Erinnerung an ein Schaf.«

Tanja skizzierte in ihrem schwarzen Buch mit schnellen Strichen einen Wagen, wie ihn Bianka gefahren hatte, daneben einen Geländewagen – groß und bullig – dazwischen ein Schaf. Die Skizze war kein Anwärter auf einen Kunstpreis, aber sie erfüllte ihren Zweck.

»Tanja, bist du ohne mich eingeschlafen?«

Ihre erste Antwort war zorniges Lachen. »Bramert, ich erstelle gerade eine Arbeitshypothese!«, rief sie ins Telefon.

»Lass hören.«

»Versuchter Mord.«

Bramert blies Luft zwischen seinen Zähnen durch. »Lass schon hören!«, verlangte er ungeduldig.

»Jemand verfolgte Frau Rotbeck zwei Tage auf ihrer Heimfahrt. Er hat die Haarnadelkurve als ideale Stelle erkannt, um ihren Wagen abzudrängen.«

Bramert fragte interessiert: »Weshalb lässt er sich so viel Zeit?«

»Er braucht einen Schafkadaver, den er als Rammschutz an seinem Wagen befestigt.«

Bramert dachte lange nach und sprach mit viel Respekt: »Ich bin froh, dass du dich für die Guten entschieden hast.«

Kurz nach 15 Uhr kam der Kollege, ein junger Mann – ungefähr in Tanjas Alter. Tanja schaute hoch, als die Uniform vor ihr stehen blieb, und erhob sich. Der junge Mann rieb sich verlegen die Hände. Er wirkte entzückt, als hätte er eine Erscheinung der vierten Dimension. Ihre blasse Haut wirkte im weißen Kunstlicht noch blasser, der rötlichbraune Bubikopf versteckte ihre Ohren wie ein goldener Helm. Sie begrüßten sich mit Handschlag. Der Polizist rückte einen Bürostuhl an Tanjas Seite. Sie sprach den Bericht durch und fügte das gefilterte Komprimat von Bramerts Befragung hinzu. Der junge Mann meinte, Tanja sei mit ihrer Analyse fertig, weil sie leichten Plauderton anschlug.

Dann änderte sie wieder den Tonfall. »Sie hatten schon am Anfang den Eindruck, dass etwas an diesem Unfall unvollständig wirkte.«

»Die Fakten sprechen für sich.«

»Vor allem die fehlenden Fakten – scheint mir. Sie müssen sich darüber im Klaren sein, dass Spuren nicht gelesen, sondern konstruiert werden.«

Der junge Mann erschrak ein wenig. »Ich will Ihnen gern helfen.«

Sie lächelte. »Kann ich den Wagen anschauen?«

»Ist noch etwas unklar?«

»Ich möchte mir einen direkten Eindruck verschaffen.«

Der junge Mann telefonierte mit der Werkstatt. »Wir können gleich vorbeikommen.« Auf dem Weg zur Tür fragte er, ob neue Erkenntnisse vorlagen, die einen Einsatz des LKA erforderten. Tanja schüttelte Zweifel aus ihrem Haar.

»Die Verletzte hat vor dem Unfall auf die Mailbox ihrer Mutter gesprochen.«

»Ist das ungewöhnlich?«

»Nein!«

»Weshalb greift das LKA den Fall auf?«

»Wir halten ein Verbrechen für möglich, das unseren Aufgabenbereich betrifft, aber noch müssen wir recherchieren.

»Was ist Ihr Aufgabenbereich?«

»Ein Mordversuch wäre ein Hinweis, aber noch kein Beweis.«

Sie fuhren mit dem Streifenwagen zur Werkstatt, wo Biankas Golf am Rand der Halle auf eine Entscheidung wartete. Tanja sog den Werkstattgeruch ein – Schmieröl, Benzin, Erinnerung an ihre Kindheit, als sie in abgestellte Autos kletterte und mit Lenkrad und Gangschaltung hantierte. Mit 15 wollte sie die Werkstatt ihres Vaters übernehmen, aber ihre Eltern zwangen sie zum Abitur und verordneten ihr dadurch eine Denkpause. Sie hatten ihren Charakter richtig eingeschätzt.

»Sie sind eine eigenartige Frau«, stammelte er, als sie nebeneinander zu dem Wagen gingen.

»Sonst nichts?«

»Eigentlich schon.«

»Als Polizist müssen Sie sich Präzision in der Beobachtung angewöhnen.«

»Darf ich Sie …?«

»Heute auf keinen Fall.«

Bramert wäre auf sie stolz gewesen.

Tanja überprüfte die Delle mit ihrer Hypothese vom festgebundenen Schaf. Kleine Wollbüschel hingen am Kotflügel, im getrockneten Straßenschmutz. Der Weg war an diesem Tag matschig gewesen, bis Ostwind gegen Morgen Frost in den Boden blies – dennoch keine Hufabdrücke. Tanja betrachtete die Delle aus verschiedenen Blickwinkeln. Sie zeigte auf eine Stelle.

»Schauen Sie hier!«

Der Uniformierte hielt die Mütze wie eine Bonbonniere und beugte sich herab. Dabei streifte seine Wange Tanjas Gesicht, dass er errötete, als er die Berührung ihrer glatten Haut wahrnahm.

»Sieht aus, wie der Abdruck eines Seils.«

»Sehe ich auch so«, bestätigte sie. »Es bleibt zu klären, wie der Abdruck dort hinkam.«

»Ein Halsstrick?« Er überlegte. »Das Schaf sollte zum Metzger gebracht werden und ist ausgebüxt. – Dann fällt mir ein, dass der Wagen mit dem Hubschrauber geborgen wurde – mit Krallen, die an Gurten hingen.«

»Man hätte den Kadaver finden müssen.«

»Was ist, wenn der Metzger sein totes Schaf mitgenommen hat?«

»Auch eine denkbare Variante – aber es war Nacht«, wandte sie nach kurzer Überlegung ein. »Kein Blut … und er hätte Frau Rotbecks Wagen bemerkt.«

Der Polizist wählte die Nummer der SpuSi. Tanja übernahm das Gespräch. Sie stellte sich vor und fügte hinzu, dass in der Werkstatt ein roter Golf stehe, der spurentechnisch untersucht werden müsse.

»Wir haben den Wagen bereits freigegeben.«

»Damit sollten Sie noch warten.«

»Welcher Verdacht liegt an?«

»Versuchter Mord zur Verschleierung eines Verbrechens zum Schaden der Bundesrepublik.«

»Wow«, hauchte die Männerstimme. Ein Verbrechen dieses Kalibers forderte eine Menge Respekt. »Wir kommen sofort!«

Eine halbe Stunde später erschienen zwei Spezialisten mit einem Kofferraum voll technischer Spielereien. In der

Werkstatt zogen sie weiße Arbeitskleidung über. Tanja zeigte die Spur, die sie als Abdruck eines Seils deutete. Die Ausleuchtung ließ keinen Zweifel offen. Sie machten Fotos aus verschiedenen Perspektiven und mit unterschiedlichem Licht, fanden winzige Kunststofffasern, die sie eintüteten. Genauso sammelten sie Wollfasern in Beweismitteltüten.

»Könnte auch von den Gurten stammen, die zur Bergung verwendet wurden«, wandte der Uniformierte ein.

»Wir werden das eindeutig feststellen.«

DAS PRAKTIKUM

Sylvias Praktikum wäre ohne Professor Dunkelfelds Vermittlung unmöglich gewesen, aber es bedurfte mehr als der Versicherung, dass Sylvia eine hervorragende Wissenschaftlerin war. Dunkelfeld musste viel von dem preisgeben, was er von Sylvia erfahren hatte.

Er fuhr auf den Besucherparkplatz der WASAN-Holding. Im Empfangsraum hinter der Pforte stand eine große Unterwassermotorpumpe aus Bronze, die Sylvia und Dunkelfeld interessiert betrachteten. Pickert stellte sich wenige Minuten später zu ihnen. Sylvia trat diskret zurück. – Was rät der neue Knigge, wenn man eine junge Dame und einen älteren Professor begrüßen will? – Sylvia näherte sich, als Pickert Dunkelfelds Hand schüttelte.

Neben der Pforte parkte Pickerts dunkelblauer S-Klasse-Mercedes, mit dem sie ins Zweigwerk fuhren. Sylvia grub sich in der Rückbank ein, wo sonst Pickert saß, wenn er mit dem Chauffeur unterwegs war. Sie bemerkte verschiedene Stecker in der hochgeklappten Armlehne, für Internetverbindung und Telefon. Pickerts Sekretärin kündete den Vorstandsbesuch telefonisch an. Der Vorstandsvorsitzende sprach über die denkwürdige Schießmeisterschaft, an deren unerwartetem Ausgang er anscheinend immer noch zu kauen hatte. Sylvia versuchte ihren Erfolg abzuschwächen, was unmöglich war. Der Portier hielt nach dem hohen Besuch Ausschau. Die Schranke hob sich, bevor der Wagen stand.

Vor drei Tagen hatten sie im Schützenverein auf laufende Keiler geschossen. Das war die einzulösende Wette gewesen. Sylvia war von Pickert eingeladen worden, sich an der kleinen Meisterschaft zu beteiligen. Auf diese Weise erhoffte er, sich wenigstens den Platz des zweiten Siegers zu sichern. Er bekundete Vorurteile hinsichtlich der Verbindung zwischen Frauen und Gewehren, obwohl er von Sylvias Treffsicherheit gehört hatte. Als er ihr eine Vereinswaffe reichte, war sein Geleitwort: »Annie Get Your Gun.« Das war äußerst humorvoll. Sein herzhaftes Lachen drohte in den Erstickungstod überzugehen. Sylvia beobachtete besorgt die dunkelrote Blähung seiner Wangen, lächelte trotzdem gehorsam.

Ihre Nerven hatten sich nach dem Gespräch mit Dunkelfeld so sehr beruhigt, dass die Blechtiere vor Panik umfielen, sobald Sylvia anlegte. Pickert sprach von martialischer Treffsicherheit, dass er lange brauchte, Sylvias weibliche Attribute zu bemerken, und fand am späten

Abend sogar Gefallen daran. Ihre verbale Schlagfertigkeit empfand er allerdings als degoutant, dass er ihrer scharfen Zunge durch lächelndes Schweigen Paroli bot.

Ihre Frisur bestand aus zwei Zöpfen, die um den Kopf gewunden waren. Beim Kontrollblick in den Spiegel schaute die Leiterin einer christlichen Mädchenanstalt mit gestrengem Blick heraus. Sie trug ein keuschgraues Kostüm. Der Rock peitschte bei jedem Schritt ihre Schenkel.

Der Portier reichte Pickert einen Werksausweis, den er an Sylvia weitergab.

»Frau Schliemann, hiermit sind Sie für die nächsten sechs Wochen ein Mitglied unserer großen Familie.«

Sylvia machte einen Knicks. »Danke, Paps«, lag ihr auf der Zunge. Sie spürte das glucksende Brodeln eines Lachanfalls, den Dunkelfelds Blick verhinderte.

Ab jetzt beobachtete sie jedes Gesicht, dem sie vorgestellt wurde. Sie hoffte inständig, dass niemand den Mädchennamen ihrer Schwester kannte, denn dies wäre das Ende ihrer Mission gewesen. Das Praktikum würde sie auf jeden Fall durchziehen, denn sonst wäre die Operation des LKA gefährdet.

Sylvia sog hörbar die Aufzugluft durch die Nase. Sie fuhren zu Schneemüllers Büro in den fünften Stock hoch.

»Hier riecht's nach schweißtreibender Arbeit«, konstatierte sie.

Pickert hob missbilligend die Brauen.

Sylvia erklärte ihre unpassende Bemerkung. »Meine Nase ist unbarmherzig. Wenn die Probiergläser weiter wären, könnte ich Sommelière werden.«

Pickert schien jetzt erst ihr Gesicht zu bemerken und fand launige Worte: »Ich verstehe endlich, weshalb Sie so treffsicher sind.«

Schneemüller war Lächeln und Kraft, durchtrainiert bis zu den Kaumuskeln. Der Maßanzug betonte seine dynamische Erscheinung. Er betrachtete Sylvia wohlwollend und spannte das dünne Oberlippenbärtchen zu einem schrägen Strich. Sie versuchte abzuschätzen, ob dieser Mann etwas mit dem Unfall ihrer Schwester zu tun hatte.

Weshalb sollte sie in ihrer Vermutung weiter gehen als ihre Schwester? Bis auf seinen ausgeprägten Narzissmus gefiel er ihr.

»Eine Perle aus Professor Dunkelfelds Labor wurde mir gesagt.«

Dunkelfeld machte eine bestätigende Geste in Sylvias Richtung, als wolle er diese Perle weiterreichen. Sylvia hielt sich zurück, denn so früh wollte sie noch keine Weichen stellen.

»Sie brauchen ein Praktikum für ihre Doktorarbeit? Habe ich das richtig verstanden?«

»Das Praktikum ist keine absolute Notwendigkeit, da unser Labor sehr gut ausgestattet ist, aber die Umsetzung einer idealen Hydraulik in ein Serienprodukt folgt eigenen Gesetzen.«

Sie rätselte über Dr. Schneemüllers Studienfach. Jura oder Theologie – Verdammnis oder Segen? Sylvia schloss aus den kleinen Schwingungen, dass sie bei ihm äußerst gut ankam. Aus Stolz würde er keine krummen Geschäfte machen – oder gerade deswegen?

Zu viert setzten sie die Wanderung fort. Wenn die Besucher die Mittelgänge der Büros entlangschritten, eilte ihnen Schweigen voraus, wie eine Epidemie. Schneemüller verharrte zur Demonstration seiner Beliebtheit an manchem Schreibtisch. Sylvia hielt sich in seiner Nähe auf.

Dumpfes Grollen vibrierte im Prüffeld. Sie betraten die Halle durch eine Seitentür, die zu der Messwarte führte. Leuchtende Symbole an einer Wand zeigten die laufenden Pumpen – Durchfluss, Druck, Stromaufnahme und andere Werte. Leise schnurrend erfasste ein Großrechner die Daten und steuerte gleichzeitig die Abläufe in sechs Prüfbrunnen. Die werksinterne hydraulische Abnahme wurde automatisch gefahren. Der Leiter zeigte Sylvia ein Messprotokoll, das ohne menschliche Einwirkung erstellt war.

Von hier konnte das gesamte Prüffeld überblickt werden. Zwei Männer in Blau senkten eine Unterwassermotorpumpe mit dem Deckenkran in einen Prüfbrunnen. Die Gruppe ging an den Arbeitern vorbei. Sylvia hüpfte elegant über die dicken elektrischen Leitungen, die auf dem nassen Boden lagen. Im Hintergrund standen riesige, schlanke, goldfarbene Pumpen. Pickert und Schneemüller waren gleichermaßen auf diese Produkte stolz. Pickert zeigte hinüber und erklärte. »Ein Großauftrag für eine gigantische Wasserversorgung.«

Schneemüller ging in diese Richtung, Sylvia folgte. »Ich glaube, wir dürfen Frau Schliemann mehr verraten!«, sagte er und wartete auf Pickerts Zustimmung. »Die Pumpen werden in Saudi Arabien eingesetzt – Zwei Städte mit sehr hohem Wasserbrauch. – Riad und KKMC.«

»KKMC?«, fragte Sylvia.

»King Khalid Military City«, übersetzte Pickert.

Sylvia stellte sich vor eine Pumpe – ein kleiner Blitz – Dunkelfeld machte ein Foto. Der untere Teil des langen Gebildes war der Motor. Sylvia hob den Kopf, um das

Leistungsschild zu erkennen, das in der Mitte des Motors angebracht war.

»550 kW«, las sie respektvoll.

Sie trat zwei Schritte zurück, legte den Kopf in den Nacken und zählte die Stufen der Pumpe, die auf dem Motor saß.

»28?«

Schneemüller bestätigte die Zählung durch Kopfnicken.

»Aluminium-Mehrstoff-Bronze?«, fragte sie, obwohl sie das wusste.

»Richtig!« Schneemüller glaubte einen Pluspunkt zu verteilen. »Beim nächsten Probelauf können Sie mitmachen«, bot er an. »Da werden vier Ingenieure des Kunden kommen.«

Sylvia freute sich sichtbar und bedankte sich für die Einladung. Sie schaute sich auf dem Prüffeld um, sah vier kleinere U-Pumpen auf einem Holzrahmen – Chrom-Nickel-Stahl, mit einer Plastikfolie abgedeckt, damit sie vor einer Infektion mit unlegiertem Stahl geschützt waren.

Sylvia zeigte hinüber und fragte: »*Stainless* 316?«

»*Intake*-Pumpen für eine Umkehrosmose auf Fuerteventura.«

»Die Kanaren!«, jubelte Sylvia. »Da könnte ich doch …« Sie überließ es Schneemüller ihrem Jubel den letzten Schliff zu geben.

»Wir könnten gemeinsam den Schalter umlegen?«

Pickert ignorierte den kollektiven Ausbruch der Freude und drängte, den Rundgang fortzusetzen. Sie gingen durchs Prüffeld für die trocken aufgestellten Pumpen. Unter Folien erkannte Sylvia Hochdruckpumpen aus besonders hochwertigem Edelstahl. Sie schaute in eine andere Richtung – damit sie keine Frage stellen musste.

Direkt hinter dem Prüffeld befand sich das Konstruktionsbüro. Raimund Hofer, der Konstruktionsleiter, kam aus seinem Glaskasten, als die Gruppe das große Büro betrat. Sylvia spürte ein geheimes Einverständnis zwischen Schneemüller und Hofer – wie kleine Jungs, die sich gegenseitig mit versteckten Gesten auf die neue Lehrerin aufmerksam machten. Hofer reichte Sylvia die Hand. Sie war von dem Gruß überrascht, der Handschlag war angenehmer als Schneemüllers fleischgewordener Schraubstock. Hofer bat die Besucher in seinen Glaskasten. Er war auf Sylvias Praktikum vorbereitet. Sie erklärte, wie sie sich den Ablauf der nächsten sechs Wochen vorstellte, betonte, dass sie sich auf Hydrauliken in seewasserfesten Stählen konzentriere. Außerdem sei es ihr Ziel, eine grundlegende Untersuchung an einer Hochleistungshydraulik durchzuführen.

Dunkelfeld wandte sich mit einer Kopfdrehung an alle: »Frau Schliemann wird Ihnen sicher ein signiertes Exemplar ihrer Dissertation aushändigen.«

Sylvia zeigte sich, durch Andeutung eines damenhaften Knickses, von Dunkelfelds Vorschlag geschmeichelt.

Hofer stellte Sylvia ihren zukünftigen Bürokollegen vor. Sie streichelte liebevoll die Platte ihres Schreibtischs, als wolle sie ihn auf die Freuden einer gemeinsamen Zeit vorbereiten. In einem unbeobachteten Moment wischte sie den Staub in ihr Taschentuch.

Als sie zur Rückfahrt in Pickerts Wagen stiegen, war Essenszeit. Sylvia hätte gerne gewusst, welche Informationen Dunkelfeld dem Vorstand gegeben hatte. Aus Pickerts verbissenem Gesichtsausdruck erkannte sie, dass Dunkelfeld den Praktikumsplatz teuer erkaufen

musste. Der Vorstand sprach förmlich eine Einladung zum Mittagessen aus und machte, bevor er die Zustimmung erhielt, einen Schlenker zur Bergstraße. Er meinte, dies sei ein kleiner, kulinarischer Umweg.
Am späten Nachmittag, auf der Rückfahrt nach Kaiserslautern, fragte Sylvia: »Pickert weiß also, weshalb ich in Mannheim arbeiten möchte?«

»Ich habe ihm klargemacht, dass ein Skandal vermieden werden kann. – Er soll sich mit der Staatsanwaltschaft in Verbindung setzen, damit WASAN nicht von einer Durchsuchung überrascht wird. Später kann er sich als Beschützer von Staatsinteressen präsentieren.«

»Habe ich in diesem staatstragenden Spiel auch eine Funktion?«

»Klar!«, sagte Dunkelfeld. »Sie machen ein staatstragendes Praktikum.«

»Wie wirkt sich das in der Note aus?«

»Was ist Ihnen lieber? – Ruhm oder Ehre? – Oder?«

GESPRÄCH MIT DER STAATSANWÄLTIN

Bramert saß der Staatsanwältin Kyriaki Chemsky an ihrem Schreibtisch gegenüber. Die Funktion von Frau Chemsky war schwer einzuordnen, sie war Ermittlungsperson und nur dem Generalstaatsanwalt weisungsgebunden, was mit den Verfahren zusammenhing, die ihr schwerpunktmäßig oblagen. Sie fixierte Bramert grimmig, wie ein gefräßiger Wolf. Beide lauschten auf die Geräusche des Vorzimmers. Draußen läutete das Telefon. Der Schreibtisch lag lang und breit zwischen ihnen. Zehn aufgeschlagene Aktenordner konnten bequem nebeneinanderliegen und die nützlichen Bürohelfer fanden trotzdem noch Platz. An der linken Bürowand hing der Farbdruck eines van Gogh der mittleren Schaffensphase, als er noch mit beiden Ohren malte. Hinter der Staatsanwältin stand ein Regal mit Gesetzbüchern und Kommentaren, durch blank geputzte Glastüren vor Staub geschützt. Die Sekretärin telefonierte, kaum hörbar, im Vorzimmer.

»Frau Staatsanwältin, ich brauche eine Genehmigung …«, begann Bramert.

»Eine Durchsuchung, Herr Oberkommissar?«, unterbrach sie ihn.

»Wenn's gefällt«, antwortete er. Seine Stimme war neutral wie ein weißes Blatt. Mit dieser Stimme fragte er dann: »Wie lange kennen wir uns?«

»Herr Bramert, wollen Sie mein Gedächtnis auf die Probe stellen? Soll ich Ihnen das exakte Datum nennen?«

Bramert blätterte in seinem schwarzen Notizbuch. Diesmal suchte er vergeblich die richtigen Worte – weder dienstlich noch privat. Er schwenkte zu dem Fall ›Bianka Rotbeck‹, erklärte, wie er in diese Geschichte involviert wurde und was er bisher ermittelt hatte. Er legte seinen mit dem PC geschriebenen Bericht auf den Schreibtisch. Mit dem Bericht der Schutzpolizei umfasste er in diesem jungen Anfangsstadium bereits 20 Seiten. Aber er wusste genau, dass die bisherigen Ergebnisse keine Durchsuchung der Büroräume der WASAN AG rechtfertigten. Bramert war dafür zu früh gekommen. Selbst die revidierten Ergebnisse der SpuSi lagen noch nicht vor. Er wollte die Staatsanwältin vorbereiten – worauf, fragte er sich selbst.

Die Staatsanwältin lehnte sich in ihrem Drehstuhl zurück. Sie lauschte auf Untertöne in Bramerts Stimme, machte Notizen und verwarf die von ihm vorgeschlagene Maßnahme. Der Vorstandsvorsitzende Pickert hatte vor zwei Stunden angerufen und der Justiz seine Hilfe bei einer brisanten Angelegenheit angeboten. Darüber schwieg sie und ließ sich Sachverhalte erklären, über die sie bereits informiert war, weil Bramert unvoreingenommen bleiben musste.

»Darf ich Ihre Begründung erfahren, Frau Staatsanwältin?«, fragte Bramert.

Sie betrachtete sein Mienenspiel, aber da spielte nichts. Er achtete ihre Arbeit, hielt auch mit seiner Meinung selten zurück, denn er profitierte meist von ihrer Sicht auf die Sachverhalte. Bramert bewunderte das ovale Gesicht, das durch die Locken einen schwarzen Barockrahmen erhielt. Sie lächelte über diesen Blick, der ihr gefiel. Um sein Interesse zu steigern, schob sie mit beiden Händen ihre Mähne hinter die Ohren.

»Herr Oberkommissar Bramert«, begann sie, »so wie ich die Sache sehe, könnten wir im äußersten Fall einen versuchten Mord vor Gericht bringen. – Wobei Sie selbst für dieses Minimum keine ausreichenden Beweise liefern. Das ist eindeutig zu wenig.«

»Die Unfallakte wird neu ausgewertet.«

Die Staatsanwältin reagierte auf die beschwichtigende Bemerkung verärgert: »Wenn Sie ein Nuklearverbrechen verhindern wollen, ist die Aufdeckung eines Mordversuchs geradezu kontraproduktiv.« Sie durchblätterte hastig ihre Notizen, als wolle sie sich im Chaos zurechtzufinden.

Er runzelte die Stirn, weil er gern ihre Gedanken ergründet hätte, da packten ihn ihre Augen, die dumpf pochende Stimme presste Schmerz in sein Gehirn.

»Beim Schutz der Patientin sollten Sie sensibel handeln – in Erwartung der Bestätigung Ihres Verdachts. Die Medien halten wir raus, bis der Fall abgeschlossen ist.«

Schutz der Patientin! Heraushalten der Medien! Sie hatte längst darüber nachgedacht. Er verschwieg seine Vermutung, dass sie mehr wusste, als sie preisgab, und lachte, weil er glaubte, sie zu durchschauen. »Die Qualität der Geheimhaltung hat merklich gelitten. – Manchmal denke ich, wir scharen nur noch Spitzel, Denunzianten und V-Leute um uns.« Das klang sehr eindeutig.

»Sie haben genug Erfahrung, um Ihre Lippen versiegelt zu halten.«

»Wie soll ich in einer öffentlichen Klinik …?« Bramerts aufgeregter Einwand wurde von der dunklen Stimme erwürgt.

»Die Aufdeckung eines Nuklearverbrechens muss oberstes Ziel sein – und dabei erwarte ich den Fang der kleinen und großen Fische – sowie die Offenlegung der kriminellen Struktur.«

»Die großen Fische schwimmen meist in fremdem Gewässer.«

Sie, mit belehrendem Ton: »Transfer von Nukleartechnologie ist annähernd das Schlimmste, was uns im Augenblick passieren kann. Die Amis schauen mit Argusaugen herüber, damit sie von eigenen Problemen ablenken können. Wenn wir bei diesem Fall versagen, liefern wir ein Veilchenblatt, unter dem sie eigene Inkompetenz bequem verstecken können.«

Sie lächelte, was ihn wütend machte. Seine Wut verhinderte, dass er sich die Bedeckung mit einem Veilchenblatt plastisch vorstellte, sonst hätte er sicherlich mitgelacht.

»Heuchelei sollte mit einem Bann belegt werden, wie andere Kapitalverbrechen.«

Über diese Bemerkung lachte sie schallend. »15 Jahre für Heuchelmord?« Dann fügte sie kategorisch hinzu: »Der Deckel muss draufbleiben!«

Bramert setzte mit geweitetem Brustkorb zu einem Einwand an, schwieg jedoch.

»Sie haben natürlich recht. Das Krankenhauspersonal muss seine Arbeit erledigen.«

»Gestatten Sie, dass ich meine Mitarbeiterin anrufe, ob die Untersuchung der SpuSi neue Erkenntnisse gebracht hat?«

Die Staatsanwältin rieb genervt die Handflächen aneinander, dass es klang, als wolle sie die Hände mit Reibungshitze entzünden. »Ich lechze nach neuen Erkenntnissen, aber meine Ablehnung einer Durchsuchung der Firmenräume steht fest.«

Bramert ging ans Fenster, wählte Tanjas Nummer, stellte den Ton laut.

»Sind die Ergebnisse raus?«

»Meine Hypothese ist bestätigt. Die Spezialisten konnten das Abbild des eingedrückten Brustkorbs erkennen. – Das Schaf war nach dem Aufprall zermatscht. – Da kein Blut festgestellt wurde, müssen wir von einem älteren Kadaver ausgehen.«

»Gratuliere!« Bramert klappte sein Gerät zu. »Sie konnten mithören?«, fragte er zum Schreibtisch.

»Die junge Dame hat eine Stimme wie eine Kreissäge. – Ich wundere mich, dass dein Ohr noch dranhängt«, sagte Kyriaki.

Bramert bemerkte den Übergang zum Du. Privat duzten sie sich seit zwei Jahren – nach einer dienstlichen Feier, als eine Alkoholbarriere Bramerts Heimweg versperrt hatte. Der Mann der Staatsanwältin hielt irgendwo auf der Welt einen gelehrten Vortrag zur Messtechnik mittels Laser – oder etwas Ähnliches. Kyriaki Chemsky, von ihren Freunden Kiki genannt, war nüchtern genug, um zu erkennen, dass sie dem äußerst befriedigenden One-Night-Stand eine Ergänzung und Fortführung wünschte. Es folgten wöchentliche One-Night-Stands, die sie euphemistisch Hausdurchsuchung nannte, wodurch die intimen Begegnungen einen Hauch von Dienstgeheimnis erhielten. Kiki dachte nie an Scheidung und Bramert war mit 31 Jahren ein Spätpubertierender – und blieb es.

»Ich warte seit zwei Wochen auf eine Hausdurchsuchung.«

Sie bemerkte das Erschrecken auf Bramerts Gesicht.

»Probleme mit deiner Mitarbeiterin?«, wollte sie wissen.

Bramert schüttelte resignierend den Kopf. Ihr Blick durchbohrte ihn.

»Was jetzt?«, fragte sie ungeduldig.

»Ich glaube, ich werde romantisch.«

Sie lachte zuerst, erkannte dann, dass Bramert von Amors Pfeil durchbohrt war. Ihre Stimme klang frivol. »Sind wir nicht alle romantisch? Uns dürstet nach Romantik.«

»Die Schwester des Opfers. Die Frau hat mich wie ein Brandpfeil getroffen.«

Bramert folgte Kiki ins Nebenzimmer, dem ehemaligen Aktenzimmer, beengend und dämmrig, kaum zu etwas zu gebrauchen. Ein schmales Fenster schaute in einen düsteren Innenhof.

Sein Handy klingelte. Er schaute aufs Display und nahm die Lautstärke zurück. »Ich höre!«

Mit drei langen Schritten eilte er in die dunkle Ecke des Zimmers, setzte sich an den winzigen Tisch, auf dem ein begonnenes Schachspiel stand. Die linke Hand drückte das Handy ans Ohr.

Mit dem Zeigefinger der rechten Hand wischte er über den Staub des Tischchens. Er hob einen Springer vom staubgrauen Feld und betrachtete den runden Fleck. Er schnappte dreimal nach Luft, weil er etwas erwidern wollte, aber seine Versuche waren erfolglos. »Verstanden!«, war sein einziger Kommentar, bevor er sein Handy zuklappte.

Die Staatsanwältin saß auf dem Sofa. Ihr zu einem säuerlichen Lächeln verzogener Mund ließ – mit an Sicherheit grenzender Wahrscheinlichkeit – erwarten, dass sie ein intimes Gespräch vermutete. Von ihrem Polstermöbel, das sie für kreative Pausen benötigte, beobachtete sie Bramerts Nervenzucken. Zu den kreativen Beschäftigungen zählten auch Bramerts Besuche. Manchmal übernachtete sie hier allein.

»Die Frau hat mir mitgeteilt, dass sie ein Praktikum bei WASAN machen muss. Sie fängt am Montag an.«

»Verdammte Sch…«, zischte die Staatsanwältin unwillig.

Bramert entschuldigte sich: »Immerhin hat sie mir

diesen Schritt mitgeteilt. Du hast meine Hilflosigkeit erkannt? Diese Frau ist Erotik und Intellekt in einer Luxusverpackung.«

Sie fuhr Bramert wütend an: »Ich weiß, dass Frau Schliemann, diese erotische Luxusverpackung, bei WASAN anfängt. Frage mich nicht, von wem ich das weiß. – Aber dass du in diese Frau verknallt bist, macht mich echt fertig.«

Bramert erbleichte. Die federnde Körperhaltung war verloren. Er trat wie ein geschlagener Recke ans Sofa und setzte sich.

»Liebst du mich?«, fragte sie.

Bramert zuckte zurück. »Hast du jemals Zweifel gehabt? – Aber du hast deinen Mann, während ich …?« Er schwieg, weil sein Einwand nicht gerichtsrelevant war.

»Einen One-Night-Stand pro Woche?«

»Lass uns lieber das Schachspiel beenden. – Es wäre falsch, wenn ich dabei an diese andere denke.«

»Habt ihr schon?«

»Feuer braucht keine Reibung.«

Die Staatsanwältin setzte sich vor das Schachspiel. Sie winkte Bramert, der festgefroren auf dem Sofa saß. »Du bist dran!«

Er erhob sich mit starren Gelenken, rätselte, weshalb er über seine Verliebtheit gesprochen hatte. Er fixierte Kiki, die ihre Gefühle absolut kontrollieren wollte, meist sogar mit Erfolg. Bramert kniete total verwirrt vor ihr und küsste ihren Mund. Sie legte ihre Hände auf seinen Kopf und vergrub die Finger in seinem Haar. »Soeben habe ich etwas begriffen«, verkündete sie.

Bramert wartete, aber bei dieser Andeutung blieb es. Er setzte sich und forschte in dem Gesicht der Frau, die er schon zwei Jahre kannte, ohne sie zu kennen. Bramert sagte behutsam: »Wir müssen neu beginnen.«

»Womit?«

»Mit uns.«

Sie lachte heftig, als hätte Bramert einen köstlichen Scherz gemacht. »Wir spielen zu Ende und wer gewinnt, darf sich etwas wünschen.«

»Aber nur etwas Vernünftiges«, stimmte Bramert zu.

Normalerweise waren die Chancen gleich verteilt, aber diesmal war Bramert chancenlos. Er legte seinen König aufs Brett, weil er dem schwarzen Herrscher weitere Schmach ersparen wollte und fragte etwas geknickt: »Was ist vernünftig?«

»Dass die guten Dinge bleiben, wie sie sind.«

TECHNISCHE UNTERLAGEN

Der Glaskasten war leer. Hofer ging kurz nach 16 Uhr an Sylvias Schreibtisch vorbei, um einen schönen Feierabend zu wünschen. Um 17 Uhr hörte sie das letzte Kratzgeräusch des großen Plotters. Jemand riss die Zeichnung ab. Nach diesem Geräusch schaute sich Sylvia um. Sie war die Letzte im Büro, löschte die halbe Deckenbeleuchtung, setzte sich an ihren Schreibtisch, senkte ihr Kinn in die Hände und überlegte. Endlich hatte sie die Muse nach einer Unregelmäßigkeit zu suchen, was schwierig war, denn Technologieschmuggel trug kein Etikett.

Bisher basierte die Vermutung eines Vergehens auf der Annahme, dass die Pumpenausführung für eine Osmoseanlage zu aufwendig sei, was durch die Ausfuhrzertifikate unterstützt wurde. Wie aufwendig die Pumpen tatsächlich waren, wussten nur die Konstrukteure. Zu Gabriel Staudenbach, einem Absolventen von Kaiserslautern, hatte sie ein gutes Verhältnis. Sie unterhielten sich oft über die alten Zeiten, als sie bei Dunkelfeld in den Vorlesungen saßen. Manchmal gingen sie gemeinsam in die Kantine. Aber ob das gute Verhältnis neugierigen Fragen standhielt, war schwer abzuschätzen, weshalb sie auf diese Probe verzichtete. Sie suchte nach einer anderen Möglichkeit, um die Unterlagen einzusehen.

Sie ging ins Verwaltungsgebäude hinüber, fuhr mit dem Aufzug in den fünften Stock. Niemand bemerkte sie. Für alle denkbaren Situationen hatte sie sich Ausreden und Erklärungen überlegt. Sie trug einen Ordner mit Kopien eigener Unterlagen unter dem Arm, den sie gegen den verdächtigen Ordner in Biankas Büro tauschen wollte. Diese Idee nannte sie zwar nicht brillant, aber sie schien unverdächtig genug – wenigstens für einige Tage haltbar, bis sie den Rücktausch machen würde.

Biankas Büro lag vom Fahrstuhl rechts, Schneemüllers Büro befand sich links. Sie trat aus der Kabine, machte einen Schritt nach links, schaute in den leeren Gang, blieb stehen, lauschte und wendete. Sie huschte fünf Meter zurück, klopfte an die Tür mit dem Schild ›Controlling‹, drückte die Klinke, aber es war abgeschlossen.

Sie eilte sofort zurück, der Lift wartete. Sie näherte einen Finger dem Knopf, um ihn zu öffnen. Plötzlich summte der Motor, sie sah durch das schmale Fenster das Abwärtsgleiten der Kabine, dann die bewegten Seile. Sie rannte auf Zehenspitzen zur Treppe, wartete hinter der Ecke und lauschte. Im Erdgeschoss klangen dumpfe Stimmen – eine davon gehörte Schneemüller. Der Aufzug fuhr hoch. Im fünften Stock stoppte die Kabine. Schritte verschwanden nach links. – Sylvia setzte die Füße bis zum nächsten Stockwerk vorsichtig auf, dann rannte sie, zwei Stufen auf einmal nehmend, bis nach unten.

Im Konstruktionsbüro ging sie von Schreibtisch zu Schreibtisch, auf der Suche nach passenden Unterlagen. Auf einer Zeichenmaschine hing eine 3-D-Grafik – ›Hochdruckpumpe für RO-Anlage Kreta‹. Der erste Blick reichte aus, um ihren Verdacht zu untermauern. Sie notierte die Nummer.

Sylvia setzte sich an ihren PC und betrachtete mit dem CAD-Programm die komplette Darstellung. Sylvia rätselte, für welchen Zweck die Pumpe modifiziert war. Zwei Warzen für Messsonden waren am Ein- und Auslass angegossen.

Sylvia war angespannt. Sie befand sich zwar allein im Büro, aber sie wusste, dass Schneemüller noch arbeitete. Das Licht konnte ihn anlocken, wenn er seinen Gesprächspartner verabschiedet hatte. Wenn sie ihren Kopf neigte, sah sie das Fenster im fünften Stock. Diesmal war das Fenster dunkel, sie schloss sofort die Datei. Genau in diesem Augenblick öffnete sich, kaum hörbar, die Tür. Sie spürte einen kühlen Luftzug am Hals, räumte ihren Schreibtisch auf, als hätte sie alle Zeit der Welt und schob die Schublade zu. Der PC spielte seine Abschiedsmelodie.

»Sie arbeiten noch?« Schneemüller war freudig überrascht. »Ich dachte, jemand habe vergessen, das Licht zu löschen.«

»Gerade mache ich Schluss. – Ich vergesse die Zeit, wenn ich mich an einem Problem festbeiße.«

»So geht's mir auch. – Immer unter Volldampf.«

Sie lächelte und sagte, als sie den beobachtenden Blick spürte: »Volldampf ist besser als Hochdruck.« Dass sie kurz errötete, konnte er kaum erkennen. Aber er hätte ihr Erröten keinesfalls mit dem Begriff Hochdruckpumpe verbunden.

Er wartete, bis sie ihren Schreibtisch abgeschlossen hatte. Dann folgte er zum Kleiderschrank und half ihr in den Wintermantel. Sie schlenderten in Richtung Verwaltungsgebäude. »Könnten Sie sich mit dem Gedanken anfreunden, bei WASAN zu arbeiten?«

»Problemlos, aber wir sollten abwarten, wie alles läuft.«

»Apropos laufen – Sie wirken sehr sportlich.«

Sylvias Gehirn raste. Sie kannte die Zielrichtung und war dennoch befangen, weil die Frage unvorbereitet kam. Sie konnte kaum ihre Verkrampfung abschütteln, dass es ihr an Spontanität mangelte, um in Jubel auszubrechen oder eine schlagfertige Antwort zu retournieren.

»Früher war ich Schwimmerin. Durch die Doktorarbeit haben sich meine Interessen verschoben. – Eigentlich treibe ich kaum noch Sport. – Gelegentlich gehe ich schwimmen«, ergänzte sie.

Sein Gesicht zeigte lehrbuchmäßige Enttäuschung. Schneemüller zögerte, eine Einladung zum gemeinsamen Sport auszusprechen. Sie war nicht grundsätzlich ablehnend, sympathisches Augenleuchten hielt die Option für gemeinsames Jogging oder Schwimmen offen.

Am nächsten Arbeitstag erschien Sylvia als Erste im Büro. Im Verwaltungsgebäude brannte in einem Zimmer Licht. Sie druckte die Stückliste der ›RO-Pumpe‹ aus. Der Ausdruck dauerte acht Minuten, in denen sie vor dem Drucker hin und her ging. Es gab keine vernünftige Erklärung, weshalb sie diese Stückliste druckte. Das Dokument war von Hofer geprüft, sodass sie annehmen durfte, dass er über eine eventuelle Verfehlung Bescheid wusste. Wenn die Druckerkonten geprüft wurden, erwartete sie ein Problem. – Sie würde reumütig erklären, dass sie die falsche Nummer eingetippt hatte. Sie übte, während ihres unruhigen Laufs, die Entschuldigung mit Geste und Mimik: »Als ich den Fehler bemerkte, ließ ich die Stückliste durch den Schredder laufen«, murmelte sie. Aber schon fragte ihr kontrollierendes Unterbewusstsein nach der Stückliste, die sie tatsächlich ausdrucken wollte – und weshalb sofort vernichten? Jede Lüge war die Geburtshelferin weiterer Lügen.

Hatte ihr sardonisches Lächeln eine Bedeutung? Dachte sie an die Sklaven dieses Naturgesetzes, die ständig ihren eigenen Lügen hinterherrennen mussten?

»Ich könnte nie in die Politik gehen«, flüsterte sie.

Diese Pumpen waren keine Serienprodukte. Selbst die Schrauben erforderten Zertifikate. Der Gehäuse- und Laufradguss verlangte sogar mehrere Zertifikate. Die Mehrfachdichtung bestand auf Sonderkeramik und weitere Punkte fielen ihr auf. Sie steckte die Stückliste in ihre Aktentasche, weil sie die Bewertung in aller Ruhe durchführen wollte.

Als sie am Abend durch die Pforte ging, hatte sie weiche Knie.

UNERWARTETER BESUCH

Vor einer Woche hatten sie abgesprochen, dass Tanja eine Jugendfreundin Biankas ist. Bramert wollte für die Zeit der Bewachung ein Cousin sein und sie erfanden eine kleine, leicht zu merkende Geschichte. Um sprachliche Stolpersteine zu vermeiden, duzten sie sich – womit Bramert allerdings große Anlaufschwierigkeiten hatte.

Tanja saß neben Biankas Bett. Die allgemeinen Krankenhausthemen waren abgehakt. Tanja erwähnte, dass sie im Urlaub in den Trentino fahren wolle – eine Clique von Freunden mit Surfbrettern und Fahrrädern. Bianka schwärmte gerade von ihrem letzten Urlaub an einem toskanischen Strand, als sich die Tür leise öffnete. Tanja schaute hinüber und erkannte Schneemüllers schwarzen Bürstenschnitt. Er schaute sich schnell im Raum um und trat beschwingt ein. Tanjas innerer Alarm ging los. Die Erscheinung entsprach den Beschreibungen, auch das studiogebräunte Gesicht mit der angedeuteten Boxernase. Er tänzelte mit gemischten Blumen ins Zimmer, einem Kunstwerk aus schwachen Düften und grellen Farben.

Tanja betrachtete Bianka, klimperte mit einem Augendeckel. Bianka lächelte, also lächelte Tanja auch, denn das machen Freundinnen so.

»Mein Chef, Herr Doktor Schneemüller«, stellte Bianka vor.

Tanja erhob sich und reichte Schneemüller die Hand – schweißfrei, kurzfingrig, schmerzhaft.

»Meine beste Freundin Tanja«, stellte Bianka die Kommissaranwärterin vor.

»Zainer«, stellte sich Tanja selbst vor. »Sie können meinen Stuhl haben«, bot sie an.

»Ich möchte, dass du noch ein bisschen bleibst«, bat Bianka und Tanja willigte ein, indem sie zärtlich Biankas Hand streichelte.

»Klar, beste Freundin«, versprach sie. »Ich muss aber noch meine Kleinen anrufen.«

»Sie haben Kinder?« Schneemüllers Frage war Überraschung und Neugier.

»Vier«, sie wartete Schneemüllers Schock ab und sprach weiter: »und drei Jahre alt. Meine Mutter passt auf, aber …« Schneemüller lauschte auf Tanjas Selbstzweifel. »Na ja, irgendwie bin ich angespannt, wenn ich sie länger aus dem Blickfeld verliere. – Angst vor Kontrollverlust, nennt das mein Therapeut.« Tanja ging ans Fenster, schaute hinaus, es begann zu regnen. Sie sprach mit Bramert. »Hallo, Junge, deine Mutti spricht. Wo ist denn Cornelia?«

Nach einer Pause.

»Sie darf auf keinen Fall raus. Bei diesem Matschwetter versaut sie ihr schönes, neues Kleid und wird noch krank.«

Nach einer Pause.

»Nein, die Oma möchte ich nicht sprechen.«

Sie klappte ihr Handy zusammen.

Sylvias Erscheinen im Krankenzimmer wäre eine Katastrophe gewesen.

Tanja schlenderte auf die andere Bettseite, dort, wo immer noch die Apparate standen – allerdings war nur das EEG eingeschaltet, das angeblich die Elektrizität des Großhirns maß. Von einem Gestell tropfte klare Flüssigkeit in Biankas Vene. Sie trug nach wie vor den schmucken Kopfverband, der jeden Tag erneuert wurde. Sie realisierte bisher nur unvollständig, was ihrem Haar angetan worden war.

Schneemüllers Augen wanderten rasend schnell über Bianka und den Rest der Installation. Tanja sah das Zucken des linken Mundwinkels. Der Mund hing leicht schräg im Gesicht – bei entspannter Miene unauffällig, aber sobald er sprach, fiel die Unterlippe eindeutig nach links.

»Wie konnte dieser schreckliche Unfall passieren?«

Tanja lauschte auf den Unterton. Die Stimme war unverdächtig.

»Ein Schaf, sagt die Polizei. Angeblich bin ich einem Schaf ausgewichen.«

»Ein Schaf!«, Schneemüller schüttelte ungläubig den Kopf und sprach lächelnd weiter: »Sind Sie durch eine grasende Herde gefahren?« Er lachte, wobei sich sein Mund stark verschob. Wahrscheinlich kannte Schneemüller diesen Effekt und vermied unnötiges Lachen. Sein rundes Gesicht zeigte keine einzige Lachfalte.

Bianka, müde und enttäuscht: »Was soll ich dazu sagen. Mein Gedächtnis ist gelöscht.«

»Dann müssen wir wohl längere Zeit auf Ihre Mitarbeit verzichten?« Er warf einen Seitenblick zu Tanja, die mit neutralem Gesichtsausdruck das Bett betrachtete und die Decke glatt strich.

»Die Ärzte machen mir Hoffnung, dass es bald wieder geht.«

»Es wird bestimmt alles gut werden.«

Biankas Augen verdunkelte Furcht. »Kann ich meinen Arbeitsplatz behalten?«

»Da machen Sie sich man keine Sorgen.«

Bianka tastete dankbar nach Tanjas Hand. »Immer wieder spukt ein arabischer Zettel durch meinen Kopf.«

»Arabischer Zettel?« Schneemüller dachte nach. »Ja, ich erinnere mich schwach. – Was ist damit?«

Bianka winkte mit ihrer rechten Hand ab, als wolle sie diesen Gedanken fortscheuchen. »Ich sollte aufhören zu grübeln.«

Tanja mischte sich ein. »Den Arbeitsplatz zu verlieren, wäre die absolute Katastrophe.«

Schneemüller betrachtete Tanja und begriff die Tragik. Sein Kopf federte auf dem kurzen Hals. »Machen Sie sich keine Sorgen«, wandte er sich an Bianka und drückte ihre rechte Hand.

Sie klingelte mit der anderen Hand nach der Schwester und bat, die Blumen in eine Vase zu stellen. Die Schwester brach bei dem vielfarbigen Anblick in Jubel aus. Schneemüller war stolz auf sich selbst. Er verabschiedete sich mit dem Hinweis auf wichtige Arbeiten, die ihrer Erledigung harrten. Er tänzelte zur Tür und machte ein paar Luftschläge mit den geballten Fäusten.

»Ein drolliger Typ«, urteilte Tanja. »Dem würde ich meine Kinder mit gutem Gefühl anvertrauen.«

»Das sind die Glücksmomente kinderloser Frauen.«

Beide lachten verhalten.

»War das echte Angst um die Karriere, die dich so tränenreich befallen hat?«, fragte Tanja, als wolle sie ein Geheimnis lüften.

»Wovon sprichst du? Ich erfülle lieber in einer kinderreichen Familie Manageraufgaben als in einem Dax-notierten Unternehmen voller Kindsköpfe.«

Tanja machte einen Kussmund, ging ans Fenster und

wartete, bis sie Schneemüller sah, wie er dem Parkhaus zustrebte. Ohne Schirm! Regenströme wässerten seine Hosenbeine bis zu den Knien, dass der Stoff schwerfällig schlappte. Sie teilte Bramert mit, wie das Gespräch verlaufen war.

Tanja lauschte.

»Bereits auf dem Weg ins Krankenhaus?« Sie wandte sich zu Bianka, die vor Schreck den Mund öffnete. »Der Mann wollte sich ein Bild von Biankas Zustand machen.«

Tanja schwieg kurz.

»Mit dem Gesprächsverlauf kann man einiges machen. – Ich habe auch einen kleinen Beitrag dazu geleistet.«

»Ist er aus Sorge um seine Mitarbeiterin gekommen?«, fragte Tanja mit einem Tonfall, der das Nein erzwang.

»Er hat mich taxiert, wie einen kränkelnden, alten Hund im Nachbargarten.«

»Hält er dich für irreparabel?«

»Du klingst schrecklich gefühlskalt.« Sie änderte den Ton: »Ich muss zugeben, alter Hund klingt ebenfalls wenig einfühlsam.«

»Ist er überzeugt, dass du lange von der Arbeit fernbleibst?«

»Hat er etwas mit meinem Unfall zu tun?«

Tanja schwieg, schüttelte den Kopf, als müsse sie in ihrem Gehirn Vermutungen durchsieben, bis nur noch gewichtige Fakten übrigblieben.

»Bisher beobachten wir Schneemüller, aber bei der anderen Sache gehört er eindeutig dazu.«

Bianka betrachtete sie forschend. Irgendwann senkte Tanja bestätigend die Lider.

»Wir haben Mitarbeiter von WASAN erkennungstechnisch durchleuchtet und sind bei drei Personen auf interessante Konstellationen gestoßen – aber bisher fehlen konkrete Hinweise, welche unsere Vermutungen erhärten.«

»Habt Ihr überhaupt schon etwas erreicht?«

EIN GESPRÄCH HINTER GLAS

Hofer saß seit einer Stunde unbewegt in seinem Büro. Sein Kopf verschwand fast gänzlich zwischen den Aktenbergen. Sylvia fiel sein Profil auf. Sein Hinterkopf verlief so spitz wie Sylvia das bei noch niemandem gesehen hatte. Dieser Schädel war anscheinend für eine gewaltige Gehirnmasse optimiert. Hofer stand zu seiner wenig ansprechenden Erscheinung, dass sich seine Verschönerungsversuche auf die Herstellung eines exakten Mittelscheitels reduzierten. Sein langes Haar kämmte er über die Schläfen herab, womit er eine optische Verschmälerung seiner extrem breiten Stirn erzielte.

Plötzlich stand Schneemüller in Hofers Büro. Um dorthin zu gelangen, musste er an Sylvias Schreibtisch vorbeigehen, aber er war unbemerkt vorbeigeschlichen. Meist blieb er zu einem Gespräch stehen, doch diesmal hatte er auf den kleinen Schwatz verzichtet.

Jetzt schritt er gemessen vor Hofers Schreibtisch hin und her. Seine Hände lagen auf dem Rücken, dass sich die Jackenärmel hochschoben. Sylvia stützte ihre Stirn in die linke Hand und beobachtete aus dieser Tarnung. Sein rechter Arm blieb auf dem Rücken, solange Schneemüller mit der linken Hand erklärende Bewegungen ausführte. Die goldene Rolex funkelte. Sylvia wusste, dass er Bianka besucht hatte. – Bramert hatte sie zurückgepfiffen, als sie vorzeitig die Firma verlassen wollte. Seine Hand umkreiste den Kopf. Hofer lauschte sichtbar gut gelaunt. Schneemüller stellte sich vor den Schreibtisch. Beide lachten herzhaft.

Weshalb die gute Laune? Waren sie froh, dass Bianka den Mordversuch überlebt hatte, oder freute sie, dass Bianka ausgeschaltet war?

Sylvia hätte gern gelauscht, aber das war unmöglich, denn Hofers Glaskasten war schallisoliert – mindestens doppelverglast. Wenn er stillgestanden wäre, hätte sie die Worte von seinen Lippen abgelesen, aber Schneemüller blieb nur stehen, wenn er lachte.

Als sich Hofer erhob, betrachtete Sylvia ihren Bildschirm.

Drei Tage war sie bis spät in die Nacht an ihrem Arbeitsplatz geblieben. Das Ergebnis dieser einsamen Stunden war eine komplette einstufige Pumpe. Sie betrachtete die 3-D-Zeichnung und überprüfte die Strömungsquerschnitte zum letzten Mal. Die Konstruktion war abgeschlossen, dass sie die Modelle in Auftrag geben konnte.

Sie registrierte einen Schatten, der sich über den Bildschirm bewegte. Sie war in ihr Problem so versunken, dass sie verwirrt hochschaute. Ihr Blick schwenkte von Schneemüller zu Hofer. Beiden Männern schmeichelte Sylvias Überraschung.

Schneemüller sagte, er habe Hofer besucht, um sich über die Fortschritte des Praktikums zu unterrichten. »Herr Hofer ist voll des Lobs«, schloss er.

Hofer zeigte auf den Bildschirm und erklärte: »Frau Schliemann entwickelt eine Sechs-Zoll-Hydraulik für einen Durchsatz von 50 Kubikmetern pro Stunde, bei 50 Hertz. Das ist nach unserer Erfahrung die Grenze des Machbaren.«

Sylvia ließ die 3-D-Zeichnung rotieren. Schneemüller beugte sich vor.

»Die Teile werden im Labor der Uni in durchsichtigen Kunststoff gegossen. Mit einer Stroboskoplampe wird das Kavitationsverhalten in Abhängigkeit der Drehzahl erforscht. – Bis zur Zerstörung.«

Sylvia bestätigte dies und fügte hinzu: »Den Test wiederhole ich nächsten Monat mit austenitischem Feinguss.«

»Sind Sie mit den Arbeitsbedingungen zufrieden?«, wollte Schneemüller wissen.

»Besser könnte es nicht sein.«

Sie holte den dicken Zopf vom Rücken und ließ ihn, mit einer sanften Drehung des Oberkörpers, über den Busen schlängeln. Hofer bekam trockene Stimmbänder.

»Die Versuche werden im Strömungslabor der Uni durchgeführt und ich darf unserer zukünftigen Doktorin assistieren.«

Schneemüllers gefälliges Lächeln schmolz dahin. Sie notierte diese Reaktion, die Eifersucht genannt werden durfte. Darauf war sie nicht besonders stolz, aber zufrieden. Sie wandte sich an Hofer. Ihre Stimme war weich: »Man kommt gut voran, wenn man mit einem Fachmann zusammenarbeitet.«

Hofers Unterbewusstsein wühlte sich in diese Stimme.

»Was ist so besonders, dass die Experimente an der Uni gemacht werden müssen?«

Hofer zählte Bedingungen auf, die den Werks-Prüfstand überforderten. Nach einer Pause fügte er hinzu: »Bisher haben wir die Strömungskanäle der fertigen Gussstücke nie vermessen. Möglicherweise hat Frau Schliemann ein Potenzial zur Wirkungsgradsteigerung aufgedeckt.«

Sylvia, bescheiden: »Höchstens eins Komma fünf Punkte, aber das ist ein Nebenprodukt meiner Arbeit.«

»Können Sie mich zu einem Versuch mitnehmen?«, bat Schneemüller.

Sylvia schob das Zopfende hinter das rechte Ohr, das unter der Last noch mehr wegstand. Sie lehnte sich zurück, schaute zu Schneemüller hoch, der zwei Augen auf ihren glatt gespannten Pullover warf. »Gern«, hauchte Sylvia.

Sie fragte, ob sie die Pumpenmontage besichtigen dürfe. Schneemüller bot an, sie herumzuführen. Nach der Mittagspause hatte sie zwei Hochdruckpumpen bemerkt, die auf ihre Endmontage warteten. Sie war sicher, dass es Pumpen desselben Typs waren, die im Prüffeld mit einer Schutzfolie abgedeckt waren – also der Pumpentyp, dessen Stückliste sie studiert hatte. Natürlich hätte sie allein hingehen können, aber mit Schneemüller an der Seite war es unauffälliger.

Hofer ging in seinen Glaskasten zurück und Sylvia folgte Schneemüller. Er hielt ihr die Bürotür offen. Diesmal trug sie halbhohe Absätze, wodurch sie Schneemüller nur noch um 20 Zentimeter überragte. Sie ging nah an ihm vorbei, weshalb er seinen Körper streckte.

Sylvia betrachtete die Pumpen aus der Nähe. Es waren die letzten der Serie. Sie beobachtete den sorgfältigen Einbau der dreifachen Gleitringdichtung. Für eine RO-Anlage war diese Konstruktion absolut unüblich. Bei dieser Pumpe war eine Leckage des gepumpten Produkts ausgeschlossen, ein Kriterium, das bei Meerwasser oder einer Salzsole vernachlässigbar wäre. Mittlerweile vermutete sie Kühlmittelpumpen für den Einsatz in einem Schwerwasserkraftwerk. Sie verschwieg Schneemüller ihre Beobachtungen und die zugehörige Reflexion. – Sie hatte auch nie nach den fehlenden Komponenten der RO-Anlage gefragt und da fehlte eigentlich alles, was für eine so komplexe Anlage gebraucht wurde.

»Super Gusstechnik«, lobte sie.

Am Abend trafen sich Sylvia, Bramert und Tanja an Biankas Krankenbett. Sylvia erzählte von Schneemüllers Besuch bei Hofer und dem Gespräch der beiden. Sie imitierte Schneemüllers Handbewegungen.

Tanja schloss: »Der hat Biankas Verband beschrieben.«

»Dies war auch mein Eindruck«, bestätigte Sylvia und schilderte den weiteren Ablauf. »Nach dem Gespräch waren beide bester Stimmung. Sie kamen an meinen Schreibtisch.«

»Welchen Eindruck macht Schneemüller auf dich?«, fragte Bianka.

»Wir machten einen Rundgang durch die Pumpenmontage. Die letzten Pumpen des geheimnisvollen Auftrags wurden montiert – die fertigen stehen im Prüffeld.«

»Nicht schlecht«, meinte Bramert.

»Schneemüller hat mich zum Mittagessen eingeladen.«

Bramerts Unterkiefer unterlag der Schwerkraft. Nachdem er wieder sprechen konnte, wütete er: »Das missfällt mir absolut. Der hat Ihre Schwester eingeladen und das ging schief. Hängen Sie sich bloß nicht so weit aus dem Fenster.«

Sylvia beugte sich vor und fragte: »Meinen Sie so?«

Bramert und Tanja betrachteten sie böse, als sie ihren Oberkörper herausfordernd nach vorn neigte und ihren Zopf sanft durch die Hand gleiten ließ.

»Weiß Schneemüller, dass wir Schwestern sind?«, fragte Bianka.

Ihr entging das böse Spiel mit Bramert, sonst hätte sie, trotz Verband und Tropf, ihre Schwester wütend angeschrien.

Tanja wollte Sylvia abstrafen und wandte sich an Bianka. »Schneemüller hat deine Personalakte eingesehen. Er hat aus dieser Quelle erfahren, dass du arabisch sprichst.« Bianka klimperte bestätigend mit den Wimpern. »In der Personalakte steht dein Mädchenname in lateinischen Lettern. – Schliemann ist nicht Müller.« Jetzt wandte sie sich mit ihrer aufwallenden Wut an Sylvia: »Was steht in Ihrer Personalakte? – Ist ja egal, denn Schliemann ist eben Schliemann.«

Sylvia hatte auch darüber nachgedacht und versuchte zu beruhigen: »Meine Personalakte liegt im Personalbüro der WASAN Holding – aber sehr bereinigt. – Natürlich Schliemann, aber ein harmloser Geburtsort – andere Eltern.«

»Bereinigt?«, Bramerts Kopf schnurrte herum und er näherte sich Sylvia drohend. »Wer weiß bei WASAN Bescheid?«

»Der Vorstandsvorsitzende Pickert.«

Tanja, aufgebracht: »Wie können Sie sich eigenmächtig in unsere Ermittlungen einmischen?«

Bramert stoppte ihren Zorn mit einer Ruhe fordernden Geste. Alle Augen richteten sich auf Sylvia, als Bramerts Zeigefinger auf sie deutete. Er sagte wütend: »Pickert hat mit der Staatsanwältin gesprochen, und ich stehe da wie ein Idiot.«

»Ohne Pickerts Einverständnis könnte ich das Praktikum nicht machen.«

»Brauchen Sie das Praktikum für Ihre Arbeit?«, wollte Tanja wissen.

»Hofer wird bei dem Strömungsversuch an der Uni dabei sein.« Sie lachte. »Schneemüller ist eifersüchtig. Er hat sich bereits fürs nächste Mal angemeldet.«

»Ich hätte Sie am ersten Tag erwürgen sollen«, knurrte Bramert und errötete dabei. »Das stimmt so natürlich nicht«, verbesserte er. »Der zweite Tag hätte auch gereicht.« Bramert stand am Fenster und grübelte mit grimmigem Blick in das Schmuddelwetter. Regen hatte den Schnee von den Straßen gespült. Zusammengeschaufelte Haufen waren zu kläglichen, schmutzigen Resten abgeschmolzen. Ein cremefarbenes Taxi rollte an den Eingang. Auf der Rückbank saß ein Mann, der mit den Schultern kraftlos gegen die Tür stieß. Der Taxifahrer eilte um den Wagen und half. Der Mann befreite sich aus dem Rücksitz, nahm die Gehhilfen, die ihm der Taxifahrer reichte, und arbeitete sich ins Krankenhaus vor. Der Fahrer blieb auf der Fahrerseite stehen und beobachtete, bis ihn die Drehtür verschluckte. Bramert beugte sich vor, dass seine Stirn gegen die kalte Scheibe stieß. So konnte er noch erkennen, wie der Mann verschwand. Das Taxi fuhr fort.

»Herr Bramert, weshalb sind Sie so angespannt?«, fragte Sylvia.

Bramert drehte sich ruckartig. »Ich bin mit dem Ablauf unzufrieden!«

»Ist das meine Schuld?«

Seine Stimme klang wie wochenlanger Schlafentzug. »Wir stehen hier in gemütlicher Runde und plaudern, als ob wir uns an einem sicheren Ort befänden. Sie sollten Ihre Schwester nur besuchen, wenn …« Er überlegte, wann diese Besuche ideal wären, aber es gab keinen solchen Zeitpunkt. Tanjas Bubikopf wippte gewichtig. »Solange Sie hier sind, muss jemand beobachten, ob einer der bekannten Herren zu Besuch kommt. Hier ist kein Ort für gemütliche Zusammenkünfte.«

Seit Sylvia durchs Zimmer stolzierte, fühlte sich Tanja unwohl, dass sie gelegentlich lächelte, und dabei ihre Zähne aufblitzten, war ein Alarmzeichen.

»Ich bin Biankas beste Freundin.«

»Ach ja?«

»Frau Schliemann, wie erklären Sie Ihre Anwesenheit, wenn Schneemüller auftaucht?«

Sylvia schaute sich um, als hätte sie das Risiko erkannt. Tanja erwartete ihre übereilte Flucht, aber Sylvia fragte Bianka: »Hat dich Mutter besucht?«

Bianka überraschte diese Frage. »Mutter?«

»Du weißt schon, diese mürrische Frau, die wir beide schon lange kennen.«

»Sie hat Blumen gebracht.«

Sylvia schaute sich noch einmal im Zimmer um, aber hier standen keine Blumen.

»Mutter macht eine Reise mit dem Schwarzwaldverein.«

»Wir sollten ihr einen Stuhl schenken, damit sie nicht ständig auf ihren Koffern sitzen muss.«

»Und mich liebst du auch nicht.«

»Hat sich Holger gemeldet?«

»Holger?«

Sylvia setzte sich auf den Stuhl in der Ecke. Bramert schaute kopfschüttelnd zu Tanja. »Ist das Sprachgewalt, wenn man so viele Worte braucht, um an sich vorbeizusprechen? – Manchmal verstehe ich mich selbst nicht, aber das gelingt mir wenigstens wortlos.«

Sylvia fragte bissig: »Sie sind wohl ein großer Frauenversteher?«

»Auch bei Frauen gibt es angeblich Unterschiede.«

Sylvia, wütend: »Wie machen wir weiter?«

»Wir?«, fragte er gedehnt. »Sie halten sich raus.«

»Die Testläufe sind bald abgeschlossen.« Alle schwiegen trotzig, Sylvia fuhr unbeeindruckt fort: »Wie ich aus ungenannter Quelle erfahren habe, soll Hofer demnächst eine Dienstreise nach Spanien machen.«

»Ist das verdächtig oder wenigstens erwähnenswert?«, fragte Tanja. Sie ging in die dunkle Ecke und stellte sich kampfbereit neben Sylvias Stuhl.

Sylvia fixierte Tanja. »Das ist das *missing link* bei diesem Auftrag.« Sie schaute sich um, als erwartete sie eine Frage, wenigstens erwartungsvolle Gesichter.

»Ich habe in der Werkszeitschrift der Spanier geblättert und dabei ist mir etwas Interessantes aufgefallen.«

Sylvia bot Tanja den Stuhl an, ging ans Fenster und teilte Bramerts Langeweile. Eine Ambulanz stand vor dem Nebeneingang. Eine Trage wurde aus dem Fahrzeug gezogen. Vier Beine mit Rollen klappten herab, die Trage stand hinter der Ambulanz. Ein Sanitäter befestigte ein Gestänge mit zwei Infusionen.

»So ähnlich hat es wohl bei ihrer Schwester ausgesehen«, stellte Bramert fest und ergänzte: »Wenn Sie so weitermachen!«

Sylvia beobachtete die Szene, lauschte auf Bramerts Vorwurf und Androhung. »Was dann?«, fragte sie gelangweilt.

Ein weißes, blutfleckiges Tuch bedeckte eine dunkelhaarige Frau bis zum Hals. Zwei Sanitäter schoben die Trage zügig in die Klinik.

»Der Schuldige soll sterben«, flüsterte Sylvia.

Tanja, kalt: »Wir dürfen uns Rachegefühle auf keinen Fall leisten, selbst wenn wir Gesetz und Gerichte für schwach halten.«

Sylvia lachte gehässig. Als Tanja sie wütend anfauchte sagte sie: »Was glauben Sie, weshalb für Sie das Wort Befangenheit erfunden wurde? – Weil Sie voller Vorurteile und Komplexe stecken, weil Sie ohne Zögern zur Rächerin oder Vertuscherin werden würden.«

Der Ton war angeschwollen, dass Bramert aus seiner mürrischen Grübelei erwachte. »Sie haben die spanische Zeitschrift durchgeblättert? – Können Sie uns auf Ihrem gedanklichen Pegasus mitfliegen lassen?«

Sylvia brauchte einige Zeit, bis sie den roten Faden fand. »Die Spanier haben den Auftrag für eine RO-Anlage in Syrien bekommen. – *Latakia Sports City* nennt sich das Projekt.«

»Ich dachte, die Unterwassermotorpumpen …?«

Sie unterbrach Bramert. »Hofer wünschte das ausdrücklich. – Wir müssen unser spanisches Werk ertüchtigen, damit es in die Bresche springen kann.«

»Zufall?«, fragte Tanja.

Bramert schüttelte energisch den Kopf und fügte hinzu: »Wenn ich alle Geschehnisse als Zufallsprodukte erklären wollte, würde ich zumindest diesen Zufall genial nennen. – Zwar entgeht mir noch, was daran genial ist, aber ich werde das rauskriegen.«

ANSTOSS ZUM EIGENTOR

Tanja döste auf dem unbequemen Stuhl in der linken Zimmerecke. Ihr Gesicht erzählte von glücklichen Träumen, aber das geringste Geräusch weckte sie, dass sie sich blitzschnell im Stuhl aufrichtete, die Hand auf ihrer Dienstwaffe. Die Tür schwang auf, eine Schwester trat ein, um Biankas Puls zu prüfen. Sie war an Tanjas Anwesenheit gewöhnt, dass sie sich nicht einmal umschaute. Nachdem die Schwester gegangen war, schlummerte Tanja weiter.

Tanja schreckte eine weinerliche Stimme auf. Bevor sie die Augen öffnete, umspannte sie den Pistolengriff. Mit dem Klicken des Sicherungshebels riss sie die Augendeckel hoch. Ihre Augen suchten das Zimmer ab. Sie waren allein. Bianka telefonierte. Tanja entspannte sich, sicherte die Pistole, lauschte, weil sie wissen wollte, mit wem sich Bianka in solch jammervoller Tonart unterhielt. Als sie begriff, mit wem Bianka telefonierte, sprang sie auf, um das Gespräch mit einem Handstreich abzubrechen. Es war zu spät.

»… vorgestern besucht. Ich habe die ganze Nacht die Decke angestarrt und Schafherden gezählt«, schluchzte sie.

Das Jammern wirkte so herzergreifend, dass Tanja auf Biankas Wangen Tränenströme erwartete, aber kein verwaschener Lidschatten zog eine Spur.

Tanja hatte am dritten Tag gefragt, für wen sich Bianka schminkte. Sie erhielt keine Antwort – Gewohnheit schien die einzig vernünftige Erklärung. Das weinerliche Gespräch ging weiter.

»Ich habe Angst um meinen Arbeitsplatz. Doktor Schneemüllers Antwort war beruhigend, aber was ist, wenn er mich nur beruhigen wollte?«

Bianka lauschte konzentriert in den Hörer. Tanja näherte sich leise, aber Bianka bemerkte sie und presste die Hörmuschel aufs Ohr, dass kein Ton durchsickerte.

»Wenn es sein muss, werde ich die Behandlung, gegen den Willen der Ärzte, abbrechen und morgen in der Firma erscheinen.« Bianka schluchzte und schwieg. Nach einigen Sekunden bedankte sie sich, wobei ein Rest Unsicherheit in ihrer Stimme vibrierte. Lächelnd legte sie den Hörer auf.

Tanja schrie: »Was hast du gemacht? Das war inakzeptables Schmierentheater und schlechter Stil! Wir haben das zu keiner Zeit abgesprochen. Du gefährdest dich selbst und unsere Mission.«

Bianka entgegnete genauso wütend: »Ich will endlich wissen, was los ist! Hilflos auf meinen Mörder zu warten, macht mich nervös.«

»Woher weißt du, dass ein Mörder kommen wird? Du hättest jedenfalls eine Chance gehabt, dass du weiterleben kannst. Jetzt hast du's versaut!« Tanja war ungehalten, ihre Augen funkelten vor unbändiger Lust, Bianka wach zu schütteln.

»Also habe ich doch recht?«, fragte Bianka.

Tanja wandte das Gesicht ab, aber sie verriet genau das, was sie verschweigen wollte, und musste dann doch darüber sprechen.

»Wir gehen davon aus!«, sagte sie wütend. »Aber das berechtigt dich nicht!«

»Ihr wisst also mit Bestimmtheit, weshalb ich in die Schlucht gestürzt bin und meine Theorie geht natürlich in die gleiche Richtung. – Es geht um ideologische Scheiße oder um viel Geld!«, wütete Bianka. »Ihr habt mir die Ergebnisse eurer Untersuchungen verschwiegen. Haltet ihr mich für blöd? Ich weiß genau, dass ich vor einem Wespennest gestanden bin. Die Wespen haben panisch reagiert, bevor ich hineinstochern konnte.«

Tanja stellte sich an die linke Seite und betrachtete ein angetrocknetes Stück Frühstückskuchen.

»Was schaust du so belämmert?«

»Die Ergebnisse sind eindeutig. – Versuchter Mord«, sagte Tanja.

»Was ist aus dem Schaf geworden?«

»Das wurde als Puffer an den Geländewagen gebunden.«

Bianka starrte die Decke an und flüsterte: »Damit der Wagen heil bleibt.«

Tanja ging in die dunkle Zimmerecke, sank kraftlos auf ihren Stuhl. Nach kurzer Reflexion rief sie Bramert an. »Bianka hat ihrer Firma gedroht, dass sie morgen zur Arbeit kommt, wenn ihr die Stelle nicht freigehalten wird.«

Bramert lachte so laut, dass Tanja das Handy vom Ohr weghielt. Bianka schaute in die Zimmerecke, aus der Fröhlichkeit herüberschallte.

»Weshalb genial?«, fragte Tanja.

Sie lauschte aufmerksam, mit verengten Augen. Sie war richtig zornig: »Jeden anderen würde ich nach dieser Äußerung abartig nennen!« Ohne Abschied klappte sie das Gerät zu und steckte es in die Tasche. »Bramert meint, dass die andere Seite möglicherweise zum Handeln gezwungen ist. Er hatte schon lang einen ähnlichen Gedanken, aber dir so etwas vorzuschlagen, wäre illegal. Mir ist das zu hoch, weshalb ihr mit dem Kopf durch die Wand wollt.« Tanja schlich mit gesenktem Kopf aus der dunklen Ecke, sie war noch wütend.

»Bramert rechnet mit einem weiteren Versuch, dich zu töten, und er organisiert eine 24-Stunden-Überwachung.«

Biankas Gesicht war eine gleichgültige, bleiche Maske.

»Hast du keine Angst?«, fragte Tanja.

»Hast du vergessen, dass ich ab der Hüfte gelähmt bin? – Ich hasse die Kälte in meinen gefühllosen Beinen.«

Tanja fragte erschreckt: »Was hat das damit zu tun. – Soll das eine Erklärung für den Anruf sein?«

Biankas Antwort klang wie ein Schrei im Eiskeller: »Wenn ich gehen könnte, fiele mir das Sterben sicher schwerer! – Was soll's? – Ich liege hier wie ein Felsbrocken und will zu etwas nütze sein!«

Tanja drehte ihr Gesicht abrupt zum Fenster und stürmte hinüber. Sie hielt sich am Fenstersims fest. »Ich bin froh, dass du nicht wirklich meine Freundin bist. In deiner Nähe würde ich erfrieren.«

»Ob du meine Freundin bist, ist mir egal, aber du musst meine Freundin sein, weil ich sonst keine Freundin habe.«

Die Tür öffnete sich, Tanja wirbelte herum, aber entspannte sich, als sie die Schwester erkannte. Eine Hilfsschwester folgte mit einem rappelnden Wagen. »Ich muss Sie bitten, draußen zu warten, bis wir Frau Rotbeck gewaschen haben.«

Für Tanja war es Erlösung, als sie diesen Raum verlassen konnte, den Biankas Stimmung einschnürte. Draußen konnte sie frei atmen und in Ruhe nachdenken.

GEÄNDERTER STRÖMUNGSVERSUCH

Bramert informierte Sylvia über den Anruf ihrer Schwester bei der Personalabteilung. »Vielleicht können Sie etwas beobachten, was auf eine neue Aktion hindeutet.«

»Ich will mir eine neue Aktion nicht vorstellen.«

»Sie sehen mehr als wir.«

»Danke für die Warnung.« Sie rechnete mit Aufregung und erwartete, dass Schneemüller noch im Laufe des Vormittags in Hofers Büro erscheinen würde. Im Zehn-Minuten-Takt schaute sie hinüber, das Kinn in eine Hand gestützt, aber er zeigte sich nicht. Mindestens einen Anruf erwartete sie, bei dem Hofer nervös werden würde, aber sie bemerkte keinen einzigen.

In der Mittagspause verließ sie das Werksgelände. Seit dem ersten Tag ihres Praktikums machte sie an trockenen

Tagen einen Rundgang. Bisher war sie allein gegangen, musste ihre Schrittlänge niemandem anpassen, konnte eine halbe Stunde lang schweigen. Sie begegnete Bramert in der Boveristraße, der wie zufällig mit ihr zusammentraf, dass sie bis zur nächsten Querstraße nebeneinander gingen. Sie schienen zu schlendern, aber in Wirklichkeit maß jeder ihrer Schritte einen Meter.

»Frau Schliemann, haben Sie eine Reaktion bemerkt?«

»Ich glaube Schneemüller war an dem Mordversuch unbeteiligt. Sie lenken Ihre Energie in die falsche Richtung.«

Er sagte unfreundlich: »Der Unfall Ihrer Schwester war ein Mordversuch.«

»Daran zweifle ich nicht. – Aber Schneemüller?«

»Seien Sie nicht naiv!«, brummte er mürrisch.

Sylvia schaute sich um, als weit hinten Schritte folgten. Gabriel Staudenbach, der ehemalige Kommilitone, signalisierte durch Handzeichen, dass er mitgehen wollte.

»Unschuldig wäre er mir lieber«, erklärte sie zögernd.

Er schaute sie an und sagte grinsend. »Die gleiche Hemmschwelle müsste ich bei Ihnen überwinden.«

»Unschuld als Hemmschwelle?«, fragte sie. Sylvia beschleunigte ihren Schritt. Bramert passte sich an.

Er lauschte ebenfalls nach hinten und erkannte, dass sie auf die Schritte konzentriert war, und sprach hastig: »Hofer und Schneemüller können sich nach Feierabend verabreden, denn sie pflegen auch privaten Kontakt.«

Die gehetzten Schritte waren vielleicht 20 Meter entfernt. Sylvia lachte und kämpfte sofort gegen ihre Fröhlichkeit. »Letzten Donnerstag wurde Hofer von seiner Familie abgeholt. Die Frau ist jung und gut aussehend.

Das Paar hat drei kleinere Kinder – vielleicht ist das älteste gerade schulpflichtig.«

»Lachen Sie wegen der drei Kinder?«, wollte Bramert wissen.

»Schneemüller war auch dabei. Er hat mit geschwollenem Kamm um die Glucke herumscharrt.«

Bramert bog ab. Sie trennten sich grußlos. Der Kollege hatte aufgeholt.

Als er hechelnd an ihrer Seite ging, erklärte Sylvia: »Ich muss einfach weiterlaufen, weil ich sonst meinen Rhythmus verliere.«

»Ich dachte, der Blondschopf gehört zu Ihnen.«

Sylvia schaute sich neugierig um.

Sie trafen sich wieder im Krankenzimmer. Sylvia kannte Schneemüllers Handynummer, doch Bramert lehnte eine Überwachung ab. Er erklärte ihr, dass die Verdachtsmomente keinen Richter überzeugten, einem Abhörantrag zuzustimmen. Er erwähnte nebenbei, dass die Staatsanwältin nur wenigen Personen vertraute. »In hochbrisanten Fällen verhindert sie richterliche Beschlüsse bis zur Unvermeidbarkeit«, schloss er seine Erklärung.

Tanja war mit den zögerlichen Maßnahmen unzufrieden, was sich in ihrer Stimme zeigte. »Die Indizien belegen einen Mordversuch. – Weshalb wird gemauert?«

»Unser primäres Ziel ist die Verhinderung eines Nuklearverbrechens. Du musst langsam umdenken.«

»Aber wir bleiben dabei, dass es sich um einen Mordversuch handelte? Und es bleibt bei der Bewachung?«

»Überzogenes Pumpenmaterial reicht für eine Handy-Überwachung unmöglich aus. Zehnfache Sicherheit ist kein Verbrechen.«

»Weshalb klingen deine Worte so aufgesetzt?«, fragte Tanja.

Bramert missfiel der Ton. Er überlegte lange und sagte vorsichtig abwägend: »Frau Schliemanns Hinweis ist einleuchtend, aber juristisch unverwertbar. Andererseits ist Bianka keine Zeugin.«

»Blockiert deine Staatsanwältin?«

Tanjas kritischer Blick machte ihn nervös, aber sie schwieg. Er fand seine Sicherheit wieder, betrachtete sie mit blitzenden Augen und sagte mit viel Überzeugung: »Ein anderer Staatsanwalt würde kaum bis hier mitziehen – wir würden kommentarlos zurückgepfiffen.«

»Versuch's noch mal! Wir müssen weiterkommen!«, forderte Tanja und klatschte mehrfach mit der flachen Hand auf Biankas Krankenhaustisch, dass das gefüllte Wasserglas hüpfte.

»Du weißt doch.«

»Ich merke, dass du Absprachen zurückbehältst!«

Sylvia räusperte sich laut. Beide entschuldigten sich für ihre stimmliche Entgleisung.

Bramert erwartete nach Biankas Alleingang mehr Dynamik, dass er sich jeden Tag bei Sylvia erkundigte. Das Nervenkostüm der Täter musste nach Biankas Aufbäumen Schwachstellen bekommen. Bramert besuchte die Staatsanwältin, denn er wollte mehr Rechtsmittel ausschöpfen und machte aus seiner Unzufriedenheit keinen Hehl.

»Herr Bramert, wir brauchen mehr als das, was wir bisher in den Händen halten. Eine übereilte Aktion könnte uns lächerlich machen.«

»Der Mordversuch?«

»Herr Bramert, was beweist das?«, fragte sie. »Der steht isoliert in der Ecke eines Denkmodells, wo er bleiben sollte, bis wir gezielt zuschlagen können.«

»Das Pumpenmaterial?«, fragte er mit so viel Hoffnungslosigkeit in der Stimme, dass die Staatsanwältin tröstend seine Wangen streichelte.

»Selbst wenn diese Schliemann eine Spezialistin für Material ist, macht sie das keinesfalls zur Nuklearspezialistin.«

Als Bramert zu einem weiteren Einwand ansetzte, wischte sie diesen beiseite, bevor er ausgesprochen war.

»Wir können keinen Spezialisten beauftragen, ohne eine Sicherstellung von Firmeneigentum vorzunehmen – und wenn es dazu kommt, müssen wir Ross und Reiter nennen.«

»Frau Schliemann hat interne Dokumente.«

»Sagen Sie das nie mehr, sonst werden Sie von dem Fall abgezogen.«

»Aber …«

»Sie müssen zuhören. – Ungesetzliche Aktionen kehren sich zwangsläufig gegen uns. Wen ich mit *uns* meine, dürfte Ihnen hinlänglich klar sein.«

Bramert war sicher, dass alles auf ein Nuklearverbrechen hindeutete. Frau Chemsky widersprach ihm zwar nicht, aber ihr Kopfschütteln bedeutete das Ende der Diskussion. Eine weitere Woche ohne konkrete Hinweise konnte das Ende des LKA-Einsatzes bringen. Die Mannheimer Kripo würde den hypothetischen Zusammenprall mit dem Schaf erneut aufgreifen und diesen winzigen Teilaspekt eines Nuklearverbrechens erfolgreich lösen. Biankas einseitiges übereiltes Vorpreschen bewirkte auch am zweiten Tag keinen Erdrutsch.

Drei Tage nach Biankas Anruf in der Personalabteilung ging Sylvia in Hofers Büro. Sie legte die fertigen Kunststoffmodelle auf den Schreibtisch. Er berührte sie wie Reliquien und schaute prüfend durch die Teile. Sie waren durchsichtig wie Glas. Beide waren mit dem Ergebnis zufrieden und besprachen den Strömungsversuch. Sylvia wollte sofort beginnen. Hofer betrachtete den skizzierten Aufbau, kritzelte Bemerkungen auf das Blatt – Messpunkte und Ähnliches. Was er schrieb, murmelte er vor sich hin.

Schneemüller betrat den Glaskasten, als sie über die Skizze gebeugt waren, dass sich ihre Köpfe fast berührten. Sylvia spürte den Luftzug, schaute hoch und in seine Augen. Sie erkannte die Dringlichkeit, sodass sie meinte, zu stören. Sie erhob sich bereits.

»Sie können ruhig hier bleiben«, bot Schneemüller an.

Sylvia setzte sich wieder, gab vor, sich mit den Kunststoffteilen zu beschäftigen, lauschte jedoch.

»Herr Hofer, Sie sollten morgen nach Spanien fliegen, Ihr Ticket liegt bereit. Bei der Liefertreue zeichnen sich Schwierigkeiten ab.« Schneemüller gab sich dienstlich.

Hofer legte den Bleistift weg. Seine Hand zitterte leicht, was Sylvia nachvollziehen konnte. Das bedeutete eine Verzögerung, die sich auf ihre Dissertation auswirken konnte, dass sie auch unruhig auf dem Stuhl rutschte.

»Die Anlieferung im Hafen muss spätestens in zwei Wochen erfolgen. Sie wissen, mit wie viel Herzblut ich Ihre Idee vor dem Vorstand verteidigt habe. Wenn WASAN in die Vertragsstrafe kommt, machen wir bereits nach der ersten Woche Verlust.«

»Wir planen gerade den Versuchsablauf an der Uni«, stotterte Hofer.

»Es ist auf der anderen Seite genau das eingetreten, was wir vermeiden wollten.«

»Ich hab's gehört«, erwiderte Hofer. »Eigentlich schade.«

»Dann werde ich Frau Schliemann assistierten, wenn das möglich ist.«

Sylvia zeigte ihr Bedauern, aber nach knapper Überlegung meinte sie: »Das geht bestimmt. – Wir müssen den Ablauf nur ein wenig detaillierter ausarbeiten.«

»Das hört sich gut an«, und zu Hofer gewandt: »Erledigen Sie auch den Rest?«

Nachdem Schneemüller den Glaskasten verlassen hatte, wirkte Hofer unkonzentriert. Seine Schreibhand zitterte, was seine Schrift noch unleserlicher machte. Sylvia erhob sich. Hofer schaute fragend auf.

»Soll ich Ihnen einen Kaffee mitbringen?«

Hofer zeigte stumm auf seine Bürotasse, die ungespült – verklebt wäre eine präzisere Beschreibung – am linken Rand des Schreibtischs stand. Sylvia fasste die Tasse mit zwei spitzen Fingern am Henkel und verließ das Büro. Zuerst ging sie in den Waschraum, um das Trinkgeschirr attraktiver zu machen, dann füllte sie an der Kaffeemaschine zwei Tassen.

Als sie den Kaffee auf Hofers Schreibtisch absetzte, hatte er sich etwas beruhigt.

»Sie haben's ja gehört. Morgen Mittag fliege ich.«

»Bleiben Sie lang?«

»Schneemüller wäre enttäuscht, wenn ich schnell zurück wäre. – Er wird gut mit Ihnen zusammenarbeiten.«

Sylvia entgegnete: »Doktor Schneemüller ist gut motiviert.«

Hofer überraschte der Ton, den sie in diese Bemerkung legte, dass er Sylvias Gesicht aufmerksam studierte. Er fragte geradezu bestürzt: »Meinen Sie wirklich?«

Sylvia glaubte, einen Fehler gemacht zu haben. War es so erstaunlich, wenn sie Schneemüllers Verliebtheit bemerkte? Hofer war wahrscheinlich nie aufgefallen, dass die meisten Menschen Schneemüllers Narzissmus erkannten und ihn entsprechend behandelten.

MAGENKNURREN

Sylvia verließ als eine der letzten Bürokräfte die Fabrik. Eine große Werkshalle war beleuchtet, weil eine zweite Schicht an einem Großauftrag arbeitete. Auch auf dem Prüffeld brannte Licht, denn dort wurde ein Pumpenversuch gefahren, der tagsüber das städtische Stromnetz einknicken würde. Über dem Werk lag eine flüsternde Ruhe, die von der vorweihnachtlichen Stadt herüberwehte, an der sie auch teilhaben wollte. Sylvia fuhr in die Innenstadt.

Sie schlenderte zwischen den Buden des Weihnachtsmarkts, bis sie vor einer Bratwurstbude stand. Sie stellte eine Tasse Glühwein auf einen runden Stehtisch und wärmte ihre gefrorenen Hände. Mit dem ersten Schluck strömte Hitze in ihren Körper, ihr Magen verlangte lautstark nach mehr. Sie beobachtete, wie der Mann auf der anderen Tischseite in seine Bratwurst biss. Sie sog gierig den Grillgeruch auf, bis ihr schwindlig wurde, dass sie am Stehtisch festen Halt suchte. Der Tisch wackelte.

»Was soll das?«, fragte der Mann, weil seine Tasse übergeschwappt war.

Sie betrachtete ihn, überlegte, ob sie sich entschuldigen oder gleichfalls wütend werden sollte. Ein feiner Wintermantel – vielleicht ein vom Glühwein befeuerter Kollege. Das Gesicht war ihr fremd und so starrte sie ihn gleichgültig an. Schneeflocken schwebten herab, die sich stimmungsvoll auf die Buden legten. Sylvia vermutete den Gag einer Marketinggesellschaft und schaute staunend in den bleigrauen Himmel. Plötzlich brannte Hunger nach menschlicher Wärme, dass sie, ohne lange Überlegung, Bramert anrief. Er meldete sich vor dem Ende des ersten Klingeltons.

Sylvia schwieg nach ihrem »Hallo!«

Bramert sprach hastig, als hätte er ihren Anruf sehnsüchtig erwartet. »Können wir uns zu einem kleinen Plausch treffen?«

Sylvia, überrascht: »Gern.«

»Wo und wann.«

»Mir knurrt der Magen«, jammerte Sylvia. »In drei Sekunden werde ich eine Bratwurst mit Pommes bestellen.«

Bramert lachte. »Ich komme sofort, dann knurren wir im Duett.«

Sylvia hatte in Mannheim erst in einem Speiselokal gegessen. Eine helle Glocke schlug vier Mal, dann dröhnten sieben tiefe Schläge. Sie schob sich in den Menschenfluss, der sie über den Weihnachtsmarkt trieb. Vor dem Wasserturm ruderte sie quer zum Strom und stellte sich auf die oberste Stufe des Sockels, von wo sie zu den Planken hinüberschaute. Die menschlichen Heerscharen waren die Boten der kommenden Festtage. Diese Herden suchten noch ihren Hirten, weshalb das Geschiebe chaotisch wirkte. Wenigstens war die Kälte so grimmig, dass die Stimmen hinter vorgebundenen Schals verborgen blieben.

Bramert schien der Kälte zu trotzen. Er verzichtete auf eine Kopfbedeckung. Sein blondes Haar schwankte über den anderen Köpfen auf sie zu. Er bemerkte ihr gut gelauntes Winken. Sylvia trug Schuhe mit flachen Absätzen, wodurch sie immer noch groß war. Auch sie trug keine Mütze, sodass ihr Haar, im Licht einer gelben Ampel, wie das Ladenschild eines Altgoldankaufs blinkte.

»Lassen Sie mich hören«, begann Bramert die Unterhaltung.

»Wozu diese Hast? Ich habe einen Bärenhunger!« Sie war regelrecht empört. »Ich schlage vor, dass wir essen.«

Er grinste frech. »Ihr Magenknurren wollte ich hören.«

Sylvia starrte ihn sprachlos an. Er lächelte immer noch. Sie öffnete Knopf um Knopf ihres Mantels, hielt ihn weit auf, bog den Rücken durch, dass sich ihr Bauch vorwölbte. Sie trug einen blauen Pullover und verwaschene Jeans. Bramert bückte sich und presste sein rechtes Ohr auf Sylvias Bauch.

»Jetzt schweigt ihr Bauch.«

Sie klang verlegen: »Wer uns sieht, glaubt, dass ich schwanger bin.«

»Sind Sie minderjährig?«

»Entweder bekommen Sie Glückwunschtelegramme«, ihre Stimme bekam einen unheilschwangeren Ton, »aber viel wahrscheinlicher sind Drohbriefe.«

»Ich kläre die Situation zu Ihren und meinen Gunsten.«

Bramert knöpfte seinen Mantel auf. »Sie erhalten hiermit die einmalige Gelegenheit, alle Gerüchte zu entkräften.«

Sylvia beugte sich nieder und lauschte. »Aus der Form würde ich auf den vierten Monat schließen. Zwillinge schließe ich aus.«

Er kratzte sich die Schläfen. »Wo war ich vor vier Monaten?«

Sie sahen sich tief in die Augen. Beide waren zu einer innigen Umarmung und mehr bereit, aber sie gingen nebeneinander durch die Planken, zu dem Lokal in der Münzgasse, das Sylvia dank der Empfehlung einer Freundin kannte. Er legte eine Hand auf ihre Hüfte und sie akzeptierte die riesige Pranke, die ihre Winterkleidung mit Wärme durchstrahlte. Bramert studierte ihr Profil, bis sie sich zu ihm wandte und er wusste, dass sie seinen sehnsüchtigen Blick bemerkt hatte.

»Ich hätte Sie gern geküsst, aber wir sollten warten, bis der Fall ein gutes Ende gefunden hat.«

»Versprochen?«, fragte sie.

Er nahm die Hand von ihrer Hüfte und hob sie zum Schwur.

»Wäre Ihre Assistentin eifersüchtig, im Falle eines Kusses?«

»Eifersüchtig auf Platon?«, fragte Bramert. »War Xanthippe auf Platon eifersüchtig?«

Sylvia, nachdenklich: »Man sagt, Sie war mit einer scharfen Zunge gesegnet – aber weshalb sollte die Frau des Sokrates auf Platon eifersüchtig sein?« Sylvia sprach sehr ernsthaft: »Liegen da neue kriminaltechnische Erkenntnisse vor?«

Bramert krümmte sich und wehrte einen symbolischen Schlag ab. »Das war hart«, stöhnte er.

Sie schauten in die Gaststätte, die bis auf den letzten Platz belegt schien. Sie stellten sich an die Theke, tranken ein Bier und warteten, bis ein Kellner sie zu zwei frei gewordenen Stühlen geleitete. An dem Vierertisch saß ein verliebtes Pärchen – zumindest in opulente Mahlzeiten verliebt. Das Lokal war für eine intime Aussprache ungeeignet. Sylvia versuchte, keine Namen zu nennen, als sie die heutigen Beobachtungen schilderte – das Gespräch in Hofers Glaskasten.

»Das könnte harmlos sein, aber ich fürchte, dass die versteckte Aussage sehr ernst ist.« Er wiederholte einen Teil von Sylvias Schilderung: »Die Sache in Ordnung bringen könnte sich auf die Reise oder den Strömungstest beziehen.«

Sylvia schüttelte energisch den Kopf. »H verstand den Hinweis genau so, wie von uns angedacht. Er war nach dem Besuch von S kaum ansprechbar, sodass ich ihm eine Tasse Kaffee hinstellte. Danach ging's wieder.«

»Verstehe.«

»Jetzt assistiert mir S bei dem Strömungsversuch.«

»Weshalb fliegt H? – Hat das mit der RO-Sache zu tun?«

»Die Spanier sollen spätestens in zwei Wochen anliefern, weil sonst eine Vertragsstrafe droht.«

»Cartagena?«, fragte Bramert.

»War wohl Cartagena.«

»Klingt nachvollziehbar.«

Sylvia wagte einen Blick zu den Tischnachbarn, weil der Tisch merklich schrumpfte, als ihr Essen aufgetragen wurde. Der Mann zu ihrer Rechten aß einen Lammrücken, dazu eine Schüssel mit Knödeln und eine mit Rotkraut – ungefähr die Wochenration einer äthiopischen Großfamilie. Sie senkte ihre Augen auf ihren Teller, der mit sechs Lammkarrees garniert war. Bramert stieß mit einem Knie an ihren Schenkel und hob das Kinn in Richtung Lammrücken. Sie aßen tapfer, Bramert spülte mit Bier nach, Sylvia trank ein Viertel Rotwein.

Sie nahm eine Schwingung wahr, als ob sie beobachtet wurde. Sie schaute nach links und rechts, sah aber kein bekanntes Gesicht. Bramert betrachtete Sylvia aufmerksam, strich eine Locke aus seiner Stirn, die sich vor seine Augen drängte.

»Von wo? Wohin? Das vermutete Schiff aus Bremen?«

Sylvia schüttelte den Kopf. »Keine Ahnung.«

»Ich glaube Cartagena ist der Angelpunkt«, sinnierte Bramert.

Er schaute einer Bedienung hinterher, die mit jedem zackigen Schritt die weißen Schlaufen ihrer Schürze vom Gesäß schleuderte. Sie schritt zur Theke, nahm drei Platten auf und machte kehrt, eilte an Bramert vorbei. Sylvia folgte seinem Blick, der ein selbstvergessenes Eigenleben führte.

Sylvia, spöttisch: »Bei der würdest du ersatzweise auf das Dessert verzichten.«

Bramert erschrak, weil Sylvia seine Gedanken störte, weil sie ihn unerwartet duzte und weil sie indirekt eine Schwäche ansprach, die er selbst nur ungern zugeben wollte.

»Entschuldige«, flehte er und übernahm das Du ohne Murren.

»Wofür?«, fragte sie überrascht.

»Vielleicht, dass ich so bin, wie ich bin.«

»Die meisten sind, wie sie sind.«

»Musik ist meine Leidenschaft, aber den ganzen Tag Musik hören, wäre zu viel des Guten.«

»Ich liebe die Strömungstechnik, was mich nicht daran hindert …«

»Bleib, wie du bist«, flüsterte er mit unbewegten Lippen.

»Keine Angst, deinetwegen werde ich mich nicht ändern.«

Bramert schaute immer noch an ihr vorbei.

»S und H stehen an der Tür und unterhalten sich. Sie wirken unschlüssig. S zeigt mit dem Kinn in unsere Richtung, H nickt – sie gehen.«

»Du kennst beide?«, fragte sie erstaunt.

»Beide hängen in unserem provisorischen Büro an der Wand. Seit drei Tagen besteht zwischen beiden eine Verbindungslinie. – Dass sie in derselben Firma arbeiten, war für unsere Ermittlungen bisher ohne Belang. Dass sie gemeinsam auftauchen, hat wohl eine besondere Bedeutung, weil Hofer eigentlich seine Reise vorbereiten sollte.« Bramert schaute auf seine Armbanduhr. »20 nach sieben. Etwas Wichtiges ist dazwischengekommen oder Details sind zu klären, wahrscheinlich so, wie von uns angedacht.«

»Man müsste wissen, wie solch ein Versand von Stufe zu Stufe abläuft. Weshalb muss H diese Reise machen?«

»Ab heute bin ich dein Exfreund. Wir müssen beim Du bleiben, ob es dir passt oder nicht.«

Sylvia grübelte ihren Gedanken weiter. »Ein Schiff, das von der Nordsee ins Mittelmeer fährt, dort entlädt, belädt und weiterfährt nach –? Könnte es nach Kreta oder Syrien fahren?«

Bramert, erstaunt: »Ein Gedanke, um den ich mich kümmern werde.« Er betrachtete sie forschend. Sie erwiderte den Blick. Ihre leuchtenden Augen irritierten ihn. »Halte dich raus! Du weißt, dass ich deine heißen Lippen küssen möchte, wenn der Fall abgeschlossen ist.«

Er hielt sein Glas hoch, sie schlug leise an. »Zum Wohl!«

Er nahm einen Schluck und Sylvia sagte eiskalt und gedehnt: »Ich bin keine Freundin von Cunni…«

Sie brach ab, als sie die Abwärtsbewegung von Bramerts Unterkiefer bemerkte. Er sabberte den Schluck Bier über sein Kinn. Sie wischte sofort mit der Serviette ab.

»Wo bleibt deine coole Überlegenheit?«, fragte sie spöttisch.

»An deinen Humor muss ich mich zuerst gewöhnen.«

»Beeil dich!«

WACHWECHSEL MIT FRÜHSTÜCK

Bramert saß in der dunklen Ecke des Krankenzimmers. Er las in einem Taschenbuch, denn in Kliniken neigte er zum Schweigen. Das abgegriffene Buch lag aufgeschlagen in seinem Schoß und bedeckte die Pistole. Bianka schlief mit geöffnetem Mund auf dem Rücken, schnarchte leise. Sie lag ziemlich reglos da. Nur die Arme und ihre Augen, verdeckt unter den Lidern, bewegten sich. Ihr Bett war mit einer Pumpe ausgerüstet, die ständig neue Auflagepunkte erzeugte, um offene Druckstellen an der Haut zu vermeiden. Im Drei-Minuten-Takt summte ein Elektromotor. Bianka konnte seit gestern die Zehen bewegen, das taube Gefühl in den Beinen war vorbei, sodass die Ärzte mit einer vollständigen Regenerierung rechneten. Sie hätte allen Grund zu jubeln, aber sie war bedrückt. Die Polizisten vermuteten Reue über ihren spontanen Anruf bei WASAN.

Bramert schaute auf seine Uhr. Er schlich ans Fenster, wo er ein Buchzeichen zwischen die Seiten klemmte, bevor er seinen Roman auf das Fensterbrett legte. Den Umschlag schmückte das Dürergemälde einer Wassermühle, die italienische Übersetzung von Krabat. Die Pistole steckte unter der linken Achsel. Zehn Minuten vor neun. Der Morgen setzte sich erfolgreich gegen die Nacht durch. Flocken, die um acht Uhr so lieblich herabgeschwebt waren, rotteten sich zu einem Schneetreiben zusammen. Er sah Tanjas rote Jacke, die aufgeplustert zum Eingang schwebte.

Tanja kaufte im Bistro ein Frühstück für zwei. Sie verwöhnte Bramert wie im Büro. Beim Zahlen streifte ein Lichtreflex ihr rechtes Auge, sodass sie zur Drehtür hinüber schaute. Ein Gefühl wie Frost. – Wahrscheinlich kam von draußen kein Wind, denn die Drehtür war zur Vermeidung von Zugluft installiert. Tanja achtete auf das Alarmsignal ihrer Sinne. Nahendes Unheil oder das Böse schlechthin drückte mit eiskalter Hand auf ihre Schulter, dass sie sich wie ein nasser Hund schüttelte.

Das Schneetreiben hatte eine blonde Perücke zu Haargestrüpp aufgebauscht. Chemotherapie? Dazu war die

Perücke zu auffällig – ein veritabler Kontrapunkt zu dem südländischen Kopf.

Sie grinste bei der Erinnerung, dass sie sich vor einem Jahr blond färben wollte. Die Frisörin hatte vor dem Eingriff in ihre Persönlichkeit ein digitales Bild erstellt. Auf dem Bildschirm hatte sie den stufenlosen Wandel vom natürlichen Rotbraun zu Blond bewerten können. Das Ergebnis war grauenhaft gewesen. Tanjas Haut glich seit ihrer Geburt einer Tüte Weizenmehl, weshalb das Rotbraun ihres Bubikopfs einen wunderbaren Kontrast bildete. Bei der Vorschau zur Schwarzfärbung hatten nur dunkel umrandete Augen gefehlt, um sie definitiv zu entstellen.

Bis auf die Perücke war der Typ unauffällig, aber er eilte mit abgewandtem Gesicht an der Anmeldung vorbei, als wolle er verhindern, dass ihn jemand nach seinem Ziel fragte. Tanjas Blick glitt von oben nach unten. Grünes Seidenpapier umhüllte die langen Stiele roter Rosen. Er drückte das Gebinde an die Brust und eilte mit hastigen Schritten zum Aufzug. Dabei schwangen die kümmerlichen Rosen schwerfällig auf und ab.

Tanja musste den Mann unbedingt weiter beobachten. Sie schnappte das Tablett und eilte zum Aufzug. Der Mann trug einen grauen Anzug, der schon bessere Tage gesehen hatte, ein roter Schal umschlang seinen Hals. Eine schwarz behaarte Pranke hielt die Blumen, die andere war vom Einwickelpapier verdeckt. Tanja steckte ihre linke Hand in die Jackentasche und wählte die Alarm-Kurzwahltaste für Bramerts Handy. Sie zog den Reißverschluss der Winterjacke halb nach unten. Tanja hielt das Tablett beidhändig, wartete hinter dem Mann auf den Aufzug.

Bing! Die Doppeltür schob auseinander. Als Tanja den Aufzug betrat, rutschten seine Augenbrauen überrascht hoch, denn er bemerkte sie erst in diesem Augenblick. Er drückte die Drei.

Als er sah, dass Tanja keine Hand frei hatte, fragte er höflich: »Was darf ich drücken?«

»Fünf bitte.«

Tanja bedankte sich. Die wenigen Worte des Perückenträgers verrieten keinen Akzent.

»Meine Mutter sträubt sich gegen das Krankenhausfrühstück«, erklärte Tanja. »Die alte Dame will unbedingt mit mir frühstücken.«

Er betrachtete Tanja intensiv. Halb empört, halb ein Kompliment verteilend: »So alt kann Ihre Mutter nicht sein, dass Sie sie alt nennen dürfen.«

Tanja, wohlwollend: »Ich werde mich bei meiner Mutter entschuldigen.« Sie warf einen knappen Blick auf die Blumen. Der Schalldämpfer passte schlecht in den Strauß, aber er fiel ihr nur auf, weil sie genau hinschaute und etwas Ähnliches erwartet hatte.

Er, versöhnt und entspannt: »Meine Mutti klagt auch über das Essen.« Der Mann stieg im dritten Stock aus. Tanja hielt den Fuß an die Tür. Im Abstand von vier Metern folgte sie auf leisen Sohlen. Als er die Türschnalle von Biankas Zimmertür niederdrückte, fiel das Tablett krachend. Scherben schlitterten über den Boden. Der Mann schaute zurück und sah Tanjas Pistole.

»Polizei!«

Der Rosenstrauß fiel und entblößte den großkalibrigen Revolver. Tanja sprang vor, die Linke drückte den Schalldämpfer in eine ungefährliche Richtung und ihre entsicherte Waffe drückte an seine Schläfe.

»Waffe weg!«

Die Tür öffnete sich. Tanja schien unaufmerksam. Er wollte ihre Pistole wegwischen, aber seine linke Hand schlug ins Leere. Noch war ihr Zeigefinger längs des Laufs gestreckt. Bramerts Pistole traf seinen Hals, dass die Perücke von der Glatze rutschte. Seine Knie knickten ein, der Revolver schlug auf den Boden. Tanja ließ die Handschellen zuschnappen. Einige erschreckte Gesichter schauten aus dem Schwesternzimmer. Bramert verlangte nach einem Arzt.

Tanja entschuldigte sich für das Schlachtfeld auf dem Boden. Eine Frau mit blauem Arbeitsmantel eilte herbei und wischte auf, Tanja steckte ihr fünf Euro zu.

»Bramert, ich hol uns einen richtigen Morgenschmaus.«

»Ist gut.«

Sie sprachen, als sei es ihre Art, den Tagesbeginn mit einer Festnahme zu würzen. Bramert rief die Kollegen der Schutzpolizei an, die den Mann in die Obhut der Staatsanwaltschaft überstellen sollten. Danach informierte er seine Lieblings-Staatsanwältin, damit sie den Mann in Empfang nahm. Sie war nach Bramerts Überzeugung die Einzige, die in den Fall eingeweiht war. Nur sie konnte den Deckel draufhalten.

Bramert kam von dem kleinen Balkon, wo er telefoniert hatte. Er ging in Gedanken versunken zu einer Glastür, in der er sich zu betrachten schien. Tanja kam mit dem zweiten Frühstück vorbei und er beschleunigte seinen Schritt.

Tanja setzte das Tablett auf Biankas Nachttisch ab. »*Bed and Breakfast!*«, sagte sie gut gelaunt und schob das unberührte Geschirr zur Seite. Sie ordnete neu und stellte die nicht gebrauchten Teile auf dem Fenstersims ab.

»Was war denn los?«, wollte Bianka wissen.

Bramert sagte schroff: »Wir sprechen darüber, wenn wir unsere kulinarische Pflichtübung absolviert haben.«

Er fuhr den Nachttisch ans Bett, dass die beladene Platte über Biankas Busen schwebte – drei Kaffeetassen, Krankenhauskost, Verpflegung aus dem Bistro, eine extra Kanne. Tanja und Bramert standen rechts und links des Bettes. Tanja erzählte die Geschichte, nachdem Bianka ihren Minimalteil aufgegessen hatte. Die Erzählung war spannend, auch Bramert lauschte aufmerksam. Humorvolle Randbemerkungen würzten die Geschichte und nahmen ihr den Schrecken, dass sich Biankas Stimmung wesentlich verbesserte.

Nach dem Bericht fragte Bianka: »Ist das der Fahrer, der mich abgedrängt hat?«

»Die Vermutung liegt nahe«, war Bramerts Ansicht.

»Vermutest du auch, dass ich jetzt sicher bin?«

»Hat sich Schneemüller gemeldet, um das Missverständnis zu bereinigen?«, wollte Tanja wissen.

»Er versprach, dass ich meinen Arbeitsplatz behalte.«

»Ein sehr menschlicher Zug«, lobte Bramert.

»Wir waren beide gerührt.«

Das Gespräch wirkte angesichts der haarsträubenden Situation frivol.

Bramert schaute auf seine Armbanduhr. »Ein verspätetes Nikolausgeschenk«, nannte er das Ereignis.

Tanja betrachtete Bramert scharf. Sie gab ihm zu verstehen, dass sie etwas gegen seine schnodderige Bemerkung hatte.

Bramert wandte sich an Bianka. »Siehst du das anders?«

»Gerade hast du mich geduzt, wie sich das für einen Cousin gehört.«

»Liegt wahrscheinlich daran, dass ich seit gestern deine Schwester duze. Ich bin Sylvias Exfreund.« Er musste erzählen, wie es dazu gekommen war. Sie starrten ihn sprachlos an. »Zugegeben, das hört sich verwirrend an, aber wir werden diese Tarnung nur selten benötigen.«

Tanja, nachsichtig: »Man kann dich nicht allein lassen.«

DIE STAATSANWÄLTIN BEIM VERHÖR

Die Staatsanwältin saß mit dem Rücken zur halb verspiegelten Glasscheibe. Auf der linken Seite des Verhörraums, an einem kleinen Tisch arbeitete die Protokollantin. Rechts lehnte ein jüngerer Kollege der Schutzpolizei gegen die Wand. Die Situation schläferte ein. Gegenüber der Staatsanwältin saß der Festgenommene – ohne seine lächerliche Perücke. Auf dem Tisch standen zwei braune Kunststoffbecher, eine Spende des Kaffeeautomaten.

»Wen wollten Sie töten?«, fragte die Staatsanwältin.

Der Mann schwieg beharrlich. An der rechten Halsseite trug er einen Verband. Bramert hatte fest zugeschlagen.

»Ein geladener schallgedämpfter Revolver – können Sie das erklären?« Die Staatsanwältin wirkte genervt, dass ihre Fragen wie drucklose Bälle über den Tisch patschten. Er schwieg – auch keine Klage über Bramerts harten

Schlag. Der Mann spielte eine klare Strategie aus. Bramert erkannte nach kurzer Beobachtung, dass ihn nur knallharte Beweise weichkochten.

Bramert ging ins Büro der Kriminalpolizei. Die Kollegen kannten ihn und behandelten ihn wie ein rohes Ei. Er wirkte bereits durch seinen Schatten bedrohlich. Er schlenderte hinüber zu dem kleinen Glaskasten, wo ein Hochleistungsrechner mit einem Gesichtserkennungsprogramm lief. Drei Ansichten des Namenlosen befanden sich auf dem rechten Bildschirm, auf dem linken rasten Fotografien der Karteien vorbei. Zuerst die eigentliche Verbrecherkartei, danach folgten Gruppenbilder mit identifizierten Kriminellen – ›die Büchse der Pandora‹, wurde diese Kartei euphemistisch genannt.

Bramert betrachtete das Geflimmer eine Viertelstunde lang. Zwischendurch stoppte der Ablauf – oder schien zu stoppen. Dann stoppte er endgültig. Ein Gruppenbild – ein Name erschien – nach wenigen Sekunden eine Adresse – sogar eine Autonummer. Bramert trat aus dem Glaskasten und winkte einen Kollegen herbei.

»Bingo!«, jubelte der Kollege. »Irgendwo muss dieser Pitter Sobolotsky aufgefallen sein oder war er nur zufällig bei einem Herrenabend?«

Sein Gesicht deutete ein Lächeln an, aber als Bramert ernst blieb, schwieg er abrupt und betrachtete den Kriminaloberkommissar lauernd. Bramert las in den geweiteten Augen die unausgesprochene Frage: Tappe ich gerade in eine Falle der Dienstaufsicht?

Bramert, beiläufig: »Irgendwie ist er wohl aufgefallen.«

Der Kollege atmete erleichtert.

»Können Sie ein Einzelbild erstellen und die Bankverbindungen von unserem Pitter S herausfinden?«

Bramert war mit langen Schritten auf dem Weg zum Verhörraum, als er kurz stoppte und sich umdrehte. »Die Untersuchung des Wagens wäre interessant. – Spuren von Schafswolle und Ähnliches. Verständigen Sie bitte die SpuSi, wenn der Wagen sichergestellt ist?«

Bramert stand, wie eine eiserne Statue, im dunklen Flur und schaute durch die Glasscheibe. Er beobachtete die Szene, die unverändert schien. Die Hände der Protokollantin lagen in Ruhestellung neben der Tastatur. Die Staatsanwältin lehnte geduldig zurück, als warte sie bei einem *Speed-date* auf den erlösenden Ruf – ›Der nächste Partner!‹ Bramert betätigte die Sprechanlage. »Kurze Pause!«

Die Staatsanwältin verließ den Raum, zeigte aber Humor, als sie höflich bat: »Bleiben Sie bitte noch bei uns.«

Als Antwort hob er seinen Kaffeebecher und trank ihn leer.

»Noch einen?«, fragte die Staatsanwältin.

Der Mann nickte müde mit seinem schief sitzenden Kopf.

Bramert schaute sich um, ob er das Du verwenden konnte. »Kommen Sie bitte mit. Wir haben den Mann identifiziert. – Eine Aufnahme zeigt ihn im Kreis von Freunden, die Sie wahrscheinlich besser kennen als ich.«

Das Bild befand sich noch auf dem Bildschirm. Sie schaute kurz hin.

»Jetzt erinnere ich mich. Mit langem Haar gleicht er sich überhaupt nicht. Wir haben ihn vor vier Jahren eine Weile beobachtet. Die Bartträger sind Iraner – Asylbewerber mit bestem Rechtsbeistand.«

Bramert, nachdenklich: »Iran klingt absolut schlüssig.«

Als sie auf seine Bemerkung schwieg, fragte er: »Kaffee?«

»Nur aus der Kaffeemaschine vom Büro.«

Sie gingen durch den Flur zum Büro der Staatsanwälte. Bramert hielt die Staatsanwältin am Arm fest, bevor sie die Tür öffnete.

»Heute keine Hausdurchsuchung«, sagte sie ablehnend.

Bramert lachte schwach. »Ich bin noch in der Schwebephase.« Danach schlug seine Stimme hart wie ein chinesischer Hammer an eine tibetische Gebetsglocke: »Der Mann, dieser Pitter Sobolotsky, ist so cool, als ob ihm der BND – oder ein ähnlicher Klub – den Rücken stärkt. Der wirkt wie ein V-Mann der Null-Null-Generation.« Er lachte kurz. »Nur leicht berühren – auf keinen Fall schütteln.«

»Herr Bramert, Sie sind staatszersetzend. – Meine Eltern werden mir den Umgang mit Ihnen verbieten.«

Im Vorzimmer stand die Kaffeemaschine mit der halb gefüllten Kanne. Die Sekretärin schenkte zwei Tassen voll. Sie blieben an diesem Schreibtisch stehen.

»Wir sollten eine kleine Pressemitteilung aufsetzen«, sagte die Staatsanwältin der Sekretärin. »Bitte notieren Sie. – Im Krankenhaus wurde ein bewaffneter Mann von den Sicherheitskräften überwältigt und der Kriminalpolizei überstellt. Die Polizei rätselt, wen er töten wollte. Der Mann verschweigt selbst seinen Namen.«

Die Sekretärin stenografierte.

»Geben Sie's direkt an die übliche Presse.«

Sie stellten die leeren Tassen zurück und gingen zum Verhörraum. Bramert erinnerte beim Vorbeimarsch am Kaffeeautomaten: »Frau Staatsanwältin, sie wollten Sobolotsky einen heißen Becher mitbringen.«

Tanja schaute ins Verhörzimmer und beobachtete, wie die Staatsanwältin die Pappbecher tauschte. Kurz darauf hörte sie Bramerts gewichtigen Schritt. Er trat mit einem Kollegen der Kripo in den Gang und näherte sich. Als er bei Tanja stehen blieb, ging der Kollege weiter. Bramert hob fragend die Augenbrauen und Tanja teilte ihm mit, dass sie von einer Kollegin des Kriminaldienstes abgelöst wurde. Sie schauten zu zweit ins Verhörzimmer, als die Stimme der Staatsanwältin aus dem Lautsprecher tönte.

»Herr Sobolotsky, ich bringe Ihnen neue Lebensgeister.« Ihre Stimme verriet keinerlei Regung, war kühl und belanglos, dass der Mann hochblickte. Seine Augen flackerten kurz, aber die Maske blieb versteinert.

»Wir sollten wohl Ihren Wagen anschauen«, sprach sie weiter. »Auch Bankkonten sind manchmal aufschlussreich, die Wohnung sowieso.« Aus ihrem Ton konnte er unmöglich schließen, wie viel erkennungsdienstliche Information vorlag.

Bramert flüsterte: »An dieser Stelle würde ein gewöhnlicher Krimineller nach seinem Anwalt winseln, aber dieser Typ schweigt.«

Ein Uniformierter betrat den Verhörraum. Pitters Fingerabdrücke wurden genommen.

Die Spurensicherung fuhr mit zwei Einsatzwagen zu Sobolotskys Wohnung, vor der auch sein Geländewagen stand. Der Wagen wurde an Ort und Stelle untersucht. Die SpuSi wirkte zufrieden. Ein Abschleppwagen lud das Gefährt auf und brachte es in die Werkstatt. Dort wurde die Feinarbeit erledigt.

Nach einer Stunde stand zweifelsfrei fest, dass der Wagen für den Mordversuch an Bianka Rotbeck verwendet worden war. Nur Sobolotskys Fingerabdrücke waren am Lenkrad – was nicht automatisch auf seine Täterschaft schließen ließ. Was eigentlich nur ein Hinweis war, dass er mit seinem Wagen fuhr und möglicherweise niemand sonst damit fahren ließ.

Sobolotskys Bankkonto hatte sich um 50.000 Euro nach oben bewegt – interessanterweise einen Tag vor dem Mordversuch. Diese Informationen standen auf einem Blatt, das der Uniformierte der Staatsanwältin auf den Tisch legte. Sie las die Nachricht, hob den Daumen, aber befragte Sobolotsky nicht zu diesen Punkten. Sie betrachtete ihn nur sehr vieldeutig.

»Herr Sobolotsky bleibt bis zum Gerichtsverfahren in U-Haft.«

Der Mann schüttelte sich, aber schwieg.

»Der richterliche Beschluss liegt vor. – Wollen Sie Ihren Anwalt anrufen?«

»Ich ruhe mich aus!«, sagte Tanja und huschte fort.

Die Staatsanwältin erwartete eine Antwort, aber Sobolotsky schwieg. Sie verließ den Verhörraum. Bramert folgte ins Büro. Die Sekretärin reichte ihr einen gefalteten Zettel. Die Staatsanwältin faltete ihn auf und machte zur Sekretärin einen Kussmund. Bramert beobachtete diese Geste mit gerunzelter Stirn. Erst hinter der geschlossenen Tür ihres Büros sprach sie wieder.

»Der Fall ist wie ein Fesselballon aufgebläht. Du hast mit deiner Vermutung recht. Aber wir halten den Deckel drauf. Die Presse wird genau das erfahren, was ich vorhin gesagt habe. Ich werde dem Richter Information geben, dass der Mann bei uns bleibt – und der BND möglicherweise intervenieren wird.«

»Wie kommen Sie auf den BND?«

Die Staatsanwältin zischte wie eine gereizte Kobra.

»Der Anruf eines Herrn Schmitt, der mich fragte, ob es stimmt, dass ich ein Verhältnis mit einem Kommissar vom LKA habe.«

»Oh shit! – Und was haben Sie geantwortet?«

»Das ist eine Lüge, habe ich gesagt. Selbst als er schwieg, spürte ich sein überlegenes Grinsen. Ich sprach ruhig weiter: Der Mann, auf den sie anspielen, ist Oberkommissar und ich bitte um Richtigstellung. Ich hörte, wie sein Unterkiefer herunterfiel. – Dann fragte ich ihn, ob er meine Manie kenne, jedes Gespräch aufzuzeichnen und gegebenenfalls zu löschen.«

»Wie machen wir weiter?«

Sie schaute Bramert so tief in die Augen, dass ihm schwindlig wurde. »Wie bisher – nur etwas intensiver. – Offiziell wissen wir nichts über einen BND-Einsatz.«

Bramert berichtete von Hofers Reise nach Spanien und dem denkbaren Ablauf eines Technologieschmuggels.

»Flieg nach Spanien und schau dich um, ob die Sache so ablaufen kann, wie du vermutest. Aber entgegen dem Warenfluss muss ein Geldstrom fließen. – Und dieser Strom fließt elektronisch.«

»Was ist, wenn wir es mit politischen Spinnern zu tun haben – das Streben nach einer islamischen Großtat oder ein ähnlich, quer steckender Furz?«

Die Staatsanwältin zischte: »Bramert, lass dich zum BND versetzen, wenn du an *star spangled nonsens* glaubst. Selbst Spinner brauchen Geld – und wenn es nur zum Bau einer Bombe dient.«

»War ein kleiner Gedanke.«

»Blödsinn«, unterbrach sie ihn schroff. »Geld muss durch die richtigen Kanäle fließen, um unauffällig zu bleiben.« Sie durchdachte ihren spontanen Gedanken. »Die

Ware wird aus einer versteckten Quelle bezahlt, die nicht rückverfolgbar ist, wie die Bezahlung von Sobolotsky.«

»Können wir's absolut nicht rückverfolgen?«

Sie grinste breit und schob Bramert den gefalteten Zettel über den Schreibtisch.

EIN AKADEMISCHER ANSATZ

Sylvia bewohnte eine Einzimmerwohnung im Studentenwohnheim. Zwei ihrer Freundinnen wohnten in einem anderen Bau dieses Heims auf der anderen Seite des Platzes. Die Fenster der Mädchen gingen zu dieser Seite, dass ihnen Sylvia winken konnte. Auch dieser Freundschaften wegen fühlte sich Sylvia im universitären Leben wohl. Mit dem Praktikum bei WASAN erhielt sie einen etwas anderen Einblick ins wahre Berufsleben. Arbeit war mehr als Schuften zum Wohle unbekannter Großaktionäre und zum eigenen Überleben. Dieses Praktikum stellte sie symbolisch auf eine obere Stufe der beruflichen Leiter, dass sie glaubte, sie könne die Sprossen zählen, die noch vor ihr lagen. Plötzlich wirkte ihr erdachter Lebensplan fad, denn sie erkannte, wie prall gefüllt die Körbchen ihrer Ressourcen waren.

Am Tisch, vor einem Glas Rotwein, saß ein jüngerer Mann, über Fotografien gebeugt. Es handelte sich um Aufnahmen von Studentenfeten, die er interessiert betrachtete, weglegte, die nächste vom Stapel nahm und so weiter. Gelegentlich lachte er oder gab Kommentare, die Sylvia mit müden Gesten beantwortete, denn sie war auf das Geschehen auf der Straße konzentriert.

Er wischte sein langes, fettiges Haar nach hinten, als er zu ihr hinüberschaute. Sie wirkte vor der rot untergehenden Sonne wie ein loderndes Schattenbild. Lichtreflexe zuckten vom Fenster, weil der fahrende Aufzug das Haus erschütterte. Sylvia drehte ihm seit zehn Minuten den Rücken zu.

»Wird er mitmachen?«, fragte er.

»Wie soll ich wissen, was in einem Polizistenhirn vor sich geht.«

»Du machst mich heiß, dass ich zur Abkühlung einen Polizisten brauche.«

»Er hat eine sehr ansprechende Assistentin.«

Er schlug einen schmeichlerischen Ton an. »Ansprechend ist keine Eigenschaft, die ich in einer Frau suche. Nur perfekte Frauen machen mich neugierig, so wie du.«

Sie zischte verächtlich: »Ein dummer Machospruch, den ich dir nicht zugetraut hätte.«

Sein Stuhl rutschte zurück, der junge Mann erhob sich geschmeidig. Der Boden wackelte, sonst hätte sie gespürt, wie er sich heranschlich. Als sein Atem in ihr rechtes Ohr blies, drehte sie sich um und erschrak. Er umarmte sie, sie entwand sich.

Sie hatte ihren ehemaligen Kommilitonen keineswegs zum Zwecke des Küssens hergebeten. Pauls Windeln waren Computerprogramme gewesen, aus PCs sog er frühkindliche Milch. Sylvia hielt ihn EDV-mäßig für unschlagbar. Sie nannte ihn Paul, weil er so genannt werden wollte. Er entwickelte Programme für Organisationen, die ungenannt blieben. Sylvia forderte ihn mit der Andeutung eines fast unlösbaren Projekts heraus.

Sie schaute über seinen Kopf hinweg auf die Straße. Ein grauer Mercedes parkte rückwärts in die Hinterlassenschaft eines Golfs.

»Er kommt!«, sagte sie in einem Ton, der Pauls erotische Aktivitäten schlagartig einschränkte. Sylvia war enttäuscht, als auf der Fahrerseite Tanja ausstieg und Bramert auf der Beifahrerseite. Eigentlich wollte sie ihn allein haben. »Hast du verstanden?«, fragte sie in verschärftem Ton.

Die Klingel ertönte, Sylvia öffnete einen Spalt nach draußen. Der Aufzug brummte wieder, die Fensterscheiben zitterten.

Bramert klopfte an und schob Tanja in den Raum. Er schaute über Tanjas Kopf auf Paul, der schläfrig vor einem Rotweinglas saß. Die Bilder von den Studentenfeiern waren verschwunden.

»Du hast Verstärkung, wie ich sehe.«

Sylvia konterte: »Du glaubst wohl, dass ich deine Verstärkung übersehe.« Sie stellte Paul vor.

»Nur Paul?«, fragte Tanja.

»Paul gefällt mir schon immer.«

Das Zimmer war geräumiger als ein überfüllter Aufzug – eindeutig beengt für vier raumgreifende Personen. Die zwei Polizisten nahmen gegenüber am quadratischen Tisch Platz. Sylvia stellte Weingläser vor die neuen Gäste. Tanja bat um ein Glas Wasser. Sylvia füllte die Gläser und setzte sich.

Bramert machte die Einleitung. Es wirkte, als spreche er zu sich selbst über die letzten Ereignisse, Erkenntnisse und Vermutungen. Aber er überschritt nie die Linie, mit der er Interna verraten hätte. Tanja beobachtet fasziniert, wie er die Worte an der Trennlinie vorbeiführte. Pauls Kopf neigte sich nach zehn Minuten schläfrig zur Tischplatte. Sylvia meinte, er müsse Bramert unbedingt zuhören, um nachher mitreden zu können. Zuerst betrachtete sie die schläfrige Gestalt missbilligend, dann rüttelte sie ihn an der Schulter, als sein Kopf der Schwerkraft nachgab. Er schaute irritiert in die Runde, dann betrachtete er Sylvia wütend, weil sie einen Traum unterbrochen hatte.

»Was soll ich hier?«

Sylvia wollte Bramerts Erzählung beschleunigen, sie unterbrach seinen Wortfluss. »Ich hoffe, dass du mein Vorpreschen tolerierst. Mir geht jede Nacht durch den Kopf, mit welcher Energie dieses Verbrechen abläuft. Der Mordversuch ist nur ein Mosaikstein.« Sie beobachtete Bramerts Mundwinkel, die ruckartig nach unten sanken. Entschuldigend sprach sie weiter: »Vor ein paar Tagen habe ich erkannt, dass Pauls Fähigkeiten das Team bereichern könnten.«

Bramert fragte gereizt: »Gehörst du auch zum Team? – Ich meine mich zu erinnern, dass ich dir eindringlich geraten habe, keinen Alleingang zu machen?«

»Teamarbeit ist das Gegenteil von Alleingang«, konterte Sylvia.

»Behinderung von Polizeiarbeit?«, warf Tanja ein.

Bramert hob beruhigend die Hand, aber die Zündschnur brannte.

Sylvia lachte. »Habt ihr …«

Tanja unterbrach unfreundlich: »Sind wir eine Laiengruppe?«

»Ich nehme an, Sie sind erst seit Kurzem eine Primadonna?«

Nach diesem Hieb starrte Tanja sie wütend an, aber um Sylvia einzuschüchtern bedurfte es härterer Bandagen.

»Dann gehe ich«, sprach Paul in den aufkeimenden Tumult.

Sylvia sagte knapp: »Setz dich!«, und an Tanja gewandt: »Narzissmus kann zwar selbstbefriedigend sein, aber wir sollten ihn für kurze Zeit vergessen. Es geht immerhin um einen zweifachen …« Sylvia sah Bramerts drohenden Blick, der aus zusammengekniffen Augen blitzte. »dreifachen Vorgang sollte ich sagen.« Sie überlegte kurz. »Es geht um den Mechanismus, ein internationales Warengeschäft abzuwickeln, und darum, diesen Mechanismus manipulativ gegen die Verbrecher einzusetzen.«

Bramert nahm einen Schluck Wein und seine Mimik spielte mit Wohlwollen. Dann betrachtete er Paul, der nervös mit dem Stuhl wippte. Tanja nagte immer noch Sylvias harsche Antwort von ihrer Unterlippe. Bramerts Rundblick kehrte in seine eigene Gedankenwelt zurück. »Manipulieren im Rahmen von Recht und Gesetz«, sagte er.

Tanja widersprach wütend: »Im Rahmen eines Verbrechens. – Manipulieren ist weder unser Recht noch unser Auftrag.«

Sylvia griff ins Bücherregal in ihrem Rücken, holte eine handgezeichnete Europakarte, die sie in die Tischmitte legte. Wenige rot markierte Punkte trugen Namen.

»Lasst uns ein Szenario erstellen, wie solch ein Geschäft ablaufen könnte.« Sie las die Namen und legte einen Zeigefinger auf die Punkte. »Mannheim, Bremen, Cartagena, Murcia.«

Tanja setzte zu einer Frage an, aber Sylvia hob die Hand, damit sie fortfahren konnte. »Kali Limenes, Latakia.« Sie betrachtete Tanja, erwartete eine Frage, aber als

Tanja schwieg, fuhr sie fort: »In unserem Planspiel verlässt die Mannheimer Ware – als Schmuggelgut – die Grenzen der EU. Hingegen bleibt die für Syrien hergestellte Ware in der EU.«

Tanja, angekratzt: »Mannheim, Bremen – soweit verstehe ich Ihre Karte. – Existiert eine mir unbekannte Hypothese?«

Sylvias Laptop stand auf der Kommode zwischen Büchern. Sie klappte das Gerät auf, startete und wandte sich an ihre Gäste. Solange das Gerät hochlief, erklärte sie: »Viele Informationen stammen aus dem Internet – alles ist frei zugänglich und unspektakulär. – Aber wenn wir die Informationen verknüpfen, entsteht ein interessantes Muster.« Nach dem Ende der Windows-Melodie drehte sich Sylvia zu ihrem Laptop, die Homepage des spanischen WASAN-Werks erschien und sie sprach weiter, das Gesicht zu Tanja gewandt und die Augen auf Paul gerichtet. »Cartagena scheint ein Drehpunkt zu sein, wie ich schon angedeutet habe.«

Tanja schaute ratlos und Paul war gelangweilt. »Da muss mir etwas entgangen sein«, sagte sie wütend.

»Wir haben angedacht, dass die Waren über Kreuz gefertigt und versandt werden«, sagte Bramert.

»Ich war nicht dabei«, kam es aus Paul ein Spur aggressiv.

Sylvia sagte zu Paul: »In Murcia wird eine RO-Anlage für Syrien produziert – INOX-Stahl mit 18 Prozent Chrom. In Mannheim werden – angeblich für Kreta – Pumpen aus martensitisch ausgehärtetem Edelstahl gefertigt. Diese Produkte sind BAFA-meldepflichtig. Die Pumpen haben eine Mehrfach-Dichtung und andere Besonderheiten.«

»Ich bin kein Techniker«, sagte Paul unwirsch. »Soll ich mir über BAFA Gedanken machen?«

Sylvia ging zum Fenster und dehnte die drei Schritte zu einem Gedächtnislauf aus. Unterwegs sagte sie: »Bundesamt für Wirtschaft und Ausfuhrkontrolle.« Sie blieb stehen und beobachtete studentisches Familienleben auf dem verschneiten Rasen. Dann sprach sie zum Fenster: »Das ist, als ob man einen Porsche kauft, um einmal täglich zum Zigarettenautomaten zu fahren. Hinzu kommt, dass die Komponenten niemals eine RO-Anlage ergeben.« Sylvia öffnete das Fenster und winkte zu dem Wohnblock auf der anderen Seite des Parks. Babs winkte zurück. Sylvia schloss, ging zum Tisch und nahm auf ihrem Stuhl Platz.

Tanja sträubte sich wie eine Kratzbürste dagegen, von Sylvia gefesselt zu sein. »Kommt noch was?«, fragte sie und ignorierte Bramerts wütenden Blick. »Ich bin Nichtraucherin und kann Ihrem Vergleich nichts abgewinnen.«

Sylvia ölte die Stimmbänder mit einem Schluck Wein. Sie faltete die Karte, kippte den Stuhl zurück und schob sie zwischen die beiden Bände des DUBBELs. Sie verharrte in dieser angespannten Stellung, als wolle sie für eine Büste Modell sitzen. – Tanjas grüne Augen wurden noch grüner.

Sylvia sprach weiter: »Wohin die *Dual-Use*-Ware gelangen soll, können wir vermuten.«

»Was ist, wenn der Vorfall mit Bianka eben nur ein Unfall war. Was ist, wenn wir um die Pumpen ein Verbrechen konstruieren, das durch Fantasie geboren wurde?«, fragte Tanja. »Dass uns die Fakten recht geben wollen, sollte uns eher besonnener machen.«

Bramert sprach kontrolliert: »Tanja hat in gewisser Weise recht.« Er wartete, bevor er mit wütendem Unterton weitersprach: »Bisher haben wir das *Dual-Use*-Verbrechen nur konstruiert, aber die Hypothese ist erschreckend stichhaltig, sobald wir Bianka und die Ausführung der Pumpen als zusammengehörige Fakten in unsere Betrachtung einschließen.«

»Meine persönliche Vermutung lautet: Pumpen für den Primärkreislauf.« Sylvia verschränkte die Arme unter dem Busen und sprach vor Tanjas nächstem Einwand weiter. »Wenn wir das Wozu kennen, bietet sich das Wohin von allein an.«

Tanja stand kurz vor einer Explosion. »Je länger ich Ihrem Gesülze zuhöre, je mehr Zweifel kommen mir.«

Sylvia bremste sich, weil ein Streit keinen positiven Effekt haben konnte. Sie kam sehr kühl rüber. »Vielleicht hilft Ihnen die Überlegung, dass internationale Warengeschäfte mit drei Strömen abgewickelt werden.«

»Wozu wollen Sie sich unbedingt in unsere Aufgaben einmischen?«, wütete Tanja. »Gebe ich Ihnen Ratschläge zu ihrer Doktorarbeit?«

»Wissenschaft ist Teamarbeit wie Polizeiarbeit.«

Bramert sprach wie ein gütiger Vater: »Mädels, bitte vertragt euch heute Abend.«

Tanja betrachtete Paul, der immer noch unbeteiligt wirkte. Er schaukelte mit dem Stuhl und nahm bei jeder zehnten Vorwärtsbewegung einen kleinen Schluck und schaute heimlich hinüber.

Sylvia nahm den Faden mit provozierender Ruhe auf: »Der Hersteller bekommt von der Kundenbank das Akkreditiv. Dieser Vorgang entspricht dem Startschuss zur Produktion.« Sylvia vertiefte sich in ihren aufgeklappten Laptop. Die entsprechende Wikipedia-Seite war aufgerufen. Bramert stellte sich hinter sie und las, während Sylvia eine freie Interpretation lieferte: »Die verpackte Ware wird an den festgelegten Hafen geschickt und im Freihafen einem Seehafenspediteur übergeben. Der erstellt die Verladepapiere – *bill of lading*. Ab hier hat der Hersteller keinen Zugriff mehr, die Ware geht auf die Reise.«

Tanja schüttelte unwillig den Kopf. »Wollen Sie sich mit angelesenem Halbwissen aufspielen?«, zischte sie wütend.

Bramert schüttelte traurig den Kopf. »Tanja, bitte sei nicht ungerecht. Wir beginnen jeden Fall mit Halbwissen.«

»Wozu soll diese Besänftigung gut sein?«

»Für mich ist das so neu, dass ich mich auf niederem Niveau schlaumachen möchte.«

Pauls Gesicht spiegelte Widerwillen angesichts der ziellosen Streiterei. Er konzentrierte seinen Blick wieder auf Sylvia. Tanja errötete, als sie die Enttäuschung des großen Schweigers spürte.

Sylvia entspannte die elektrisierte Stimmung. »Beim nächsten Strom gehen Dokumente von der Hausbank des Herstellers zur Kundenbank. Nach Warenerhalt folgt der Geldstrom in die Gegenrichtung.«

»Entschuldigt meinen Ausrutscher.« Tanja schien einigermaßen versöhnt.

Bramert ging an seinen Platz zurück. Paul nickte mechanisch, sein Blick hing an Sylvias Oberteil fest.

»Wird die Ware in Container verpackt?«, wollte Tanja wissen.

»Die Chinesen würden Kreta gern mit einem Containerhafen verstümmeln. Aber vielleicht ist ihr Machthunger noch zu bremsen.«

Bramert zeichnete Striche auf ein Blatt. Das Kratzgeräusch störte oder faszinierte. Es dauerte einige Sekunden, bis er fragte: »Wenn die Kistenmarkierung vertauscht wird, kommt die falsche Ware an? – Kann das wirklich so einfach sein?«

Er betrachtete Sylvia, die zweiflerische Zustimmung andeutete. Als sie schwieg, sprach er weiter. »Wir müssen herausfinden, wo und wie dies geschehen kann.«

Paul warf ein: »Die Warenpapiere enthalten viel mehr Informationen als die Kistenmarkierung. Meist sind die Kistenmaße Teil der Markierung, die Gewichte, die Werknummern, vom Kunden vorgegebene Nummern und so weiter.«

Eine lange Pause folgte, die Bramert mürrisch unterbrach. »Die Staatsanwältin wünscht, dass ich mich in Spanien umsehe.«

Tanja betrachtete Bramert mit großen Augen. Eine Frage rundete ihren Mund, aber er schaute geflissentlich daran vorbei, dass sie schwieg.

»Die *Lady* braucht Fakten, um andere Stellen einzuschalten.«

»Was für Stellen?«, fragte Tanja gereizt.

»Zoll, Nachrichtendienst, Hafenpolizei, europäischer Küstenschutz. Sobald unsere Kompetenzgrenze erreicht ist, müssen andere Stellen weitermachen.«

Sylvia mischte sich ein. »Hofer hat heute seine Mission in Spanien beendet.« Sie schaute auf ihre Armbanduhr. »Schneemüller holt ihn am Flughafen ab. – Ich werde morgen die Augen offen halten und du kannst dir deine Reise vielleicht sparen.«

Tanja erhob sich, zog die Karte aus dem Bücherregal und breitete sie wieder auf dem Tisch aus. »Die Kisten sind in einem Schiffsbauch unzugänglich.«

Niemand widersprach dieser Überlegung.

»Ist es denkbar, dass ein Schiff in Cartagena anlegt, um Embargo-Ware auszuladen?«

Bramert ging ans Fenster, wo er lange unbewegt stand. Er hielt die Arme auf dem Rücken verschränkt. Seit einer Stunde schneite es ununterbrochen. Nach fünf Minuten blinden Schauens reagierte er erstaunt: »Es schneit!« Er setzte sich und wischte eine Locke aus der Stirn. Er betrachtete Tanja anerkennend.

»Wir klären, ob es so ein Schiff gibt.«

Paul meldete sich: »Wenn die Ware per Lkw an den Wunschhafen transportiert wird, kann unterwegs die Markierung getauscht werden.«

»Wow!«, begeisterte sich Tanja. »Und das gleiche Spiel auf der Fahrt von Murcia zum Hafen. Alle Kisten sind im Hafen bereits ummarkiert.« Sie bekritzelte zwei Seiten ihres Schreibblocks und bekam vor Aufregung rote Bäckchen. Paul hatte sie anscheinend auf eine Idee gebracht, aber sie schwieg darüber.

»Pizza gefällig?«, fragte Sylvia.

Bramert bekam die erste Pizza und teilte sie mit Tanja. Er probierte und verzog seinen kauenden Mund zu einem Lob. Er sprach mit vollem Mund. »Wir sollten abwarten, in welche Richtung sich die Geschichte bewegt. Sonst steigern wir uns in kriminelle Fantasien und stellen fest, dass sich die Täter nur halb so viele Gedanken machen.«

»Dann geht's schief!« Pauls Stimme ließ keinen Zweifel aufkommen, dass er die Trockenübungen für Stümperei hielt. »Das, was wir hier bequasseln, ist das Vorwort zum Anfang. Glaubt mir, das ist für einen Versandmenschen das kleine Einmaleins, aber wir gebärden uns, als ob wir höhere Mathematik betreiben.«

Tanja griff zur Weinflasche und goss ihr Glas voll. Sie fragte nach dem ersten Schluck: »Ist der arabische Zettel ein Zufall der Chaostheorie, der in Mannheim einen Grill angefacht hat?«

Paul lächelte. Sie nahm einen weiteren Schluck, niemand erinnerte sie an ihren Vorsatz. Sie erlaubte sich eine Schwäche, die in der Folge angenehm wirkte. »Konstruieren wir Zusammenhänge nach unserer eigenen Chaostheorie?«, fragte sie und schüttelte ablehnend oder angewidert den Kopf. »Passt wirklich alles so gut zusammen?« Tanjas Bemerkung bewirkte einen Stillstand bei der angeheizten Diskussion.

Sylvia bestätigte: »Der Zettel trägt keinen Hinweis auf einen laufenden Auftrag.«

Bramert wirkte etwas genervt: »Es gibt Verbindungen, die wir erkennen und weiterverfolgen müssen.«

»Ihre Schwester wollte unseren Besuch im Kronenbourg abblasen.«

»Ich weiß! – Die Geschichte hätte anders, vor allem unbemerkt, ablaufen können.«

Bramert sprach, als wolle er sich selbst überzeugen: »Die harten Jungs sind in Panik geraten, dass ich vermute, dass es keine harten, sondern nur gefährliche Jungs sind.«

Sylvia nahm die nächste Pizza aus der Mikrowelle. Auf dem Weg zum Tisch wütete sie: »Bianka wollte sich unauffällig verhalten, aber ihr geheimnisvolles Gehabe machte Schneemüller misstrauisch, dass er in der Personalakte suchte. Wo sonst sollte er erfahren haben, dass meine Schwester Arabisch spricht. Ab diesem Moment bekam er Panik, als deren Folge Bianka zum vermeintlichen Sicherheitsrisiko wurde.«

Paul verfolgte die Diskussion mit amüsiertem Interesse.

Bramert zu Tanja: »Die Ereignisse sind ein Beweis, dass Bianka die richtige Eingebung hatte.«

Tanja, nachsichtig: »Ich glaub's ja, aber wir verwursteln uns.«

Die zweite Pizza teilte Paul mit Sylvia. Irgendwann kam die letzte Pizza. Sylvia aß genießerisch. Beim Sprechen hielt sie damenhaft eine Hand vor den Mund, elegant und schlank. Bramert starrte auf den schmalen Goldreif an ihrem linken Ringfinger.

Sylvia wandte sich mit einer ruckartigen Kopfbewegung an alle. »Wenn ihr der Überzeugung seid, dass alles Zufall ist, solltet ihr euch auf den letzten Pizzarest konzentrieren, denn dann ist das meine letzte Einladung.«

»Wir bezweifeln jede These, damit wir unvorbelastet eine stichhaltige Hypothese erarbeiten können«, sagte Bramert.

Der Blick auf ihren Fingerring irritierte Sylvia, dass sie die Hand zur Faust ballte. Sie schwiegen lange, kauten, tranken und schwiegen weiter.

Paul unterbrach die Andacht. »Die große Herausforderung ist der Geldfluss. Bei den Banken kreuzen sich die Kontrollmechanismen und hier wird kleinlichst geprüft, ob papiermäßig alles seine Richtigkeit hat.«

Sylvia sprach in ihre geballte Faust: »Die Bank haftet ihrem Kunden gegenüber. Paul wird uns erklärt, wie der Geldfluss manipuliert wird.«

Er nickte, lächelte und erschrak: »Was geht das mich an?«

»Zier dich nicht!«

Er zierte sich, sprach dann doch, als ihn alle interessiert

anstarrten. »So wie ich euer Problem verstanden habe, soll die Ware an andere, als in den Akkreditiven genannten, Orte geliefert werden?« Er machte eine Pause und schaute sich um, ohne Lust, hier reingezogen zu werden. Sylvia nickte aufmunternd.

»Geld und Dokumente treffen dort aufeinander, und nur hier können sie umgelenkt werden. Dazu ist nicht notwendig, dass beide Geschäfte über dieselbe Bank abgewickelt werden.«

Tanjas spöttischer Kommentar: »Jetzt sollten Sie gehaltvoller werden.«

Paul sprach mit Tanja nachsichtig: »Ich behaupte nicht, dass das einfach ist.«

»Ich will nur brauchbare Details hören – klar sollen sie sein, meinetwegen kompliziert, aber eben klar.«

»Wir betrachten zuerst den Auftrag, der entsprechend Ihrer Hypothese die EU verlässt. Da er vermutlich einen höheren Wert hat, als die in Spanien hergestellte Ware, wird er als erste Teillieferung deklariert.«

Bramert wütete: »Somit multiplizieren sich die Probleme!«

Paul sprach ruhig weiter: »Angenommen, ein Teil der vertauschten Ware wird auf Kreta ausgeladen.«

»So weit sind wir noch lang nicht«, unterbrach Bramert.

Sylvia füllte ihre Lungen zu einem Wutschrei, aber Paul hob gleichmütig die Schultern, dass Sylvia ihren Brustkorb langsam entspannte.

»Ich wollte die Ungleichung lösbar machen«, sagte Paul.

Bramert kritzelte auf ein Blatt.

Tanja fragte: »Ist diese Ungleichung jetzt lösbar?«

»Nein! Nein!« Paul erhob die Stimme und gleichzeitig sein Glas, als wolle er einen Toast auf die erfolgreiche Zusammenkunft aussprechen. Er leerte das Glas und füllte wieder auf.

Tanja war mit dem Nein unzufrieden und fragte vorsichtig: »Der Betriebsleiter könnte doch?«

Bramert spann ihren Gedanken weiter: »Der Mann mit dem Schaf erhielt sein Honorar aus einem Schweizer Konto.«

»Mann mit Schaf?«, fragte Paul gelangweilt. »Ist der für mich wichtig?«

Kopfschütteln war die Antwort.

Sylvia räumte die Teller vom Tisch, die sie im Spülbecken untertauchte.

Tanja fragte mitleidig: »Keine Spülmaschine?«, als Sylvia aus der Küche kam.

»Ich habe selten die Bude so voll wie heute.«

Paul wandte sich mürrisch an Sylvia: »Weshalb lädst du mich zu so einer Chaosveranstaltung ein?«

Sylvia streichelte sein Haar. »Dir wird bestimmt noch etwas einfallen.«

»Wenn ihr mir Informationen verweigert? Ihr wisst nicht, was ihr wollt, aber das mit aller Entschiedenheit.« Er lächelte und die Polizisten betrachteten ihn beleidigt. Sylvia besah die Hand, die über Pauls Kopf gestrichen hatte. Sie roch daran und verzog das Gesicht. »Waschen, schneiden, föhnen«, knurrte sie kaum hörbar.

Paul lächelte glückselig. »Waschen und föhnen? Gleich oder sofort?«

»Bin ich in eine Verschwörung geraten?«, brummte Bramert. Er suchte bei Tanja Unterstützung, die stur auf ihr Weinglas starrte. Sylvia lachte schallend über Bramerts

Gesicht, das schlechtes Gewissen mit Eifersucht verband und dadurch halb aus der Form geriet. Stottern kam einer Entschuldigung gleich. »Ich wollte doch überhaupt …«

Anscheinend hatte er vergessen, was er überhaupt wollte.

»Bramert«, knurrte Tanja ihr Weinglas an. »Frag diesen Computerheini, wie man ein Schweizer Konto manipulieren kann.« Sie nannte, bewusst oder aus Versehen, den Namen des Geldinstituts. »Du willst es wissen, also frag schon.«

»Computerheini?«, fragte Paul wütend. »Sage ich etwa Scheißbulle?«

»Paul, tut mir leid.« Tanja war von ihrer Wortwahl überrascht und schockiert.

»Wo kommt das Geld her? Wo fließt es hin?«, wollte Paul wissen.

»Eins nach dem anderen«, meinte Bramert. Er versuchte vergeblich Tanja zu bremsen, die vor Erregung oder Rotwein himbeerrote Wangen bekam. »Wir wollen die Auftraggeber, aber auch die Helfer enttarnen – das gesamte Netzwerk.«

Paul schüttelte den Kopf, dass die klebrigen Locken unwillig gegen seine Ohren schlugen. »Das ist eure Sache. – Was könnte mich daran reizen?«

Damit war die Zimmeratmosphäre vereist. Tanjas wütender Blick richtete sich gegen Bramert, weil er anscheinend tatenlos beobachtet hatte, wie sie von ihrem Temperament fortgerissen wurde. Er schwieg mit zusammengepressten Lippen, schaute sich im Zimmer um, versuchte die Buchtitel zu lesen, rieb seine Augen, verengte sie zu Schlitzen. Sylvia bohrte ihren Blick in Paul und der schaukelte mit dem Stuhl.

Bramert erhob sich zuerst. »Kommst du?«, fragte er Tanja, die aus einer Träumerei hochschreckte.

»Klar.«

Paul wollte sich ebenfalls erheben.

»Warte!« Das Wort schoss wie ein Befehl heraus und ließ Paul auf den Stuhl zurückplumpsen.

Sylvia begleitete Bramert und Tanja vor die Tür.

»Überlege dir jede Handlung genau, bevor du dich und uns in Schwierigkeiten bringst«, warnte Bramert. »Enthalte dich allem, was dir und der Mission schaden könnte.«

Sylvia brachte ihre Gäste zum Aufzug.

HOFERS RÜCKKEHR

Zu der Zeit, als Sylvia in ihr Zimmer zurückging, schwebte durch Schneemüllers Wohnung ein Violinkonzert von Max Bruch. Hofer lag mit geschlossenen Augen im weichen Sessel. Die Reise hatte ihn angestrengt, weshalb er während der Autofahrt – seit Frankfurt – geschwiegen hatte. Schneemüller hantierte in der Küche. Hofer kam zu ihm, schaute ihm kurz bei der Arbeit zu und verließ die Küche mit einer entkorkten Rotweinflasche. Schneemüller war kein begnadeter Koch, aber er hatte bei seiner Exfrau viele Blicke über die Schulter geworfen und gelegentlich auch kochtechnische Handgriffe probiert.

Da er sich nie mit mittelmäßigen Zutaten zufriedengab, schmeckten seine Gerichte meist gut.

»Wie ist es gelaufen?«, schallte es aus der Küche.

Hofer antwortete müde: »Alles im grünen Bereich. Die Anlage ist so gut wie fertig. Die haben teilweise mit dem Verpacken begonnen.«

Schneemüller zeigte sich in der Tür, mit roter Schürze, die einen grün gestickten Spruch trug. ›In cucina il capo sono io‹. Ein Erinnerungsstück an seine Frau, das sie ihm zum Abschied ins Gesicht geworfen hatte. Hofer grinste müde.

»Ist die Ummarkierung geklärt?«

»Die Markierungen werden in wasserdichter Folie auf drei Seiten jeder Kiste getackert. Ich habe angeordnet, dass alles doppelt gemacht wird und wir einen Satz bekommen.«

»Hast du gesagt, um was es geht?«, fragte Schneemüller.

»Bin ich blöd?«

Schneemüller eilte zum Sessel und strich über Hofers rechte Schulter, die schon immer eine fallende Tendenz zeigte, wodurch sein Gang schief wirkte. »Bist du eingeschnappt?«

Hofer schob unwillig die Hand fort.

»Sie dürfen den Grund für die anscheinend unsinnigen Anweisungen nie erfahren. Auf den Markierungen stehen Gewichte und Kistenmaße, woran wir auch bei unserem Lieferteil achten müssen.«

In der Küche zischte etwas bedrohlich, sodass Schneemüller hinauseilte.

Hofer rief ihm nach: »Wir brauchen noch drei Kisten, die wir mit Rohren füllen.«

Aus der Küche erklang wütendes Schimpfen.

»Ist etwas angebrannt?«, fragte Hofer.

»Das Spaghettiwasser ist übergekocht. Das gibt 'ne Riesensauerei auf dem Kochfeld.« Schneemüller tappte aufgeregt durch die Küche. Die Abzugshaube übertönte weitere Flüche. Er riss das Fenster auf, aber schloss schnell wieder.

»Wie läuft's bei meiner Praktikantin?«, wollte Hofer wissen.

Schneemüller schwieg.

Hofers Neugierde verriet sich durch erhöhte Lautstärke: »Ist der Versuch beendet?«

Schneemüller rannte ins Wohnzimmer, nahm eine Zeitung von der Ablage, warf sie Hofer auf den Couchtisch und hastete zurück.

»Deine Praktikantin – höre ich recht?« Schneemüller klang wütend.

»Man merkt, dass du der Küchenchef bist«, spottete Hofer. »Dein Rührlöffel steht wohl nie still!« Er faltete laut raschelnd die Zeitung auseinander und strich sie auf dem Tisch glatt. Er roch an seinen Händen. Der Geruch ekelte ihn, dass er die Nase runzelte.

»Die Schliemann ist meine Praktikantin und ich habe sie für gut befunden. – Lies dafür Seite drei!«

Hofer lehnte sich zurück und las die Notiz von Sobolotskys Festnahme.

»Bisher kennen die noch nicht einmal seinen Namen«, meinte Schneemüller.

Hofer sagte kalt: »Die Sache fliegt auf, wenn ich nur zwei Wochen krank bin. Ein Schwerwasserreaktor ist eben keine RO-Anlage. Wir müssen's schnellstens zu Ende bringen.«

Schneemüller trug ein beladenes Tablett ins Wohnzimmer. Hofer ging in die Küche und brachte zwei Weingläser. Schneemüller verteilte Teller und Gabeln und setzte sich an der langen Tischseite auf die Couch, Hofer sank wieder in den Sessel am Tischende. Die Teller scheuerten auf der Marmorplatte, weil sie die Tischdecke vergessen hatten.

Schneemüller grübelte über Hofers Hinweis und fragte. »Ist sicher, dass das mit dem Schiff klappt?«

Hofer tippte auf den Zeitungsartikel. »Kommt die Rotbeck arbeiten?« Er goss Wein in die Gläser. Schneemüller schöpfte Spaghetti aus der Schüssel und kippte Soße darüber. Seine Hände waren ruhig, sein Gesicht wirkte entspannt, aber seine Stimme vibrierte unsicher. »Die hatte anscheinend nur eine Panikattacke.«

»Das Eis wird dünn und unsere Nerven flattern.«

Beide Männer lauschten den inneren Stimmen. Niemand fiel das Schweigen der Musikanlage auf. Das Essen war beendet. Auch das blieb unbemerkt, denn sie grübelten weiter. Hofer erhob sich und ging in den Flur. Er kam mit einem Notizbuch zurück. »Da ist etwas, was ich notiert habe, weil's der Lopez so ungeheuer wichtig schien. – Etwas Versandtechnisches! Wahrscheinlich verstehe ich die Zusammenhänge zu wenig.« Er legte das Büchlein auf den Tisch und blätterte. Um seine Unsicherheit zu überspielen, blieb sein Blick auf das Buch geheftet. »Die Versandleiterin hat sich entschuldigt, weil der Exportsachbearbeiter übersehen hat, dass das Akkreditiv widerruflich ist. Sie hat mir ein Dokument gezeigt, Englisch und Spanisch geschrieben. Ich habe sie gebeten, eine Kopie zu schicken.«

»Warum hast du dir keine Kopie geben lassen?«

»Da war ich praktisch schon im Flieger.«

Schneemüller schob seinen Teller zurück. Er lauschte auf das Kratzgeräusch und rieb mit der linken Hand über die Tischplatte. Seine rechte Hand griff blind zum Glas und zitterte. Aus seinem Gesicht verschwand die gesunde Bräune. Sehr kontrolliert flüsterte er: »Vielleicht hab ich's versiebt.«

Hofer, erschreckt: »Bernd, was ist los? Ist dieses *Widerruflich* so schrecklich?«

»Das spanische Akkreditiv hätte ich mir schicken lassen sollen, weil diese Bedingungen für uns entscheidend sind.« Er legte eine Pause ein, nahm sein Glas, setzte an und stellte es zurück. »Ist dir sonst noch etwas aufgefallen?«

»Einige Zeilen waren gelb markiert, mein Englisch ist unzureichend. Deshalb habe ich mir die Begriffe kaum merken können.«

Schneemüller versuchte, seinem Gedächtnis nachzuhelfen. »*Part shipment*? *Trans shipment*? War ein Versandhafen genannt?«

»Kann gut sein. – Irgendwas mit *shipment.*«

Schneemüller räumte das Geschirr zusammen. Sein Zittern verschlimmerte sich, das Besteck wackelte auf den Tellern, eine Gabel kippte auf die Marmorplatte.

Hofer fragte erschreckt: »Ist das so schlimm?«

»Es kommt darauf an. – Wenn die Begriffe erlaubt sind, können wir in die Hände klatschen. Wenn sie verboten sind, haben wir in Scheiße gefasst.« Schneemüllers Gesicht trug einen leichten Grünstich, die Knie führten ein wackliges Eigenleben. Auf dem Weg zur Küche hätte er garantiert die Teller fallen lassen.

»Lass mich machen«, bat Hofer. Er füllte die Gläser, bevor er das Geschirr in die Küche trug.

Die Schottische Fantasie war seit einer Stunde zu Ende, Schneemüller bedrückte die knisternde Stille. Er stapfte zur Stereoanlage, versuchte dabei einen tänzelnden Boxerschritt, den seine weichen Knie vereitelten, weshalb er der Stereoanlage entgegenstolperte und sich einige Sekunden an dem niederen Möbel festhalten musste.

»Raimund, hast du einen besonderen Musikwunsch?«

Hofer überlegte kurz. »Etwas Spanisches. Gitarre, Flamenco – ich war am Abend in vibrierenden Kellern, mit rassigen Frauen auf der Bühne – und auch sonst!«

Schneemüller suchte und zog eine CD aus der Reihe, die er Hofer in die Küche bringen wollte, aber Hofer erschien im Wohnzimmer mit einem karierten Geschirrtuch.

»Ist Paco de Lucia spanisch genug?«

Hofer zuckte die Schultern, wischte die Soßenspur von der Marmorplatte weg. Die Musik war ausreichend spanisch. Hofer warf das Tuch auf den Tisch und sank in den Sessel, schloss die Augen, dachte an das gemeinsame Geschäft, öffnete wieder die Augen und fragte: »Bernd, das Geld?«

»Wovon sprichst du?«

»Ich hab's noch nicht angeschaut.«

»Und ich hab's verdrängt. – Ich hab's einfach verdrängt.«

Gitarrenmusik klang durch alle Räume. Hofer folgte Schneemüller ins Schreibzimmer. Der PC schnurrte vor sich hin. Schneemüller bewegte die Maus. Der Bildschirm wachte auf. Er klickte auf ein Programm-Icon. Passwort? Schneemüller tippte es ein. Als hätte es bereits im Hintergrund gewartet, erschien das Emblem der eidgenössischen Bank. Ein weiterer Klick und die letzten Kontobewegungen erschienen. Der Kontostand zeigte ungefähr 190 Millionen Euro.

Hofer drückte die Wucht des Betrags auf den Bürostuhl. Er schloss die Augen und öffnete sie langsam, als befürchtete er, dass das ruckartige Heben seiner Lider das wunderbare Bild verscheuchen könne. »Ich habe das Gefühl, dass wir erfolgreich gearbeitet haben«, sagte er und fügte besonnen hinzu: »Hast du gewusst, dass in der Klinik ein Sicherheitsdienst arbeitet?«

Für Schneemüller zeigte Hofer immer noch zu viel Euphorie, dass er ihn gewaltsam auf den Boden der finanziellen Realität herunterziehen wollte. Sie lächelten den Bildschirm an, der eine unbeachtete Webcam in seinem oberen Rahmen hatte.

»Nur ein Teil der 190 Millionen gehört uns. – Wir dürfen das nie vergessen.«

»In letzter Zeit schlafe ich schlecht.«

Schneemüller öffnete lächelnd den Mund zu einer flockig, lockeren Erwiderung, aber die Worte steckten unaussprechlich in seinem Rachen. Er brachte den PC auf Stand-by. Sie gingen ins Wohnzimmer zurück und setzten sich. Sie stießen die Gläser hell klingend aneinander.

»Auf unseren Erfolg!«

Eigentlich wirkte die Stimmung entspannt – beide nahmen sich stillschweigend vor, entspannt zu wirken.

»Die Schliemann will ich für mich.«

Hofer betrachtete regungslos die Stereoanlage, sodass Schneemüller seine Stimme verstärkte. »Verstehst du? – Für mich allein.«

Hofer war aufgebracht: »Hast du vergessen, dass ich

verheiratet bin, dass ich drei Kinder habe, dass ich ein Ausbund ehelicher Treue bin.« Er drehte Kopf und Körper in Zeitlupe zu Schneemüller und seine Stimme klang verändert. Erotische Patina schuppte von den Stimmbändern, als er sagte: »In ihrer Nähe vergesse ich das manchmal.«

»Und ich stehe neben mir wie ein verliebter Fünftklässler.« Schneemüller war das Eingeständnis von mentaler Schwäche peinlich, weshalb er mit einem Glas Wein dagegen ankämpfte. Hofer hob ebenfalls sein Glas. Schneemüller leerte das randvolle Glas in einem Zug, dass Hofer den vorbereiteten Trinkspruch vergaß und lange schwieg. Als er sprach, klang er verliebt. »Ohne meine Frau und die Kinder wäre mein Leben nur biologisches Existieren.«

Schneemüller irritierte der totale Gefühlsumschwung. Er musterte seinen Geschäftspartner verwundert. Mit spöttischem Augenzwinkern versuchte er Hofers Seele aus der Deckung zu locken, aber dieser stellte eine schreckliche Frage: »Bist du sicher, dass sie dich überhaupt will?«

Auf diese Möglichkeit hatte Schneemüller nur aus narzisstischer Höhe herabgeschaut. Dieser Gedanke gehörte in den Bereich des Absurden. Seine Augen funkelten feindselig. Nach diesem Blick erhob sich Hofer und ging wortlos. Schneemüller hörte, wie er auf dem Weg zur Haustür ein Taxi bestellte.

WASCHEN UND FÖHNEN

Sylvia lauschte dem Stöhnen des abwärts gleitenden Aufzugs. Sie ging in die Küche, rückte zwei Weingläser auseinander, die mit hellem Klingeln aneinanderstießen. Die Vibration ebbte ab, bis der Aufzug im Erdgeschoss stillstand. Sie schlich ins Zimmer wie eine Katze. Paul rieb unwohl die Hände aneinander. Sie hatte sich in der letzten Stunde verändert, dass er gern an Flucht gedacht hätte, aber dafür fehlte ihm die Kraft. Er hing am Tisch wie ein Schlauchboot, aus dem die Luft entweicht.

»Weshalb soll ich bleiben?«

»Da läuft ein schmutziges Verbrechen ab – ein Nuklearverbrechen.«

»Was soll's?«

»Da ist richtig viel Kohle im Spiel.«

»Und da machen Polizisten mit?«

»Das werden wir sehr schnell mitbekommen!«, sagte sie schroff und ergänzte: »Aber keinesfalls so, wie wir das machen.« Sylvia brachte aus der Küche eine Stofftasche, die sie auf den Tisch legte. Sie zeigte eine begonnene Strickarbeit und wickelte vorsichtig das Knäuel mit den vier Nadeln auseinander, einen Sockenbund mit einem vielfarbigen, chaotischen Muster. »Damit entspanne ich mich, wenn ich zu heftig an das Verbrechen denke.«

»Soll ich stricken lernen?«

»Die Farbkombination nennt sich ›Hundertwasser‹«, erklärte sie, als wolle sie Paul Strickunterricht erteilen. »Nach Friedensreich Hundertwasser, dem großartigen Maler und Architekten.«

Paul schüttelte sich und rief aufgebracht: »Eltern, die ihrem Kind solch einen Namen geben, gehören …« Er schwieg verblüfft, als Sylvia schallend lachte.

»Von seinen Eltern bekam er weder den Vor- noch den Nachnamen. Eigentlich hieß er Friedrich Stowasser. – ›Sto‹ bedeutet auf Russisch anscheinend ›hundert‹.«

Paul wurde ruhig, seine Unwissenheit beschämte ihn kurz.

»Meine Schwester ist dem Verbrechen auf die Spur gekommen. Mittlerweile wurden zwei Mordanschläge auf sie verübt. Die Polizei hatte den ersten Mordversuch bereits als Unfall abgehakt.«

Paul hob das Rotweinglas vor sein rechtes Auge. So betrachtete er Sylvia lange, bevor er sagte: »Du bist rot geworden. Schämst du dich, dass du mich in so eine Geschichte reinziehen möchtest?«

Sylvia hob die leere Weinflasche vor die Augen. »Du bist grün geworden. Ist dir schlecht?«

Paul wirkte angewidert: »Ich könnte kotzen!«

Sylvia brachte die leere Flasche in die Küche. Glas rappelte, als sie im Leergutkasten Platz schaffte. Paul betrachtete sie schlecht gelaunt, als sie das Wohnzimmer mit einer vollen Weinflasche betrat. Sie stellte sich hinter ihn, beugte sich zur Weinflasche. Ihr Busen drückte sanft gegen Pauls Hinterkopf. Sie studierte das Etikett sehr gründlich. »Bordeaux. – Chateau de … – Wie heißt das?«

Paul stierte auf das Etikett und seine Stirn glättete sich. »Stell mir eine Frage, die ich verneinen kann«, bat er.

»Beim zweiten Versuch wurde der Täter geschnappt.«

Paul erbleichte.

»Möchtest du nach Hause gehen?«

Paul bewegte den Kopf hin und her. Es hätte für 20 Verneinungen gereicht. Sylvia beugte sich weiter vor und schenkte sein Glas voll. Als er das Glas zum Mund führte, zitterte er vom Bauch bis zur Hand. Er verschüttete dennoch keinen Tropfen.

»Mord und solche Sachen sind mir absolut zuwider«, stöhnte er verzweifelt.

Sylvia beugte sich über den Tisch und füllte ihr eigenes Glas. »Glaubst du, ich mag Mord? Wir befinden uns mitten in einer widerlichen Realität, die um ein paar Grade widerlicher ist als deine dämlichen Computerspiele.«

»Willst du mich wütend machen?«

»Du brauchst Biss für diese Sache.« Sie goss Pauls Glas wieder randvoll und stieß an. »Auf erfolgreiche Zusammenarbeit.«

Paul sprach mechanisch: »Auf erfolgreiche Zusammenarbeit.«

Sie ging zu ihrem Platz, setzte sich und betrachtete ihn intensiv. Ihre Stimme klang feierlich: »Du kannst viel gewinnen. Du verlierst bestenfalls deinen Glaube in die Menschheit, aber du kannst …« Sylvia füllte ihren Pullover mit neuem Atem, dadurch wirkte der Gedanke abgeschnitten. Paul starrte auf das Ende des Gedankens, auf die Entleerung des Pullovers, aber Sylvia betrachtete ihn, als erwarte sie seinen Kommentar.

»Was kann ich?«, fragte er erwartungsvoll. Als sie immer noch schwieg, wurde er nervös. »Sag schon, was ich kann?«

»Du kannst dir die Haare waschen lassen.« Sie lachte, als sie in Pauls fassungsloses Gesicht schaute. »Das mach ich für dich umsonst.«

Er betrachtete den Tisch und ihre Hände, denn seinen Augen fehlte der Mut, in ihr Gesicht zu schauen. »Da wird viel Geld hin und her geschoben.«

Seine Augen hingen an der Hin-und-her-Bewegung ihrer Hand.

»Kannst du dich mit dem Gedanken anfreunden, dass du Millionär wirst?«

Ein wehmütiger Sonnenaufgang erhellte sein Gesicht, aber sofort zogen Wolken vor. »So etwas fliegt auf«, bedauerte er.

»Zwei Männer kennen das Geheimnis des Geldes. Sie glauben die Sache zu kontrollieren, bis zu dem Moment, an dem wir eingreifen.«

Paul ging mit seinen Händen in Abwehrhaltung. »Ich will damit nichts zu tun haben.«

»Sie starren auf den Bildschirm, freuen sich auf die schöne Zahl, die sie zu sehen hoffen.« Sie nahm einen Schluck, pickte mit der Gabel ein Tomatenstück vom Tisch, kaute wie an einem Drei-Sterne-Menü. Zwischen Tomatenkrümel und Überheblichkeit sagte sie: »Das Konto ist leer!«

Paul schüttelte sich unwohl. »Das Ding müsst ihr ohne mich durchziehen.«

»Zuerst zweifeln sie, schütteln den PC, bis sie sich gegenseitig verdächtigen, denn das ist das Naheliegende. Aggressionen brechen aus.«

»Was folgt?«, fragte er atemlos.

Sylvia griff über den Tisch und streichelte sein Haar. »Fettiges Haar?«

Paul starrte sie ungläubig an. »Ich hab's doch deutlich gesagt«, stammelte er.

Sylvia schlüpfte in der Küche in einen einteiligen Badeanzug, drehte ihren Zopf zusammen und stülpte eine rote Badekappe darüber.

Bei diesem Anblick verflog Pauls Lethargie, dass er keck fragte: »Nur Haarwaschen? Könnten wir zusätzlich …?«

»Deine Mutti vernachlässigt dich wohl?« Sie lächelte bis zum Zahnfleisch. »Muss ich das Jugendamt informieren?«

Er heulte gereizt auf: »Lass meine Mutter!«

Ihr Lächeln wirkte wie ein Herbizid gegen biologische Triebe, dass Paul vergaß, was er vorhin andeuten wollte.

»Sobald ich klar gespült habe, sind wir Geschäftspartner.«

»Nach dem Föhnen«, verhandelte er.

Sie drängten sich in der Dusche. Die Haarwäsche schäumte, war aber vom Überschäumen weit entfernt, blieb ein harmloses Reinigungsritual.

Sie ging in die Küche, während er sich im Bad abtrocknete, und beeilte sich, damit er während ihrer Abwesenheit keine Zeit zur Flucht hatte. Sie wollte Paul kontrollieren, wollte ihn für ihre Sache gewinnen, auch wenn die Methode fragwürdig und peinlich war.

Zehn Sekunden später trug sie einen blauen Kimono. Paul war überzeugt, dass sie in dieser Zeit keine Unterwäsche anziehen konnte.

Paul beobachtete, wie Sylvia ihren Schlüsselbund vom Haken neben der Küchentür nahm und einen kleinen Stahlschrank aufschloss. Der Pazifist erschrak, als sie daraus eine Pistole entnahm, die sie vorsichtig auf den Tisch legte. Sie lächelte, aber ihre Stimme klang hart: »Ich werde die Verbrecher bezahlen lassen.«

Er starrte sie wortlos an, als sie auf Zehenspitzen tänzelte. Dies war eine kleine Selbstdarstellung, die sie mit Gesten und Worten bereicherte.

»Mein Rücken ist ein typischer Schwimmerrücken, meine schnelle Körperreaktion verdanke ich Judo und Karate, den kalten Blick verdanke ich der Pistole.« Während sie mit kühler Stimme ihre körperlichen Qualitäten aufzählte, rutschte Paul immer tiefer. »Vielleicht möchte ich an meiner Schwester etwas gut machen.«

Jetzt klang er flehend: »Indem du deine Zukunft wegwirfst?«

»Hör mit deiner Dramatik auf!«, sagte sie. »Wenn du mir hilfst, bringen wir das über die Bühne. Ich will keinesfalls etwas aufs Spiel setzten. – Ich bezweifle sogar, dass die Liebe zu meiner Schwester für ein simples Verkehrsdelikt ausreicht.« Sylvia glättete ihre gefurchte Stirn und hob die Pistole. Paul musste das Fehlen des Magazins erkennen.

»Ich hatte schon die Befürchtung, dass du schwachsinnig geworden bist.«

»Ehrenmord oder so was?«

Paul hob die Schultern.

»Entschuldige, dass ich Theater gespielt habe. Aber die Sache ist mir wichtig.« Sie sperrte die Waffe wieder ein.

Paul saß wie erstarrt, während sie sein Haar in Form föhnte.

»Schneiden?«, fragte sie.

Paul schreckte aus aufwühlenden Gedanken und hob die rechte Hand zum Schwur. »Ich verspreche feierlich, dass du mir eine Glatze rasieren darfst, wenn das gut geht.«

Sylvia lächelte selbstzufrieden. Er zog seinen Pullover über, eilte in die Toilette, staunte in den Spiegel und schüttelte seine federleichte Haarpracht. Sie küsste ihm eine Wange und drückte ihn auf den dunklen Flur hinaus.

»Danke, Partnerin.«

Er war absolut nüchtern, als er in den Aufzug stieg. Sie stand am Fenster und verfolgte, wie er alle Scheiben von Schnee befreite. Als er mit dem Handfeger über die Motorhaube kehrte, erkannte sie, dass Paul einen blauen Golf fuhr. Sie öffnete das Fenster. Eisige Luft füllte das Zimmer und kroch unter den Kimono. Bevor Paul in den Wagen stieg, schaute er hoch und sie winkten sich wie Freunde oder Geschäftspartner.

GEBURTSTAG

Bramert betrachtete sich wohlwollend im Klappspiegel, den ihm Britta zum letzten Geburtstag geschenkt hatte. Seither konnte er sich im Stehen rasieren. Dicker Schaum bedeckte sein Gesicht. In Brittas Zimmer piepste ein Wecker. Kurze Zeit später klopfte sie und betrat das Bad. Sie sah ihn in seinem Paradeslip vor sich, seine rechte Hand zog mit dem Rasierapparat eine rosige Spur durch cremigen Neuschnee. Sie streckte ihm die Zunge heraus.

Er schnaubte wütend. »Raus, wenn dich der Anblick nackter Haut abstößt!«

»Bei Kühen in deinem Alter spricht man von Altleder.«

»Mein Alter?« Er drehte sich zu ihr, spannte links und rechts den Bizeps. Britta zeigte sich begeistert. Nach mehrfachem Ansatz entdeckten sie gemeinsam die Andeutung eines Sixpacks. Bramert zählte gewissenhaft die flachen Erhebungen. »Drei und drei«, sagte Bramert.

»Drei und drei Jahre sind kein Sixpack – eher eine Mogelpackung«, konterte Britta.

»33 ist ein magisches Alter, das Respekt verlangt.«

Sie umarmte ihn, wünschte alles Gute zum Geburtstag und versprach die Geburtstagsfeier zu organisieren. Er drückte ihr einen Rasierschaumkuss auf die Wange, dass sie zeternd das Bad verließ. Mit seiner Schwester kam Bramert besser aus als mit sich selbst.

Durch die geschlossene Tür flüsterte sie: »Ich wollte dir einen Kuchen mit 33 Kerzen schenken.«

»Was hat dich abgehalten?«

»Sorge um deine Gesundheit.«

Er schwieg.

»Ich bezweifle, dass du die noch auspusten kannst.«

Auf Bramerts Schreibtisch stand ein Rosengesteck. Er schaute sich um, er war der Erste im Büro. Wahrscheinlich hatte jemand gestern Abend die Glasvase hingestellt.

Weil von den Kollegen nur Tanja und Sieber zu der Feier in seine Wohnung kommen wollten, hatte Bramert bei einem *Catering Service* ein Mittagsbüfett für die Mannschaft bestellt.

Tanja kam zehn Minuten später. Sie umarmte ihn, küsste seine Wangen. »Ein neues Rasierwasser?«, fragte sie.

»Geburtstagsduft. – Ich werde mein Alter ab jetzt geheim halten.«

»Wer beschenkt dich so früh?«

»Lieber früh als nie.«

Sie hauchte in sein Ohr, dass sie ihr Geschenk am Abend bringen werde.

»Ich will kein Geschenk!«

»Es ist etwas sehr Persönliches und wird dir gefallen.«

Allein diese Andeutung missfiel ihm.

Tanja fischte ein 100-Gramm-Päckchen eines überaus teuren Costa-Rica-Kaffees aus ihrer Handtasche. Bramert steckte seine Nase in das Röstaroma und kullerte die Augen. Während die Maschine blubberte, legte sie rote Papierservietten auf den Schreibtisch und beschwerte sie mit Gebäckstücken. Bramert ließ sie gewähren, denn er erkannte, wie wichtig das für sie war. Sie tranken ihren Kaffee sehr feierlich. Die Büroluft erhielt eine wunderbare Note. Den Kaffee- und Tanjaduft veredelte Bramert mit seinem neuen Rasierwasser.

Nach dem kleinen Frühstück zeigte sich die Abteilungssekretärin. Etwas später erschien das Kollektiv der Kolleginnen und Kollegen des Kriminaldienstes. Kurz nach der Frühstückspause erschien Staatsanwältin Chemsky, die in Stuttgart ihr Hauptbüro besaß. Sie schritt durch die Glastür, wie auf dem Catwalk – grünes Kostüm mit halb langem Rock, rote Pumps, das schwarze Haar auf die Schultern drapiert, eine rote Bluse.

»Zum Geburtstag alles Gute, Oberkommissar Bramert.« Sie umarmte Bramert wie einen Zentnersack mit Kartoffeln und küsste beide Wangen.

»Frau Staatsanwältin, Sie sollten Kurse abhalten, damit wir die Handfesseln einsparen.«

»Mein Geburtstagsgriff.« Nach zwei Sekunden ergänzte sie: »Ich bin selbst gebunden – oder gefesselt?«

Jeder hätte die Doppeldeutigkeit erkannt, wenn sie gelächelt hätte. Bramert bot ihr ein Glas Orangensaft an. Die Staatsanwältin hielt ihr Glas gegen das Licht.

»Ich kontrolliere, ob keine Alkoholexzesse stattfinden.«

Als sie das Glas in einem Zug leerte, bemerkte sie misstrauische Gesichter. Sie hielt Bramert ein Weinglas hin, das er halb füllte. Bevor sie den Wein trank, nahm sie Bramerts Arm und schaute auf seine Armbanduhr. »Ich muss.«

Danach eilte sie aus dem Büro, die tägliche Routine kam in Schwung.

Die Sekretärin legte Bramert ein sechsseitiges Fax auf den Schreibtisch. Bramert überflog das Deckblatt, blätterte weiter, zog mit dem Highlighter Striche, reichte es Tanja.

»Hast du so was schon gesehen?«

Sie blätterte, verneinte und reichte das Fax zurück.

»Das ist das Akkreditiv mit den Bedingungen, welche die Spanier und in diesem speziellen Fall auch die Mannheimer erfüllen müssen. – Es ist schwieriger als wir uns das vorgestellt haben. Paul hat recht und ich habe ein schlechtes Gefühl.«

»Schliemann und Paul sind keine zulässigen Partner für unsere Arbeit. Wir brauchen die Hilfe von Diensten, die dem Treueeid verpflichtet sind.«

»Die Staatsanwältin arbeitet dran.«

Tanja sagte wütend: »Dann sollte sie uns mitarbeiten lassen.«

Bramert bat Tanja, ihn zu begleiten. Er wollte die Vorbereitungen des Büfetts begutachten. Unterwegs sprachen sie weiter über den Fall. Bramert hielt das Dokument so, dass sie gemeinsam darin lesen konnten.

»Was bedeuten die angestrichenen Zeilen?«, fragte Tanja.

»Das sind Restriktionen und wie Paul vermutet hat, werden sie problematisch, wenn die Mannheimer Bedingungen den spanischen entgegen stehen.« Bramert ging ein paar Schritte weiter, verharrte und sagte: »Bei *part shipment allowed* hatte Paul eine gute Idee.«

Sie zeigte auf eine andere markierte Zeile und sagte: »*Transshipment not allowed* hört sich für mich scheiße an.«

»Umladen bedeutet von Schiff zu Schiff, wodurch unsere Idee vom Ausladen in Cartagena hinfällig ist.«

Im Besprechungszimmer war die Mannschaft des *Catering Service* bei der Endvorbereitung. Längs der Fensterwand waren Tische in eine lange Reihe gestellt, auf denen sich rechteckige Edelstahltöpfe aneinanderreihten – von Teelichtern gewärmt. Bramert hob einen Deckel. Tanja fächelte sich den Dampf unter die Nase. Der Firmenchef eilte zu Bramert und reichte ihm die Hand. »Alles Gute zum Geburtstag.«

»Geschirr? Besteck?«

»Wie abgesprochen. – Das Spanferkel kommt am Schluss.«

»Was meinst du?«, wandte sich Bramert an Tanja.

»Das ist perfekt.«

Sie gingen ins Büro zurück und sprachen weiter über den Fall.

»Bramert, wir brauchen fachliche Hilfe.«

»Und wir brauchen ebenfalls das Akkreditiv der Mannheimer. – Vielleicht brauchen wir Frau Schliemann doch noch.«

Frau Schliemann schien ein Reizthema zu sein. Bramert hatte Angst, seine Gefühle zu verraten, weshalb er an Tanja vorbeischaute. Sie wollte unter keinen Umständen mit Sylvia zusammenarbeiten.

»Wie bist du an das spanische Dokument gekommen?«

»Wer seine Quellen nennt, bringt sie zum Versiegen.« Bramert steckte das spanische Dokument in den Aktenvernichter.

»Weshalb tust du das?«, fragte sie erschreckt.

»Es ist eingescannt. Damit es nirgendwo herumliegt.«

»Ist es so geheim?«

Bramert schaute sich um. »Geheim ist es zwar nicht, aber ich will trotzdem vermeiden, dass mich jemand nach der Herkunft fragt.«

»Die Wahrheit ernährt sich von der Lüge – oder umgekehrt.« Tanja räumte die Geburtstagsdekoration weg, hielt eine Papierserviette hoch und sagte: »Der letzte Beweis, dass du älter geworden bist.« Sie warf das Papier in den Reißwolf.

Bramert telefonierte mit der Staatsanwältin – ein paar angedeutete Sätze. Zum Schluss: »Dann bis heute Abend.«

Als Bramert auflegte, fragte Tanja: »Können wir das Duo endlich festnehmen?«

»Der Brei wird von vielen Köchen gerührt und ist verdammt heiß. – Sie organisiert ein Treffen in Mannheim.«

Bramert wohnte in einer großen Wohnsiedlung auf der linken Neckarhöhe. Dort hatte sein Vater bis zum Tod gelebt. Bramert und seine Mutter waren in der großen Wohnung geblieben. Seine noch junge Mutter war in den folgenden Jahren unstet geworden – vielleicht hatte sie ihre Unrast vorher nur gut unterdrücken können. Sie wurde noch drei Mal schwanger – und bescherte Bramert drei Schwestern, über deren Väter er nie etwas erfuhr. Während der Ausbildung und bis zu seiner Versetzung zum LKA kam er selten nach Hause, dass er sich an ihrer Lebensweise wenig störte, aber die Versetzung zum LKA konfrontierte ihn täglich mit ihrer Lebensart. Als Bramert nach einem heftigen Streit vom Dienst nach Hause gekommen war, hatte er die Wohnung leer vorgefunden. Britta, seine jüngste Halbschwester, hatte sich geweigert, mit der Mutter zu ziehen. Sie hatte verschüchtert vor dem Fernseher gehockt. Jetzt war sie 19 und studierte an der Hochschule Esslingen.

Britta bereitete mit einem Kommilitonen die kleine Feier vor. Sie hantierten seit 18 Uhr in der Küche und komponierten ein kalt-warmes Büfett. Als Bramert die Wohnungstür öffnete, blieb er eine halbe Minute andächtig stehen. Speichel sammelte sich in seinem Rachenraum, den er mit heftiger Bewegung seines Adamsapfels schluckte. Er war vom Geruch des Essens begeistert, bevor er den Menüplan kannte.

Der junge Mann war ihm in der Wohnung schon begegnet, weil er gemeinsam mit Britta büffelte. Bramert wusste immer, wo sich seine Schwester aufhielt, wenn sie spät heimkam oder irgendwo übernachtete. Genauso informierte er Britta, wenn er in einem Hotel blieb. Sie passten aufeinander auf und das empfanden beide als wohltuend, denn die Erinnerung an ihre Mutter prägte sie – die schmerzende Ungewissheit.

Um halb acht klingelte die Staatsanwältin. Bramert öffnete die Haustür mit dem Summer. Das Ehepaar keuchte wie eine Dampflock im Angesicht der Geislinger Steige – drei Stockwerke.

Bramert spürte noch den Druck ihrer Arme, die wie Fangeisen seinen Brustkorb umschlungen hatten. Dass sie bei dieser Umarmung ihre Brüste gegen seinen Körper drückte, konnte nur er mit Bestimmtheit sagen. Er wusste, dass ihre Schenkel stramm waren, aber Treppensteigen war eine ungewohnte Disziplin.

»Wer oben auf der Leiter steht, vergisst meist, wie er dorthin gekommen ist!«, rief er den Treppensteigern entgegen.

»Für die letzte Sprosse darf ich den Aufzug nehmen!«, sagte sie.

Er stellte sich vorn in den Flur und sprach aufmunternde Worte: »Nur noch 123 Stufen! Ihr schafft das!« Bramert überlegte, ob sie sich bei der Feier duzen sollten. Die Staatsanwältin würde bei der Begrüßung das entsprechende Zeichen geben. Nach der letzten Stufe schritt sie ihm mit ausgestreckter Hand entgegen. Mit links hielt sie einen Geigenkasten. Er legte zaghaft die Arme um ihre Schultern.

»Johannes, ich möchte dir meinen Mann vorstellen?«

»Peter.«

»Johannes?«, wiederholte Bramert seinen eigenen Vornamen und wirkte überrascht.

Seine Mutter hatte ihn bis zum Tod seines Vaters so genannt. Britta nannte in Jonny. Da war noch der verhassteste Kosename Hannes, mit dem ihn die Staatsanwältin manchmal zermürbte. Für sich selbst und die kleine Gemeinde seiner Freunde war er Brahma oder Bramert.

Britta wartete vor dem Wohnzimmer mit Sektgläsern.

Er stellte seine Schwester vor, danach ihren Kommilitonen, den er als Fritz kannte.

Kyriaki Chemsky machte einen Rundblick und erkannte, dass das Klavier die ideale Ablage für ihren Geigenkasten war. Peter zog es sofort zu den jungen Leuten. Der Dozent der TU Stuttgart erkannte das technische Gen auf hundert Schritte.

Eine Viertelstunde später klingelten Tanja und Sieber. Sie trug einen Gitarrenkasten – Bramert vermutete darin das besondere Geschenk.

»Habt ihr euch abgesprochen?«, wollte er wissen.

»Wozu abgesprochen?«

»Du kannst deine Gitarre aufs Klavier legen, neben den Geigenkasten der Frau Staatsanwältin.«

Tanja verzog das Gesicht, war auf den Geigenkasten eifersüchtig und auch auf Britta, dann jedoch enttäuscht, als Bramert sie als seine Schwester vorstellte.

»Du hast mir nie gesagt, dass du eine Schwester hast.«

»Drei Schwestern.«

Tanja schaute ins Wohnzimmer. »Ich glaube, dass ich deine große Schwester kenne«, flüsterte sie.

Britta wollte die Sache aufklären. Bramert hielt sie zurück.

»Ein kriminaltechnischer Scherz. – Tanja kennt die Frau Staatsanwältin so gut wie ich.«

»Höchstens fast so gut!«

Britta zog Bramert am Sakkoärmel in die Küche. Dort flüsterte sie ihm ins Ohr: »Tanja ist auf Kiki eifersüchtig.«

»Was soll ich machen?«, fragte Bramert.

Dabei blieb es an diesem Abend. Britta wusste genau, dass er sich in den nächsten Tagen über dieses Thema ausführlich auszulassen hatte.

Bereits am nächsten Morgen erklärte er ihr die Situation folgendermaßen: »Ich möchte mit Tanja ein gutes Team bilden – wenn es sein muss 20 Stunden am Tag. In ihrer Nähe muss ich mich konzentrieren können.«

»Es gibt Eine, die dich bis in die Träume begleitet! Eine, die du unbedingt haben möchtest.«

Bramert betrachtete Britta schockiert. »Wie kommst du drauf?«

Britta kannte den Namen, denn ein lauter Traum hatte sie aufgeweckt, dass sie sich Sorgen gemacht und an Bramerts Tür gelauscht hatte.

»Sylvia?«, fragte sie.

Seine Stimme zitterte. »In ihrer Nähe habe ich Konzentrationsstörungen.«

Kurz vor 20 Uhr vibrierte Bramerts Handy. Er betrachtete das Display und zog sich ins Schlafzimmer zurück. Sylvia wünschte ihm alles Gute. Dies war eine wunderschöne Überraschung, aber er versuchte, seine Freude zu verbergen.

Sie sprach mit belanglosem Ton weiter: »Schneemüller hat mich zum Bowling eingeladen.«

Bramert schwieg, obwohl sie ihm genügend Zeit für einen Einspruch ließ.

Sie fuhr fort: »Ich stehe gerade vor dem Spiegel, um mich herzurichten.«

Bramert schwieg immer noch. Er erahnte Sylvias Plan, wusste, dass er sie von ihrer törichten Aktion unmöglich abhalten konnte. Aus diesem Grund sagte er kein Wort.

»Bist du enttäuscht?«

»Weswegen?«

Sie lachte keck und fragte: »Rate, was ich anhabe?«

»Ich nehme an, du trägst dein schönstes Kostüm.«

»Und nichts drauf.« Sie suchte seinen Rat, um ihn zu ignorieren. Er kannte ihre Taktik und war frustriert.

»Bin ich auf dem rechten Weg?«

»Vom Recht bist du meilenweit entfernt!«, empörte er sich.

»Recht ist weder gerecht noch moralisch.« Ihr Mund saugte Luft für eine Fortsetzung ihrer ironischen Betrachtung.

»Ich spreche vom Gesetz«, unterbrach er sie scharf.

Sie lachte gehässig.

»Findest du Rache moralisch?«

Er hörte wie ihr Atem den Schwimmerbrustkorb füllte. Er hasste ihre zynischen Ausbrüche. Sie schwieg lang, bevor sie mit weichem Ton sprach. »Mein Praktikum steht vor dem Abschluss. Danach wird alles anders.«

»Benimm dich wie eine erwachsene Frau!«, sagte er unwillig. »Ich liebe dich, verdammt noch mal.«

Er brauchte lang, bis er wieder das fröhliche Geburtstagskind war.

Zuerst spielte Kiki ihr Geburtstagslied, danach spielte Tanja eine eigene Komposition mit Gesang. Im Anschluss folgte ein wunderbar melancholisches Duett. Bramert war gerührt, dass er das Duo in seiner Gesamtheit umarmte. Danach gründete er ein größeres Ensemble. Britta brachte ihre Gitarre – sie spielten jeden Sonntag Duette für Gitarre und Klavier. Bramert besaß kein Notenmaterial für Geige, dass sie eine Viertelstunde improvisierten – und es hörte sich gut an. Fritz bekam feuchte Augen. Offensichtlich war er von Brittas musischer Ausdruckskraft überrascht. Peter und Sieber beneideten Bramert, der drei Damen in einen harmonischen Klangkörper einbettete.

Der dunkle Tisch war ausgezogen und mit dem Sonntagsgeschirr eingedeckt. Der folgende Teil der Feier bestand aus Essen, Trinken und Anekdoten. Danach folgten Singen und Tanzen. Britta forderte Peter zum Tanz auf. Kurz vor Mitternacht verabschiedete sich Fritz, Britta ging zu Bett. Kyriaki Chemsky und ihr Mann saßen noch gemütlich, als sich Tanja und Sieber verabschiedeten. Peter las eines von Brittas Fachbüchern und fühlte sich angenehm träge. Er verspürte keine Lust, den kuscheligen Sessel zu verlassen. Er schaute nur kurz hinüber, als sich seine Frau mit Bramert über einen Fall unterhielt. Natürlich bemerkte er, dass sie sich an Bramert lehnte und ihren Kopf auf seine Schulter legte. Peter Chemsky genoss die Ruhe, welche nur ein technisches Fachbuch im Übermaß verströmen konnte.

BOWLING UND SCHWIMMEN

Sylvia suchte passende Kleidung für den Bowlingabend, packte ihre Hallenschuhe in die Sporttasche, weil sie keine Schuhe leihen wollte. Die Innenseite der linken Schranktür war verspiegelt. Ihr Gesicht zeigte zwei Falten über der Nasenwurzel. Sie blickte sich kurz um und fragte dann ihr Spiegelbild: »Habe ich mich selbst an diesen Punkt gestellt?«

Der Spiegel schwieg. Das Rendezvous war kein Glücksmoment, denn sonst hätten ihre Augen gestrahlt. Sie überdachte ihren Plan in Ruhe. Bowling konnte amüsant sein. Er hatte sie eingeladen und sie hatte zwanghaft zugesagt. Sie hoffte, die Ereignisse zu entschleunigen, die mit dem hydraulischen Versuch Fahrt aufgenommen hatten. Nach dem Abschluss hatte Schneemüller den Vorschlag gemacht, in ihrer Wohnung, im Studentenheim, ein Glas Wein zu trinken. Schneemüllers Verlangen hatte auf dem Prüffeld wie eine Schweißflamme aus seinen Augen gestochen. An diesem Abend hätte sie ihn endgültig bremsen können, aber das wäre ihrem Plan entgegengelaufen. Sie befragte ihr Spiegelbild noch einmal und es lachte wütend.

»Will der brillante Schachspieler, die Dame aufs Brett legen?«

Sie waren sich vor der Kantine begegnet. Sie kaufte zwei belegte Brötchen. Er wartete an der Tür, bis sie ihren Einkauf beendete hatte.

Er fragte auf dem Weg zu den Platanen: »Darf ich Sie zum Mittagessen ins Casino einladen?«

Sie ärgerte sich über eigene Verhaltensfehler.

Ihr Spiegelbild versteinerte sich. Zurückhaltung sollte seine erotische Rotation bremsen. Sie hatte ihre Kleiderwahl getroffen, dezent sportliche Kleidung, Verzicht auf körperliche Ermutigung – vor allem gelobte sie sich verbale Abstinenz.

Schneemüller bewunderte sie und Sylvia ließ sich bewundern, aber nach den Diskussionen mit Bramert, Tanja und Paul war ihr Überschwang gemildert. Im Casino verhielt sich Sylvia wie eine Kollegin. Er hätte gern verliebte Worte aus ihrem Mund gehört, so wenigstens deutete sie seinen erwartungsvollen Blick. Sie sprach stattdessen über Kavitation und Korrosion, womit sie den Eindruck erweckte, sie könne nur trockene Themen kauen. Sie wollte Schneemüller keinesfalls unterhalten. Sie referierte über ideale Materialkombinationen in Gleitlagern. Seine Augen leuchteten und sie glaubte, sie hätte sein Lieblingsthema getroffen. Dann stockte das Gespräch. Er bat sie, den Begriff Spaltkorrosion zu erklären. Sylvia setzte zu einem Diskurs an, bemerkte aber rechtzeitig sein zweideutiges Grinsen. Damit schwieg sie und er schämte sich, dass er errötete und sich entschuldigte. Sie lächelte verzeihend, aber das Mittagsmahl hatte jeden Unterhaltungswert verloren.

Sylvia fuhr auf den Lidl-Parkplatz in der Koblenzer Straße, wo sie verabredet waren. Sie sah eine rote Sporttasche zwischen den Bäumen. Er lehnte an einem Baumstamm, sein Gesicht war vom Geäst beschattet, was aussah, als wolle er unerkannt bleiben. Neben seinem Mercedes war Platz für den Fiat 500. Schneemüller beobachtete das zügige Einparkmanöver. Er war auf das gelbe Auto konzentriert, dass seine Augen weit aufsprangen, als sie sich aus dem putzigen Wagen entfaltete.

Sie trippelte damenhaft, damit sie im Gleichschritt nebeneinander gehen konnten. Sylvia achtete darauf, dass eine Handbreit Luft zwischen ihren Körpern blieb. Beim

Betreten der Vorhalle legte Schneemüller seine rechte Hand besitzergreifend auf Sylvias Hüfte.

Die sportliche Gemeinschaft – sechs Personen, zwischen 30 und 45 – standen im Vorraum. Schneemüller war 52, das Überbleibsel der Gründerväter.

Freunde und Bekannte unterstützten Schneemüllers Narzissmus durch Aufmerksamkeit und Komplimente. Sylvia taxierte die kollektive Erwartungshaltung der sportlichen Gemeinschaft. Offensichtlich hatte Schneemüller die Präsentation seiner neuen Angebeteten mit viel Werbeaufwand angekündigt. Er stellte Sylvia vor, wobei er von Person zu Person tänzelte. Sie huschte hinter Schneemüller wie sein überragender Schatten, schüttelte Hände, sprach wenig, weil es keine gemeinsamen Themen gab.

Sylvia hatte vor einigen Wochen einen Bowlingabend gemacht, denn jeder Mädchen-Klub kommt irgendwann auf diese Idee. Aber auf solch einen Abend folgte ein Tag der Reue, der sie mit Schmerzen im Lendenbereich quälte. Sie fühlte sich zu groß für diesen Sport. Schwimmen half, den Verstoß gegen die eigene Unvernunft zu kurieren. Sylvia musste den Wettbewerb eröffnen. Sechs Bowler bildeten einen Halbkreis um Sylvia. Sie murmelten durcheinander, als Sylvia Schwung holte und die Kugel auf die Bahn schickte. Dann folgte erwartungsvolles Schweigen, bis die Kugel in die Pins einschlug. Kollektiver Jubel! – Schneemüller lag mit lässiger Langeweile in einem roten Kunstledersessel wie ein Scheich, der sein bestes Pferd ins Rennen schickt. Sie machte zum Auftakt einen *Strike*.

Einer von den jüngeren Männern klatschte in die Hände und meinte, sie sei ein Profi. Das war vermutlich eine Anmache. Sylvia betrachtete den Scheitel des jungen Mannes und hauchte mit erotisierter Stimme: »Ich glaube, wenn ich 20 Zentimeter kleiner wäre, könnte was draus werden.«

»Bin ich so klein?«, fragte er entrüstet.

»Ich bin zu groß fürs Bowling.«

Sie blieb wohlwollend an seiner Seite stehen, wartete, bis er die Kugel losschickte – auch ein *Strike*.

»Die Optik ist bei Ihnen eindeutig besser«, legte sie fest und setzte sich neben Schneemüller. Das Kompliment, das sie damit provozierte, blieb hinter den Lippen des jungen Mannes, denn in Schneemüllers Hörweite raspelte er kein Süßholz.

Nach dem Spiel ging die Gruppe ins Restaurant, um verbrauchte Kalorien zu ersetzen. Der Abend verlief lärmend, genussfreudig – eben wahnsinnig gemütlich. Alle achteten auf Schneemüller, der wie ein Bergsteiger beim Anblick verlockender Gipfel zu erhöhtem Puls neigte. Als Unterhalter war er amüsant und gab sich verspielt, aber er kämpfte um jedes Bonmot. Schneemüller leckte sich als Hab-Acht-Signal die Lippen, womit er seine Stimme geschmeidig machte. Diesem Signal musste andächtiges Schweigen folgen, denn sonst erhob er die Stimme zum Gezeter eines Kampfhahns.

Sylvia hatte sich zu ihrem bösen Spiel entschieden, obwohl ihre Motivation immer schwächer wurde. Er war ein herzensguter Narziss – mit den entsprechenden Defekten –, aber herzensgut. Sie wollte die Aktion weiterlaufen lassen in der Erwartung, dass sie sie jederzeit stoppen konnte. Der Countdown zum Schlusspunkt in zwei Wochen startete mit diesem Bowlingabend. Schneemüller war bis an die Grenze des Erträglichen verliebt.

Am Samstagmorgen trafen sie sich vor dem Gartenhallenbad in Neckarau. Sylvia hatte in Ägypten mit leistungsmäßigem Schwimmen angefangen, wobei leistungsmäßig eine maßlose Übertreibung war, weil weder die Schwimmanlage noch die Konkurrenz genügend Anreiz ausgeübt hatten. In Deutschland war sie Mitglied einer Vereinsmannschaft geworden. Irgendwann widerte sie der Geruch von Hallenbädern an. In Kaiserslautern begann sie erneut das chlorierte Wasser zu durchpflügen, als sie merkte, dass ihre Rückenmuskeln Spannkraft verloren, wodurch der Busen zu einer Last wurde. Seit einem Jahr betrachtete sie ihr Spiegelbild mit Zufriedenheit, weil sie auf die Schokoriegel verzichten konnte, die sie aus Frust über ihre Fettpolster vertilgt hatte. Sie war stolz, dass sie den Teufelskreis durchbrochen hatte.

Sylvia zog ihre Bahnen wie ein Automat. Ein einteiliger Badeanzug presste ihren Busen in eine strömungsoptimierte Form, unter der roten Bademütze versteckte sie das Haar und die Augen schützte eine Schwimmbrille. Schneemüller konnte vier Bahnen mithalten, er war eindeutig kein Schwimmer. Er setzte sich ausgepumpt an den Beckenrand, planschte mit den Füßen und beobachtete, wie Sylvia eine elegante Bahn nach der anderen kraulte. Ihr inneres Zählwerk stoppte bei der 40. Bahn. Danach schwamm sie neben Schneemüllers Füße, schwang sich hoch und saß an seiner rechten Seite.

»Es ist ein Genuss, dir beim Schwimmen zuzuschauen.«

Das Du des Bowlingabends galt also auch am Samstag. Zur Bekräftigung der intimen Anrede küsste sie Schneemüllers Wange, er küsste ihre Wange.

Sylvia hauchte: »Bernd, du findest immer schöne Worte.«

Er lächelte dezent und sagte mit flimmernder Stimme: »Deine Ausstrahlung macht mich zum Poeten.«

Sie verabschiedeten sich vor der Schwimmhalle. Er lud sie ein, ihn am nächsten Samstagabend in seinem Reich zu besuchen. Er gab ihr seine Karte, auf deren Rückseite die Privatadresse stand.

»Ich werde dir etwas Gutes kochen.«

»Du bist ein Verwöhner.« Sie erkannte, dass er auf seine Kochkunst stolz war und versprach, einen exzellenten Rotwein mitzubringen. Sie drehte sich, sodass sie in der Glastür ihr Spiegelbild sehen konnte – das semiideale Paar.

KOPF AN KOPF

Bramert legte das Geschenk der Staatsanwältin in den CD-Spieler. Kyriaki stand an seiner Seite, als er das Fach zudrückte, ihre Stirn lehnte an seiner Schulter. Aus den Lautsprechern hüpfte eine griechische Melodie. Bramert überraschte, dass sie mitsang. Er nannte sie Kiki und hatte sich noch nie Gedanken über ihren Namen gemacht, weil ihm Kiki auch ohne Erklärung gefiel.

»Sprichst du griechisch?«

»Meine Eltern sind Griechen. Sie haben mir den Namen Kyriaki gegeben, für den Kiki eine Kurzform ist.«

»Eigentlich dachte ich schon immer …«

Seine Zunge war davongaloppiert, dass sie vor seinem Gehirn am Ziel stillstand.

»Was?«

Er schwieg, denn er musste nachdenken, was er sagen wollte.

»Sag schon, was hast du gedacht?«

»Kannst du griechisch tanzen?«

Sie zog ihn hinter sich her. Beide Teppiche hatte er zusammengerollt, aber er schob die Ecken weiter zurück, damit eine große Parkettfläche für den heftig bewegten Tanz zur Verfügung stand. Kyriaki schleuderte ihre Schuhe von den Füßen, Bramert machte es ihr nach. Peter klappte sein Buch zu, ließ aber einen Finger zwischen den Seiten. Er beobachtete das Tanzpaar.

»Erinnert irgendwie an Sorbas, den Griechen«, war sein Kommentar nach den ersten Schritten.

Seine Frau gab den Tanzversuchen einen poetischen Namen: »Ioánnis und Kyriaki am kretischen Strand. – Wäre doch ein guter Titel für einen Kurzfilm.«

»Ich erinnere mich an einen jungen Mann, der wegen einer Frau ins Wasser geht. – Ist meine Vermutung richtig?«, wollte Bramert wissen.

»Ich hoffe du kannst schwimmen«, knurrte Kiki.

»Junger Mann, habe ich gesagt.«

»Peter würde empirisch ermitteln, wie lang ein junger Mann in deinem Alter …«

Peter unterbrach sie verärgert: »Ich würde sofort«, er machte eine Pause, »die 110 anrufen.«

Sie tanzten konzentriert weiter, Peter schlug sein Buch wieder auf. Bramert und Kiki unterhielten sich über den Fall und schweiften wieder davon ab, als die nächste musikalische Welle über den kretischen Strand plätscherte.

»Kommen deine Eltern aus Kreta?«

»Du verstehst, weshalb mich der Fall interessiert?«

Bramert kam aus dem Takt. Sprechen und einen neuen Tanz lernen war zu viel. Der Zorba-Tanz war der Abschluss der griechischen Tanzstunde. Kiki sang mit. »Strose to stroma sou gia dyo«, wiederholte sie mehrmals in sein Gesicht. Bramert konnte die Worte leidlich wiederholen und ihre Bedeutsamkeit nur vermuten. »Was will uns der Dichter sagen?«, wollte er wissen.

Sie brachte ihre Lippen dicht an sein Ohr. »Mache dein Bett für uns beide.«

Bramert stolperte und zog Kiki zum Sofa.

»Wir müssen über den Fall sprechen.« Er sprach über die Versandvorschriften.

»Wir fangen die Ware ab, wenn wir das Netzwerk überblicken«, entgegnete sie.

Bramert, spöttisch: »Vielleicht ist Schneemüller ein V-Mann? – Der BND kocht sein Süppchen, wir dürfen rühren.«

Kiki schilderte den Ablauf aus ihrer Sicht. Die Versandvorschriften blieben bei ihren Überlegungen eine Schwachstelle. Bramert hörte dennoch heraus, dass sie Informationen aus einer Quelle erhalten hatte, über die sie keine Auskunft gab, aber er meinte diese Quelle zu kennen.

»Vielleicht schlittern wir in einen riesigen Skandal?«, überlegte Bramert.

Sie, sehr ruhig: »Verschiffung über Bremen ist hinfällig.«

»Ich wette, die Mannheimer wollten dieses Schiff nehmen und sind fürchterlich erschrocken, als sie das spanische Akkreditiv anschauten.«

»Ist das eine Vermutung oder eine Feststellung?«

Bramert lächelte stolz. »Ich habe dafür gesorgt, dass Hofer das spanische Akkreditiv unter die Nase geschoben wurde.«

Ein Tango erklang. Kiki erhob sich und zog an seinem Arm. »Beim Tanzen kann ich besser nachdenken.«

Bramert erhob sich schwerfällig, aber Tango klappte besser als griechische Schritte, weil Kiki körpernah führte. Peter schaute wieder von seinem Buch auf.

»Das sieht noch besser aus«, lobte er. »Ich versteh endlich, weshalb der Papst diesen Tanz verboten hatte.« Er lachte gutmütig und fügte hinzu: »Neidlos stelle ich fest, dass Johannes ein begnadeter Tänzer ist.«

»Kiki ist begnadeter als ich. Ohne ihre Führung würde ich getanztes Unheil verbreiten.«

»Kiki ist sogar sehr begnadet.« Sie wandte sich hochmütig an ihren Mann. »Deine überaus begnadete Frau spielt neben dem Tanz einen brisanten Fall durch.«

Peter kicherte bissig, dass die Tänzer stehen blieben.

»Typisch bei einem Fall ist, dass man nachher liegt.«

»Das ist blöd!«, fauchte Kiki wütend.

Peter feuerte unbeirrt zurück: »Das ist nur blöd, wenn keiner steht.«

Die Staatsanwältin schrie: »Du bist betrunken!«

Bramert führte Kiki zum Sofa zurück und setzte sich in den zweiten Sessel. Er wirkte wie ein Grübler, aber er hatte seinen mentalen Höhepunkt überschritten, sodass seine Stimme Langeweile ausstrahlte. »Das Wort *irrevocable* fehlt im spanischen Akkreditiv und dieser Mangel half, die Mannheimer auf die LC-Bedingungen hinzuweisen.«

Kiki meinte, dass sich das gut anhöre, sofern unwiderruflich ein schlimmes Wort sei.

Um 2 Uhr endete die Geburtstagsfeier. Bramert holte aus dem Schlafzimmer drei Decken und bereitete sich auf dem Sofa ein Lager. Seinen Gästen überließ er das Doppelbett.

L/C-BEDINGUNGEN

Am Donnerstag erhielt Hofer folgende E-Mail:

»Sehr geehrter Herr Hofer,

wir bedanken uns für Ihren Einsatz. Wir sind so gut wie fertig, wovon Sie sich selbst überzeugen konnten. Allerdings möchte ich hiermit an das angesprochene Problem erinnern. Wir haben diese Unannehmlichkeit durch einen unterlassenen Widerspruch verursacht.

Der *Letter of Credit* ist, entgegen üblicher Praxis, widerruflich.«

An dieser Stelle unterbrach Hofer die Lektüre, weil er den Begriff *Letter of Credit* mit Hilfe eines Wörterbuchs klären musste. – *Letter of Credit*, L/C, Akkreditiv und Kreditbrief sind Synonyme – erfuhr er, sodass er weiter lesen konnte.

»Als Anhang erhalten Sie unsere Arbeitskopie mit Hervorhebungen, die für Sie irrelevant sind.

Mit freundlichen Grüßen
Sieglinde Lopez«

Hofer überflog das angehängte Dokument, aber seine Englischkenntnisse litten noch unter dem DDR-Schulsystem. Er leitete die Mail an Schneemüller weiter. Schneemüller betrachte sie, griff zum Telefon und bat Hofer, mit seiner Frau und den Kindern, für den nächsten Tag zu einem gemütlichen Abendessen.

Schneemüller fühlte sich seit seiner Scheidung den Blicken der Nachbarn in besonderem Maße ausgesetzt. Dass er belauert wurde, konnte Einbildung oder gar Paranoia sein. Früher machte er sich über seine Nachbarn keinerlei Gedanken. Jetzt war die schlimmste Vermutung, dass man aus Hofers häufigen Besuchen auf homosexuelle Neigung schließen könnte. Er war männlichstes Urgestein. Man durfte ihn eines Mordes verdächtigen, aber niemals sexueller Verirrung – wie er es nannte.

Schneemüller kannte Frau Hofer, seit sie mit ihrem ersten Kind schwanger war. Damals hatte sie wie ein zartes Halbkind gewirkt, das sein Dekolleté mit einer Menge Selbstbewusstsein füllte. Sie entsprach der zärtlich verbrämten Erinnerung an seine eigene, früh verstorbene Mutter und wurde zur idealisierten Verkörperung weiblicher Tugenden. Mit jedem Kind wuchsen ihr Hang zur Bemutterung und ihr Streben nach familiärer Harmonie. Schneemüller war in seinem eigenen Haus mit dieser weiblichen Urtugend schon zweimal zusammengeprallt, als sie ihn seiner Küche verwies und ihm Rührlöffel und Pfanne aus den Händen nahm.

Diesmal provozierte er diese Kollision, indem er just in dem Augenblick zu kochen anfing, als die Familie Hofer sein Haus betrat. Er zeigte sich demütig und beschrieb Frau Hofer, was er zu kochen gedachte, zeigte, wo sie die Zutaten und Gewürze finden konnte und zog sich mit Hofer zum Gespräch zurück.

Schneemüller las die Akkreditiv-Bedingungen, machte Notizen, übersetzte einige Passagen, damit sie gemeinsam grübeln konnten.

»Da hätte ich einen groben Schnitzer gemacht«, gab Schneemüller zu. »Eine Zahlungsverweigerung der Bank macht Wirbel, selbst wenn die Probleme schnell ausgeräumt werden.«

»Was antworte ich Frau Lopez?«

»Schreib ihr, dass wir ein unbestätigtes L/C akzeptieren, weil wir den Investor kennen.«

Hofer notierte.

»Wir müssen den Versand punktgenau vorbereiten.« Schneemüller verschwand in die Küche. Hofer hörte Schneemüllers Stimme, die den kochtechnischen Vorschlägen seiner Frau unterwürfig zustimmte. Ihre Kochmanie war in Männerhaushalten lästig, aber es gab kein probates Mittel gegen solche Scharmützel.

Schneemüller kam mit zwei beschlagenen Bierflaschen und zwei Gläsern, mit dem Wappen der Eichbaum-Brauerei zurück. Unter seinem rechten Arm klemmte eine Kopie des Akkreditivs für den Mannheimer Auftrag. Hofer zog es hervor und breitete es auf dem Tisch aus. Kurz danach betrat Frau Hofer das

Wohnzimmer. Sie trug Schneemüllers rote Schürze. Zu ihren Gunsten durfte vermutet werden, dass der italienische Text unverstanden blieb, der kunstvoll aufgestickt war.

»Ruft, wenn ihr Nachschub braucht!«

Hofers Kinder spielten seit einer Stunde im Garten. Er öffnete die Balkontür und bat sie ins warme Haus. Offensichtlich fiel ihnen die Kälte erst jetzt auf, denn sie drängten widerspruchslos herein, mit geröteten Gesichtern und klammen Fingern. Die Kleine riss die Strickhandschuhe weg und die Jungen hauchten sich in die Hände und rieben sie aneinander. Hofer schloss ab und setzte sich zu Schneemüller.

Hofer flüsterte: »Ich würde noch mal gern den Kontostand sehen.«

Bevor sie ins Büro gingen, schaltete Schneemüller für die Kinder den Fernseher an. Hofer trug die frisch eingeschenkten Biergläser. Schneemüller verschob die Maus, damit der PC aus dem Stand-by-Schlaf erwachte, dann kippte er das Fenster, weil es im Büro nach verbrauchter Luft roch. Der PC fragte nach dem Passwort. Erwartungsgemäß stand das Konto unverändert auf 190 Millionen Euro. Sie lachten beim Anblick der Summe, ihre Stimmen waren angefüllt mit kindlicher Freude. Sie überhörten das Klopfen.

Frau Hofer schaute ins Zimmer und fragte, ob sie Nachschub bringen solle. Schneemüllers Hand zuckte kurz, aber er widerstand der panischen Reaktion, den Bildschirm in einen neutralen Zustand zu versetzen. Beide Männer schielten sich erschreckt in die Augen.

»Ja, du hast recht, wir müssen noch daran arbeiten«, täuschte Schneemüller ein Gespräch vor.

Hofers Stimme war ein Trümmerfeld, weshalb die Worte erst beim zweiten Anstoß seine Mund verließen. »Ja, doch.«

Diese zwei Worte platzten wie Schorf von einer Wunde. Frau Hofer spielte die Naive. Schneemüller drehte sich zu ihr um. Ihr unbefangener Gesichtsausdruck wirkte aufgesetzt, sodass er wusste, dass sie mit Augen und Ohren die Unrechtmäßigkeit erkannt hatte. Natürlich blieben ihr der Sinn sowie das Ausmaß der Heimlichkeit verborgen. Das Emblem der eidgenössischen Bank und die schuldbewusste Reaktion ihres Mannes reichten für ihre Meinungsbildung vollkommen! Durch ihre Freundlichkeit wirkte sie auf manche Menschen naiv, aber Schneemüller wusste ziemlich genau, was hinter dieser Maske vor sich ging.

Nein, Bier wollten sie im Augenblick keines.

Sie zog die Tür zu, ihre Schritte verloren sich in der Küche.

»Hat sie's gesehen?«, flüsterte Schneemüller.

Hofer strengte sich verzweifelt an, sich selbst zu beruhigen. »Sie interessiert sich wenig für meine Geschäfte.«

»Hast du in ihre Augen geschaut?«

»Sie blickt durch meine Augen in mein Gehirn.«

Sie gingen ins Wohnzimmer zurück, betrachteten auf dem Fernseher die gelbe Familie, doch ihre Probleme unterschieden sich wesentlich von denen der Simpsons. Die Kinder liebten Bart Simpson im Besonderen. Schneemüller nahm seine Notizen und die Akkreditive. Hofer trug die gefüllten Biergläser ins Büro zurück.

»Wir bringen die Ware per Lkw nach Cartagena. Auf dem Weg werden die Markierungen vertauscht.«

»Zugegeben verstehe ich davon zu wenig.«

Schneemüller erstellte eine Excel-Tabelle, in der er die Bedingungen beider Akkreditive gegenüberstellte. »Für die Spanier gilt spanischer Mittelmeerhafen. – Für uns gilt europäischer Seehafen.«

Hofer fragte: »Hört sich so weit gut an – oder?«

Schneemüller holte tief Luft. Anscheinend verbargen sich die Schwierigkeiten im Detail. »Wir stellen die Rechnung für eine erste Teillieferung aus.«

Schneemüllers entspanntes Gesicht beruhigte auch Hofer. Sie stießen an und leerten die Gläser. Schneemüller putzte Bierschaum aus seinem kecken Bärtchen, bevor er sagte: »Die Lopez verdient einen Orden.«

Als sie mit einem Lächeln und leeren Gläsern zurückkamen, spürten die Kinder, dass die Männer ihr ernstes Gespräch beendet hatten. Sie setzten sich in die Polstermöbel, die Jungs drängten sich zu Schneemüller, das Mädchen arbeitete sich zum Schoß seines Vaters hoch. Die Kinder liebten Onkel Bernd, weil er wunderbar erzählen konnte, und wenn er heißer war, spielten sie Mensch-ärgere-dich-nicht, was annähernd so schön war wie Märchen. Schneemüllers Stimme klang an diesem Abend gelegentlich rührselig, Hofer erlauschte kleine Versprecher. Schneewittchen wurde zu Sylvia. Die Kinder lachten über die sonderbare Entstellung, dass er sie irritiert betrachtete.

»Spieglein, Spieglein an der Wand«, spottete Hofer.

»Sylvias Brustbild füllt den ganzen Rahmen«, erwiderte Schneemüller.

»Schatz, bringst du bitte zwei Bier!«

Frau Hofer eilte mit zwei Flaschen ins Wohnzimmer, als hätte sie hinter der Tür auf die Bitte gewartet. Sie schenkte so ein, dass die Gläser eine zwei Zentimeter hohe

Schaumkrone schmückte. Dazu musste sie sich vornüberbeugen und Schneemüller nahm den feilgebotenen Ausblick dankbar an.

»Ihr könnt den Tisch decken!«, rief Frau Hofer aus der Küche.

Das war dann wohl Männerarbeit. Zum Essen setzten sie sich in die Essecke. Frau Hofer trug die Speisen auf. Das Mahl begann mit Suppe, was eine Bereicherung von Schneemüllers Speiseplan war.

»Raimund, hast du den Mauerfall mittlerweile verkraftet?«, begann Schneemüller das Gespräch.

Hofer war eine Autorität der Nukleartechnik gewesen. Sein Treuegelübde wirkte noch. Kurz nach seinem Eintritt bei WASAN erhielt der Atomstrom immer schlechtere Kritik. Die Nuklearsparte wurde an eine Schweizer Firma verkauft. Hofer blieb trotzdem bei WASAN. Er ließ alte Zeiten aufleben, Privilegien, quasiparadiesische Zustände, die ihn irgendwann hinter Gitter gebracht hätten. Er achtete bei Themen und Wortwahl auf die Kinder, die mit Augen und Ohren an seinen Lippen hingen.

»Ich war nie in der SED!«, war das gewohnte Schlusswort, mit dem er sich die Absolution erteilte und Schneemüllers Lachen herausforderte.

Das Essen verging wie im Flug. Schneemüller fand kaum Zeit, die Köchin gebührend zu loben. Frau Hofer trug die Schüsseln in die Küche, die Männer folgten mit dem Rest. Schneemüller war glücklich, dass er einen Abend im Kreise einer harmonischen Familie verbringen durfte.

»Wie kommst du voran?«, fragte Hofer.

Schneemüller rätselte über den Sinn der Frage. Er war

wahrscheinlich noch bei Frau Hofers Besuch im Schreibzimmer oder der traumatischen Begegnung mit Frau Rotbeck, die zu schrecklichen Konsequenzen geführt hatte.

Schneemüller sagte undeutlich: »Die Rotbeck hat weniger gesehen als deine Frau.«

Hofer begriff diesen furchtbaren Gedanken nicht. Er schaute sich um, bevor er seine Frage präzisierte. »Der Laborversuch?«

Schneemüller atmete erleichtert, schmunzelte, schaute sich ebenfalls um. Die größeren Kinder trockneten das Geschirr ab, während Hofers Frau spülte.

»Wir haben gebowlt, am Samstag sind wir schwimmen gegangen. – Wundert dich, dass mich jede Frau liebt?«

Hofer wollte Schneemüllers Theorie von seiner Frau verifizieren lassen. Sie erschien mit umgebundener Schürze. »Bernd glaubt, dass ihn alle Frauen lieben.«

Frau Hofer überlegte kurz: »Herr Schneemüller ist ein guter Beobachter.«

Er war stolz, erschrak aber, als er sie anlächelte und eine starre Schicht des Misstrauens erkannte. Es gab keinen Zweifel: Sie hatte das Bankemblem gesehen. Der ›gute Beobachter‹ hatte möglicherweise eine andere Bedeutung.

Hofer klang beleidigt: »Bernd hat also recht?«

»Ob das genügt?«

Schneemüller schlug vor: »Wir könnten doch ein wenig proben?«

Frau Hofer verschwand kommentarlos. Hofer wusste, dass etwas Wesentliches kaputt gegangen war. Sein Grinsen glich einem Nervenleiden.

SYLVIA UND PAUL

Seit der Haarwäsche hatte sie Paul zwei oder drei Mal angerufen, eigentlich nur, um ihn an die Absprache zu erinnern. Sylvia verbrachte ihre Freizeit mit der Vorbereitung eines reduzierten Racheplans. Paul hatte bei jedem Anruf einen verzweifelten Ausweg gesucht. Er hatte Sylvia sein Versprechen gegeben, begnügte sich daher aber mit Ratschlägen, zeigte Schwachpunkte auf, um den Plan in verhältnismäßig legalen Bahnen zu halten.

Sie beobachtete vom Fenster, wie er die Wagentür mit seinem Hintern zudrückte. Sylvia glaubte, einen jammervollen Klingelton zu hören. Sie öffnete die Tür, ließ den Geruch nach italienischer Küche ins Treppenhaus und lauschte, ob Paul nicht doch noch umkehrte. Als er unentschlossen vor der Tür stehen blieb, zerrte sie ihn herein.

Auf dem Zweiplattenherd standen zwei Töpfe. Mit so eingeschränkten Möglichkeiten konnte sie kein Sterne-Menü kochen. Spaghetti simmerten im großen Topf, während sich im kleinen Topf kulinarischer Überschwang zu einer Soße verdichtete. Er hob den Glasdeckel.

»Zufrieden?«

»Zum Heulen ist es zu spät.« Er legte seine Stofftasche in den Sessel unter dem Fenster und setzte sich vor einen Suppenteller. Pauls Haar glänzte fettig, wenn er sich der Deckenlampe näherte.

»Am Samstag bin ich bei Schneemüller eingeladen. Wir müssen unser Ding endgültig durchziehen.«

»Soll ich sofort aus dem Fenster springen?«, fragte er mit bitterer Stimme.

»Ich bin noch nie vor dem Essen gesprungen.«

Dampf stieg aus der Spüle, als Sylvia das Spaghettiwasser abgoss. Sie stellte die Töpfe auf den Tisch. Paul liebte Spaghetti mit Ragù Bologna, wie die Mutigsten der Generation MTV-TWITTER-KITA, die sich von der amerikanischen Schnellküche hatten abnabeln können. Anerkennend fuhr Paul mit seiner langen Zunge rund um den Mund. Spaghetti Bolognese gehörte auch zu Sylvias Lieblingsgerichten.

»Ich habe alles mitgebracht«, sagte er. Er zeigte auf die Tasche.

»Und Essen bekommst du auch noch.«

Er lachte und sie betrachtete ihn kritisch, weil seine Heiterkeit unpassend schien.

»Lieber ein kleines Festmahl am Gaumen als einen Zentner Fast Food auf den Hüften!«, sagte er und sie lachte entspannt.

Nach dem Essen, als der Tisch frei war, packte Paul den Inhalt der Stofftasche aus. Einen USB-Stick, mit der Aufschrift ›Programm‹, einen mit der Aufschrift ›Daten‹, ein Fläschchen mit Ohrentropfen, ein Notizbuch mit Kugelschreiber, ein Päckchen Kondome, ein leeres Fläschchen mit Schraubdeckel.

»Kondome?«, fragte Sylvia mit abweisender Stimme.

Paul lachte über die Falten auf ihrer Stirn und versuchte sie mit der Hand zu glätten. Sie ließ ihn gewähren.

»Ich beginne von vorn.«

Sylvia fürchtete Zärtlichkeit und setzte sich gegenüber.

»Ich gehe davon aus, dass er dich ins Bett kriegen möchte. Oder hast du bei ihm einen Heiligenschein entdeckt?«

Bisher hatte Sylvia diese Überlegung konsequent ignoriert. Sie hoffte das Damoklesschwert über ihrem Kopf sei eine Deckenlampe. Der Gedanke an einen Geschlechtsakt mit Schneemüller war der absolute Tiefpunkt ihrer Planung. Sie atmete schwer und befahl schließlich: »Mach weiter!«

»Du musst sicherstellen, dass er schläft, wenn du in sein Schreibzimmer schleichst. – Wenn du ihn so gefordert hast, dass er wie ein Leichnam daliegt, ist das okay. Du kannst auch …« Paul wartete, hielt das Fläschchen mit den Ohrtropfen hoch und beendete den Satz: »… die K.-o.-Tropfen verwenden.«

Sylvia zuckte, als hätte sie an einen elektrischen Weidezaun gegriffen. Sie krächzte: »Überlebt er das? Hat er nachher keine Erinnerung?«

»K. o. spricht irgendwie für sich. Allerdings habe ich das Zeug nie genommen und niemandem gegeben.«

»Wenn er eine Herzschwäche hat?«

»Nimmst du auf meine Herzschwäche Rücksicht?«

Sie lachte herzhaft. Er stellte das Fläschchen zurück und nahm beide USB-Sticks. »Programm! – Das ist der Stick mit dem Trojaner, der die Manipulation seines PCs von außerhalb erlaubt.« Er nahm den anderen in die Hand. »Auf den kopierst du Daten, die mir erlauben, das Bankprogramm auf meinem PC abzubilden.«

»Welche Daten sind relevant?«

»Ich habe mich schlaugemacht. – Der Bankcomputer prüft PC-spezifische Daten. Sonst könnte ich alles von meinem PC aus machen.« Er erläuterte eine halbe Stunde lang, was sie zu beachten hatte. »Im Notizbuch steht, wie du an welche Dateien kommst.«

Sylvia blätterte und stöhnte: »Geht's nicht einfacher?«

Er zeigte am Laptop, wie sie vorgehen musste. Sie machte Bemerkungen zu Pauls Notizen und ergänzte seine Anweisungen. Sie drehte sich zur Seite und sprach gegen das Fenster, weil ihr der Blick in seine Augen in diesem kritischen Moment unerträglich gewesen wäre. Schließlich erhob sie sich mühsam, ging ans Fenster und schaute hinaus. Als sie das Haar aus ihrer Stirn strich, zitterte die Hand merklich.

»Hast du Angst?«, fragte Paul.

»Angenommen ich habe alles ausgeführt? Was könnte schiefgehen?«

Er lachte unfröhlich. Sie blieb am Fenster, zog den dünnen Vorhang zurück. Ihre Stimmung verfärbte sich dunkel. Paul passte sich an, hoffte auf einen generellen Rückzug. »Jetzt hast du gegessen«, meinte er.

Sie drehte sich langsam zu ihm hin und fragte: »Ja und?«

»Wir könnten springen – oder etwas anderes machen.«

»Gemeinsam verrückt werden?«, war ihr Vorschlag.

»Ich brenne!«

»Sehe ich aus wie ein Feuerlöscher?«

Es klopfte an der Tür. Sylvia ging widerwillig hinüber und öffnete. Eine schlanke Blondine, die Sylvia bei jeder Begegnung an ihre Schwester erinnerte. Vielleicht war die Abneigung einseitig und Sylvia war ungerecht. Sie nannte sie verächtlich »Architektentussi«.

»Ja, bitte?«

»Sylvie, bist du morgen zu Hause? – Ich erwarte ein Paket.« Die Architekturstudentin warf einen flinken Blick ins Zimmer, dabei schüttelte sie ihre güldene Haarpracht auf. Sie hatte Paul bemerkt, als dieser uninteressiert zum Fenster schauen wollte, und verzog den Mund zu einem zweideutigen Grinsen.

»Betti, ich gehe morgens immer ziemlich früh zu meinem Praktikum.«

»Entschuldigt die Störung.«

Sylvia schloss die Tür und stellte sich wieder ans Fenster. Sie tadelte sich selbst. »Eigentlich ist Betti ganz nett, aber morgen habe ich das wieder vergessen«, sagte sie.

»Die sieht gut aus«, urteilte Paul und erhob sich.

Die Scheibe reflektierte Paul, wie er hinter ihr graues Spiegelbild trat, sodass sie Distanz in Worten suchte. »Wenn du springen willst, spring allein.«

Sie schloss die Augen, als sein Atem ihren Hals streichelte. Langsam hob sie die Lider. Die Wimpern verschleierten das Spiegelbild seiner Hände, die sich von unten näherten.

»Sind die Kondome für Schneemüller?«, fragte sie und betrachtete regungslos das Spiegelbild.

»Das kommt auf dich an.«

»Wie meinst du?«, fragte sie. Ihre Stimme transportierte den unruhigen Herzschlag. Sylvia fühlte sich verletzlich.

»Wenn du die K.-o.-Tropfen verwendest, füllst du die Kondome mit Hühnereiweiß und lässt sie vors Bett fallen.«

»Drei Kondome scheinen etwas üppig bemessen?«

»Eindeutig«, bestätigte Paul. »Das ist bei einem älteren Herrn sogar verdächtig.«

Paul fasste unter ihren Pullover. Während des Essens hatte er ihr Dekolleté bewundert. Sie umarmten und küssten sich. Die nervliche Anspannung machte Sylvia schwach, dass sie sich hingeben wollte. Paul hätte seine halbe Seele dem Teufel vermacht.

Der Abend dauerte bis zum Morgen.

»Wieso hast du's nicht gemacht?«, wollte sie wissen.

»Du warst wie ausgebrannt. – Es wäre viel zu leicht gewesen. Ich könnte niemals mit einer betrunkenen Frau Liebe machen, so sehr ich sie in nüchternem Zustand begehre.«

Sylvia streichelte sein Haar. »Danke, mein Schatz.«

»Irgendwann.«

»Ich glaube, wir könnten gute Freunde werden – sofern dir berührungslose Freundschaft etwas bedeutet.«

»Bei dir, mehr als ein kleines Vergnügen und mehr als ein kleines Vermögen.«

Sylvia lächelte gerührt und küsste seine Wangen.

Paul ging noch einmal den Plan durch. Er fühlte sich miserabel, was er durch seinen harten Ton deutlich zeigte. »Was machst du, wenn etwas schiefgeht? – Du musst einen Plan B bereithalten. Du musst dir über mögliche Folgen Gedanken machen.«

Sylvia, erschreckt. »Was für Folgen? Wovon sprichst du?«

Paul wartete, bis sie sich beruhigte. »Die Sache fliegt auf, wenn du wegrennst!« Nach einer kleinen Pause. »Oder du wirst schwanger, wenn so ein Gummiteil versagt und du keine Nachsorge betreibst.«

Sylvia stöhnte wie unter Folter: »Auf keinen Fall!«

»Vielleicht lädt er Freunde ein?«

Sylvia erblasste, stolperte ins Bad, wo sie sich übergab.

TANJAS ERNENNUNG

Die Feier fand am Samstagabend in der Aula der Hochschule für Polizei in Villingen-Schwenningen statt. Bramert erfuhr aus einer verschwiegenen Quelle, dass Tanja die Beste ihres Semesters war. Seine Beurteilung hatte bestimmt geholfen. Er wollte sehen, wie sie ihre Auszeichnung entgegennahm. Die Feier wurde groß aufgezogen, Angehörige, Freunde und Kollegen waren willkommen. Bramert war Freund und Kollege. Er fuhr mit seinem Privatwagen und sie durfte sich entspannen.

In Horb legte Bramert einen Zwischenstopp ein, weil er Axel Schroth besuchte, mit dem er studiert hatte. In Göppingen hatten sie zusammengearbeitet. Bramert war zum LKA versetzt worden und sein Freund zur Polizeidirektion Freudenstadt. Sie hatten versucht, sich in Stuttgart zu treffen, aber ein Treffen kam nie zustande. Bramert war froh, dass er für den Zwischenstopp nur eine Viertelstunde eingeplant hatte.

Früher hatten sie eine Menge gemeinsamer Interessen gepflegt, die vielleicht noch vorhanden waren, aber unauffindbar tief vergraben. Schroth war verheiratet, hatte drei Kinder, wohingegen Bramert kein psychosoziales Äquivalent vorweisen konnte. Schroth beneidete Bramert, obwohl er in Göppingen die Frau seines Lebens geheiratet hatte, Bramert beneidete den Kollegen aus dem umgekehrten Grund, obwohl er genau wusste, dass es eine Frau mit allem Drum und Dran gab, die auf ihn wartete.

»Wurden die Morde in Laichingen aufgeklärt?«, wollte Bramert wissen. »Du warst damals wie besessen.«

»Die Kurden? – Du weißt also, dass ihre Leichen gefunden wurden?«

»Wir haben uns lange mit dem Verschwinden der Männer befasst. Ein Blumengeschäft – war doch so?«

»Die Morde bleiben ein Rätsel.«

»Wie oft haben wir über die verzwickte Familiengeschichte die Köpfe geschüttelt?«, fragte Bramert, und als Schroth schwieg, sagte er: »Der Mord durch die Kurdin passte irgendwie nicht in das Muster.«

Der Kollege, aufbrausend: »Lass es gut sein!«

Tanja spürte die unterschwellige Stimmung, die einen Konflikt anzeigte. Sie erinnerte, dass sie unbedingt weiterfahren mussten.

»Vielleicht müssen wir die Uniformen anziehen und das dauert bei einer Frau etwas länger.«

Schroth atmete erleichtert auf. Bramert sprang vom Sitz, streckte gleichzeitig die Hand zum Abschiedsgruß hin.

Kurz vor Villingen-Schwenningen erhielt Bramert einen Anruf aufs Handy. Er schaute aufs Display und bog auf einen Feldweg. Er telefonierte über die Freisprecheinrichtung, Tanja konnte mithören.

»Sylvia, ich höre!«

»Bramert, ich habe etwas eingefädelt, vor dem ich Angst habe. Ich muss es dir sagen, damit du es weißt, wenn ich in einem Müllsack gefunden werde.«

»Hör auf, dich in unsere Angelegenheiten einzumischen.«

»Hör einfach zu!« Sie klang laut und unbeherrscht.

Bramert hörte Angst in ihrer Stimme und spürte ein

sehr unangenehmes Gefühl in seinem Magen. Sylvia war bisher brutal mutig gewesen, sie meinte ernst, was sie sagte. Tanja biss auf ihre Unterlippe.

»Um acht Uhr gehe ich zu Schneemüller.«

»Schneemüller ist gefährlich –, selbst wenn er harmlos scheint.«

»Er will für mich kochen.«

»Guten Appetit.«

»Vielleicht wird's richtig gefährlich, wenn er mich ins Bett zerrt.«

»Hör endlich damit auf!«

Sie, mit einer Mischung aus Ironie und Angst: »Abendessen im Bett?«

Bramert, wütend: »Wozu soll das gut sein?«

»Vielleicht – K.-o.-Tropfen?«

»Das ist dann vielleicht ein Verbrechen.«

»Paul …«

Bramert wollte ihre Erklärung nicht hören. Er schrie: »Ich verbiete dir das!«

Das Gespräch war beendet. Er wählte ihre Nummer, aber sie hatte das Handy ausgeschaltet.

Bramert stellte den Motor ab, suchte eine Entscheidung, wozu er absolute Konzentration benötigte. Sein Gehirn rotierte unrund. Tanja beobachtete ihn aus den Augenwinkeln und schwieg. Er tauchte aus längerem Nachdenken auf.

»Letztlich ist das alles meine Schuld.«

»Was willst du unternehmen?«

Bramert zählte die Möglichkeiten auf, die er im Moment sah. Er streckte den rechten Daumen hoch. »Erstens könnte ich die Mannheimer Kollegen bitten, diese Zusammenkunft platzen zu lassen.«

»Damit würdest du dich selbst abschießen.«

Bramert streckte den Zeigefinger weg. »Ich könnte Sylvias Mutter informieren.«

Tanja schüttelte den Kopf. »Dann sind wir bei Eins.«

»Drittens könnte ich eine Bewachung des Hauses anordnen.«

»Alles läuft auf Eins hinaus«, schloss Tanja.

»Du meinst, ich soll das zerrissene Tuch glattbügeln?«, fragte Bramert, mit einem Überschuss an Theatralik. »Du bist so herzlos!«

Tanja kämpfte mit den Tränen, schlang die Arme um seinen Hals, aber Bramert lachte unbeherrscht.

»Dieses verdammte Weib! Wenn ich die zwischen die Bettdecke bekomme!« Tanja schlug ihm mit der Faust gegen die rechte Schulter.

»Entschuldige bitte«, flehte er.

»Nein!«

Bramert startete den Wagen. Sie fuhren schweigsam ans Ziel.

»Glaub mir, ich habe mich auf die Feier gefreut.«

Tanja tätschelte die Schulter, die sie vor einer halben Stunde geschlagen hatte, strich die blonde Locke aus seiner Stirn und flüsterte: »Ich weiß. – Ich habe zu Hause eine Flasche Champagner kaltgestellt.« Danach küsste sie seine Wange und stieg aus.

Bramert fuhr weiter – über Neustadt, über Freiburg – und wusste, dass er frühestens um zehn Uhr vor Schneemüllers Haus stand.

Als er das Höllental hinabkurvte, erinnerte er sich an ein Geschehnis, das sich vor neuneinhalb Jahren hier abgespielt hatte. Es war auf der Rückreise von einem Urlaub in Burgund. Er war durch Freiburg gefahren, wusste, dass er tanken musste, und hatte optimistisch auf eine bessere Gelegenheit gewartet. Beim Anstieg war es zu spät, seine Tankanzeige hatte ständig aufgeblinkt, bis ihm an der ersten Kurve das Benzin ausgegangen war. Das Mädchen an seiner Seite zeterte. Buchstäblich mit dem letzten Benzintropfen und dem verbliebenen Schwung war er auf eine Ausbuchtung in der Kurve gerollt. Seine Freundin durchlebte in der aufkommenden Dunkelheit alle Höllenqualen. Er ging, zwischen Leitplanke und Abgrund geklemmt, bis ganz nach oben, wo er eine Tankstelle vermutete. Mit einem gefüllten Fünfliterkanister kam er auf demselben Weg zurück. Dem Mädchen klapperten die Zähne, als er nach einer Stunde aus der Dunkelheit auftauchte. Nach diesem Erlebnis verließ sie ihn und Bramert rätselte an dieser Stelle jedes Mal über sich selbst.

Auf der Fahrt durch den Schwarzwald spekulierte er, ob er noch etwas retten konnte. Er fuhr in Freiburg auf die Autobahn. Sein Griff unter die linke Achsel fasste ins Leere, denn seine Waffe lag zu Hause im Stahlschrank. Zehn Sekunden nach dieser Erkenntnis klingelte sein Handy.

»Deine Pistole …«, begann sie.

»Da ich nicht vorhatte, dich zu erschießen.«

»Und jetzt?«

»Immer bis ans Ende.«

»Bramert, du bist unmöglich«, sagte sie.

Er klappte das Gerät zusammen und reflektierte über ihre Stimme.

BEI SCHNEEMÜLLER

Sylvia strich über die Kleiderbügel – Hosen, Röcke und Kleider –, ohne sich zu entscheiden. Sie starrte auf die farbigen Stapel mit T-Shirts und Pullovern. Die Grundentscheidung war Rock oder Hose. Sie legte ein Paar enge Jeans aufs Bett. Pullover oder Bluse? Sie entschied sich für die Bluse, weil jeder Knopf einen Rückzieher erlaubte, während ein unterwanderter Pullover als hochgeschoben galt und somit ein potenziell ausgezogener Pullover war. BH, oder? Eindeutig mit BH. Nach der Kleiderwahl rief sie Bramert an und hätte ihn für seinen Wutausbruch am liebsten stundenlang geknutscht – dann wär's vorbei gewesen.

Sylvia musste ihre Entscheidung zu Ende bringen, denn Zögern war schlechter Stil. Sie roch an ihren Achseln und sprühte Deo. Ihre Hände zitterten. Die Schließe am Rückengurt war störrisch, die Knöpfe der Bluse widersetzten sich den Knopflöchern. Jedes Kleidungsstück warnte sie auf seine Art.

Sylvia kannte das Haus von außen, weil sie zweimal durch die Nebenstraße gefahren war, um es zu betrachten. Der Garten war von der Straße aus verborgen. Hecken versperrten den Blick – getrimmte Hecken, die an Schneemüllers Haarschnitt erinnerten. Die grüne Wand unterbrach ein zweiflügliges Schmiedeeisentor mit einer kleinen Pforte links daneben, wie der Zugang zu einer mittelalterlichen Stadt. Die Türflügel konnten sich einer schnellen Flucht widersetzen. Dieser Gedanke war einschüchternd. Pforte und Doppeltor überwölbte eine Pergola mit Kletterrosen – vom Frühjahr bis zum Herbst rankte sich hier wahrscheinlich eine verlockende Blütenpracht, aber jetzt war die Hecke eine blattlose, stachelige Bedrohung.

Sie hätte die Einladung ablehnen sollen. Es gab gute Gründe, unwiderlegbare Gründe, sogar ehrenhafte Gründe dafür. Auf der Fahrt griff sie spielerisch nach dem Handy, das auf dem Beifahrersitz lag. Eine Ausrede? Bedauern?

Beide Torflügel standen offen, aber die freie Einfahrt war eine Mahnung zur Vorsicht, dass sie den Wagen so hinstellte, dass niemand auf die Idee kommen konnte, die Torflügel zu schließen. Dadurch verhinderte sie auch, dass weitere Gäste im Hof parkten. Die Erinnerung an Pauls gallige Bemerkung presste ihren Körper zusammen.

Sylvia klappte den Beifahrersitz vor, nahm Handtasche und Weinflasche von der Rückbank. Sie überdachte den Ablauf zum letzten Mal Schritt für Schritt. In ihre Tasche hatte sie alle Utensilien anhand einer Liste gepackt. Das Handy steckte sie ins Handschuhfach. – Sie wollte während der Zeit bei Schneemüller niemanden anrufen, sie hatte es ausgeschaltet, Schneemüller sollte keine Möglichkeit erhalten, es zu durchforsten, während sie die Toilette benutzte. Alles war durchdacht, bis auf das Vibrieren ihrer Nerven.

Sie konzentrierte sich so sehr auf den Weg, dass ihrer Füße unterschiedliche Richtungen einschlagen wollten.

Schneemüller öffnete, bevor sie klingelte. Er trug elegante Hauskleidung, einen blau und rot karierten Kaschmirpullover, eine beigefarbene Flanellhose, rote Slipper, die auch dem Papst gut gestanden hätten. Sie nahm dies mit einem anerkennenden Blick wahr.

»Sylvia, tritt ein!« Er wirkte ungeheuer weltmännisch, dass Sylvia staunte. Seit wann duzten sie sich? Bowlingabend? Schwimmhalle? Ihr Plan machte das freundschaftliche Du zu einem Fremdkörper.

»Hallo, Bernd!« Sie staunte über ihren Überschwang.

War sie auch weltmännisch? Weltfraulich? Weltweibisch?

Ihr Kichern schepperte absolut unpassend. Er führte sie am Arm ins Haus. Ein Teppich empfing sie, in dem ihre Absätze bis zu den Knöcheln einsanken.

»Das ist mein Reich«, verkündete er stolz und schnürte die rote Schürze.

Als er die Schleife band, zeigte er seinen Rücken. Er drehte sich mit der Eleganz einer hölzernen Modepuppe, was sie lachen ließ.

»In cucina il capo sono io«, las Sylvia. »Chef der Küche und der umliegenden Besitzungen nehme ich an.« Ihr Mund war himbeerfarben, ihre Wangen bildeten liebliche Grübchen. Schneemüller lockte dieser Mund zu einer spontanen Tat. Sylvia formte ihre Lippen zu einer Hasenschnute und presste die Zähne aufeinander, damit sich kein Zungenkuss anbot.

»Wohin mit der Flasche?«

Er las das Etikett, tat beeindruckt, leckte sich die Lippen und suchte in der Küche den Korkenzieher. Er zog den Korken, roch daran, goss einen dicken Tropfen in ein langstieliges Glas, ließ den Inhalt kreisen und trank geräuschvoll. »Wow!«, war sein Kommentar.

Sylvia verrenkte die Schultern im Stil eines schüchternen Mädchens.

Sie gingen durchs Erdgeschoss. Im Wohnzimmer legte sie die Tasche auf den Ledersessel. Schneemüller zeigte jeden Raum. Im Schlafzimmer stand ein Ehebett, dessen eine Hälfte unter einer Tagesdecke schlummerte. Sie warf einen kurzen Blick ins Schreibzimmer. Immer wieder stieß sie Laute der Anerkennung aus.

»Weshalb bist du so verkrampft?«, fragte Schneemüller unerwartet.

Sie war verkrampft, da gab es keinen Zweifel. Sie hielt sich für cool, sie spielte die Coole, aber ihre Coolness knirscht spröde wie ein Eiszapfen. Sie verlangte zu viel von sich.

Ihre Antwort folgte langsam und durchdacht. »Bernd, dein Haus ist keine Bowlinghalle, keine Schwimmhalle und keine Werkhalle. Ich bin mit dir allein, das ist neu für mich.«

Seine Augen leuchteten wie Bergseen, und die Stimme sprudelte aus dieser Klarheit. »Ich bin wahnsinnig in dich verliebt.«

Sylvia betrachtete Schneemüller mit offenem Mund. Natürlich kam dieser Ausbruch weniger unvorbereitet als ein Seebeben, aber auf keinen Fall erwartete sie den menschlichen Tsunami vor dem Abendessen. Sie erklärte besonnen und mit schwachem Hintergrundlächeln: »Ich muss zuerst beurteilen, wie deine Kochkunst ist. – Ich bin nämlich eine sehr schlechte Köchin.«

Er hob die rote Schürze an einem Zipfel, um daran zu erinnern, dass er der Küchenchef war. Sylvia zeigte ihm wieder die Grübchen ihrer Wangen. Er eilte in die Küche und bat sie, im Wohnzimmer Platz zu nehmen. Sie setzte sich aufs Sofa, lauschte der Geschäftigkeit in der Küche, überdachte, ob alles im grünen Bereich war. Die Anspannung blieb enorm. Als sie sich über die Stirn strich, klebte kalter Schweiß an den Fingern. In ihren

Ohren rauschte eine Stromschnelle, das Herz pumpte mit solcher Macht, dass ihre Handtasche schepperte. Sie entnahm ein Taschentuch, mit dem sie ihre Stirn trocken wischte.

Sie zwang sich zu Normalität, schritt durchs Zimmer, stand am Balkonfenster, betrachtete den winterlichen Garten, zählte acht Rosenstöcke und anderes Gehölz. Für die schön gestaltete Anlage suchte sie eine Erklärung, die glaubhafter erschien als die Vermutung, Schneemüller sei ein Gartenfreund. Entweder war der Garten ein wehmütiges Überbleibsel seiner Exfrau, das er mit nostalgischer Verbissenheit konservierte, oder ein Gärtner war mit der Gartenarbeit beauftragt. Sie ging zur Stereoanlage, stöberte in den CDs, die nach einem unbekannten Ordnungssystem in einem großen Regal steckten.

»Darf ich Musik machen?«, fragte sie in die Küche.

»Ich wollte das gerade vorschlagen.«

Sie bat ihn um eine Empfehlung, nahm zwei Hüllen aus dem Regal, las die Titel laut. Schneemüller machte keinen Vorschlag. Sie legte die CD von Arvo Pärt ein, weil ihr nach leisen Tönen zumute war. Sie lehnte sich ins weiche Leder, atmete kontrolliert, bis sie entspannt den Hinterkopf auf die Lehne legte und nur noch der Musik lauschte.

»Essen ist fertig!«

Sie öffnete die Augen. Schneemüller stand in der Tür. Der schwimmende Traum war zu Ende. Er winkte und sie folgte ihm in die Küche. Sylvia lobte die Kücheneinrichtung, das Essen, das Gespräch, die Atmosphäre – eigentlich hätte dieser Abend perfekt werden können. Manchmal vergaß sie ihr Ziel und erschrak dabei über sich. Es war unnütz, den Plan gerechte Rache zu nennen. Das Vorschieben höherer Motive brachte keine Erleichterung. Schneemüller war weder grundsätzlich schlecht noch grundsätzlich gut. Der klar gezeichnete Weg ihres Racheplans zerfaserte sich in unübersichtliche Richtungen.

Nach dem Essen bot ihr Schneemüller einen Cognac an, den sie ablehnte. Sie bemerkte die Espressomaschine. Um Nachgiebigkeit zu zeigen, fragte sie nach einem »Café corretto«. Dies war auch eine kleine Prüfung, ob er seiner Schürze gerecht wurde.

»Con Grappa?«

»Grappa va bene.«

Er mahlte Bohnen, die er aus einer Lavazza-Tüte löffelte. Während sie auf die Arbeitstemperatur der Maschine warteten, baute Schneemüller eine ökonomische Vertrauensbasis auf.

»Bald habe ich die Hypothek eingelöst.«

»Du bist auch mit Hypothek eine gute Partie.« Nach dieser positiven Einschätzung schwieg sie.

Seine Züge verkrampften sich kaum merklich, aber seine Stimme war schockiert. »Suchst du eine gute Partie?«

»Dann würde ich öfter in den Spiegel schauen.« Sie beobachtete Zweifel an ihren Worten. Die Unfähigkeit zur Selbstkritik rauschte wie eine stählerne Jalousie herab und trübte seinen Blick. Diesen Charakterzug hatte sie bei der ersten Begegnung bemerkt. Langsam hob sich die Jalousie und sein Blick hellte sich.

»Was macht dich so anziehend?«, wollte er wissen.

»Sollte ich anziehend sein, dann nur, weil ich so bin, wie ich bin.« Sylvia umging intime Worte, sie sprach nie von Liebe, Zuneigung oder tiefen Gefühlen. Als sie sagte: »Wir passen wahrscheinlich gut zusammen«, errötete sie, nachdem das Wort ausgesprochen war. Sie schaute aus dem Fenster, um ihre Verwirrung zu verbergen.

Sie sprachen über Musik. Er erinnerte sich, wo er das erste Werk von Arvo Pärt gehört hatte – bei einer Vernissage –, »meine Frau stellte Gemälde bei einem Kunsthändler aus.« Seine Stimme schwebte zwischen Zynismus und Stolz.

»Ist sie eine erfolgreiche Künstlerin?«

Nach einer Weile: »Sehr erfolgreich.« Jetzt färbten sowohl Stolz als auch Neid seine Stimme.

»Hatte sie hier ihr Studio?«

»Im ersten Stock. – Sie war an jedem Sonntag oben.«

Weshalb durfte sie die oberen Räume nicht besichtigen?

Sylvia hielt den Gesprächsfaden in der Hand, bis er unwillig das Thema beendete.

Sie reichte Schneemüller das Geschirr und er ordnete es in den Geschirrspüler. Der Augenblick der Wahrheit rückte unerbittlich näher. Er hielt sie an der Taille und lenkte sie ins Wohnzimmer, legte eine andere CD in den Spieler, auch besinnlich, zärtlich.

»Musik zum Verführen einer schönen Frau«, nannte er seine Auswahl.

Trotz aller Vorbehalte war sie geschmeichelt und schnappte nach dem Kompliment, dass ihre Bluse spannte. Sie saßen nebeneinander, plauderten, berührten sich schüchtern, bis der erste leidenschaftliche Kuss folgte. Sylvia spürte seine Hand am Busen. Trotz innerer Gegenwehr entflammte Erregung ihren Körper. Sie lehnte sich zurück. Er beobachtete beglückt, wie sie heftiger atmete.

»Was hältst du davon, wenn wir es uns gemütlich machen?«, fragte er.

Sie stimmte zu, denn sie musste Verlangen unter allen Umständen vermeiden. Wenn sie Schneemüller in sich aufnehmen wollte, war ihr Plan endgültig gescheitert. Sie öffnete ihre Handtasche und zeigte das Kondompäckchen. Das Fläschchen mit Ohrentropfen blieb für ihn unsichtbar. Er sah nur dieses Versprechen großer Leidenschaft. Sylvia stieß die Tür zu einem erotischen Traum auf.

»Hast du Champagner kalt gestellt?«

Natürlich warteten zwei Flaschen im Kühlschrank. Er eilte hinaus.

»Wo sind die Gläser?«

»Die guten sind im Wohnzimmerschrank – und wir nehmen die guten!«

Sylvia nahm zwei Sekttulpen aus der Vitrine, in der geschliffene Gläser und Kristallvasen aufgereiht standen. Sie zählte drei Tropfen in ein Glas, schwenkte es, dass sich die farblose Flüssigkeit am Rand verteilte. Auf den Fuß des Glases ohne Tropfen machte sie als Erkennungsmarke einen Fingerabdruck. Sie trafen sich im Schlafzimmer. Sylvia setzte die Gläser auf den Nachtschrank. Schneemüller schenkte ein. Als er das Glas mit dem Fingerabdruck füllte, sagte sie Stopp, als das Glas halb voll war.

»Bei einem ganzen Glas schlafe ich sofort ein«, erklärte sie. Also konnte sie unverfälschten Champagner schlürfen.

»Lass uns im Bett trinken«, schlug sie vor.

Als sie sich nackt auf dem dümpelnden Wasserbett gegenübersaßen, prosteten sie sich zu.

»Auf einen wunderschönen Abend.«

Kling, kling!

Der Schneidersitz fokussierte Schneemüllers Unterbewusstsein. Die Wirkung der K.-o.-Tropfen trat langsam ein. Sylvia dehnte jede Handlung bis zur Unkenntlichkeit. Sie zog mit kälteweißen Fingern Schneemüller ein Kondom über. Als er vorfreudig in den Dämmerzustand glitt, atmete sie erleichtert auf. Alles dauerte viel zu lang. Sie lagen umarmt, Sylvia meinte, das Vorspiel solle noch dauern. Sie zweifelte an der Wirksamkeit der Tropfen, aber die endgültige Wirkung setzte schlagartig ein, sodass sich Sylvia kaum noch von dem entspannten Körper befreien konnte. Seine Augen staunten. Es strengte sie ungeheuer an, den Körper auf die Seite zu rollen, weil jede Bewegung eine riesige Welle aufbaute.

Sie betrachtete die aufgerissenen Augen und schloss sie, wie man einem Leichnam die Augen schließt. Sie fürchtete, dass sein Gehirn weiter arbeitete.

Der Countdown erreichte die letzte Phase. Sie nahm Schneemüllers Glas und die Champagnerflasche in die Küche, schüttete Champagner ins Glas und wusch es damit aus. Dann entleerte sie die Flasche aus dem Kühlschrank, bis auf einen kleinen Rest. Das Öffnen des Wasserhahns verwischte die letzten Spuren. Zur Kontrolle roch sie in den Abfluss. Sie stellte Glas und Flaschen auf den Nachttisch. Im Schlafzimmer tropfte sie Eiweiß in ein Kondom und warf die aufgerissenen Verpackungen wahllos auf den Boden. Schneemüller schlief wie ein rund geschliffener Flusskiesel. In der Toilette füllte sie das dritte Kondom mit Wasser und spülte es ab, das mit Eiweiß gefüllte Teil warf sie so hinein, dass es im Wasser dümpelte. Sie löschte die Lichter und huschte mit zusammengerafften Kleidern ins Schreibzimmer.

Diesmal erschrak sie heftig. Der Schreck hätte sie fast von den Beinen gerissen. Sie bemerkte die Web-Kamera am oberen Rand des Bildschirms. Reflexartig presste sie ihre Kleider auf die nackten Brüste, sprang zurück, löschte das Licht.

Sie huschte an der Wand entlang zum Schreibtisch. Von einem gelben Block riss sie einen selbstklebenden Zettel, mit dem sie das Kameraauge abdeckte. Danach entspannte sie sich, legte ihr Notizbuch auf den Schreibtisch und führte Punkt für Punkt Pauls Anweisungen durch. Sie lauschte ständig auf unhörbare Geräusche. Nach einer halben Stunde waren ihre Hände schweißnass. Als sie fertig war, packte sie Notizbuch und Sticks in ihre Handtasche und kontrollierte mit einem Rundblick, ob kein verdächtiger Gegenstand liegen blieb.

DIE LICHTER DES HAUSES

Bramert wurde auf der Fahrt nach Mannheim einmal geblitzt, aber die blaue Lampe blinkte auf dem Dach. Diese Fahrt war eindeutig ein dienstlicher Einsatz. Trotz überhöhter Geschwindigkeit konnte er Sylvia bei ihrem Vorhaben nicht stoppen. Ihr Wagen stand ängstlich in der Einfahrt, als rechne sie mit Rückzug oder gar Flucht.

Bramert fuhr langsam an dem gelben Fiat vorbei und stellte den Wagen dort ab, von wo er die bestmögliche Sicht aufs Haus hatte. Zum Nachbargrundstück war keine Hecke gepflanzt. Er stellte den Rückspiegel auf die beleuchteten Fenster ein. Neben dem kleinen Fenster ragte das dampfende Rohr einer Dunstabzugshaube aus der Wand – das Küchenfenster. In diesem Augenblick wurde anscheinend gekocht.

Er erkannte Bewegung am großen Fenster. Der bunte Vorhang wurde von der Terrassentür weggeschoben. Um besser sehen zu können, drehte sich Bramert um. Den Garten beleuchtete ein schwacher Lichtnebel aus dem Zimmer. Ein Schatten klebte, wie ein Scherenschnitt, auf der hohen Scheibe. Eine Frau stand hinter der Tür, die sich in der Spiegelung betrachtete, denn eine Hand schob langes Haar zurück. Nach einigen Minuten drehte sich der Schatten und er erkannte Sylvias Körperprofil. Sie schloss den Vorhang, ging in die Tiefe des Raums zurück. Der Scherenschnitt verblasste, verlor die Kontur und verschwand.

Bramert versuchte, sich ein Bild von den Geschehnissen zu machen. Sylvias Wagen stand allein in der Einfahrt, kein Wagen parkte vor dem Haus. Ihren Blick in den Garten wertete er als eine Geste der Unsicherheit. Sie hielt sich allein im Wohnzimmer auf. Offensichtlich kochte der Hausherr in diesem Augenblick. Hier endete seine Kombinationsgabe. Ihr Anruf kündete eine Aktion an, die gefährlich und höchst unvernünftig war. Er wusste, dass sie eine Pistole besaß und damit umgehen konnte.

»Mord?«, fragte er und erschrak über seine Stimme und den Gedanken. Er knetete den Gedanken so lange, bis er eine solche Tat absolut ausschloss – weil er in Sylvia verliebt war? Er redete sich ein, sie sei dafür zu intelligent, aber er kannte Scheinintelligenzen, die jeden Psychologen verblüfften. Er hatte keine Lust, Sylvia in diesen absurden Schattenbereich hineinzustellen. K.-o.-Tropfen? Auch dieser Gedanke bescherte ihm eine Gänsehaut zwischen den Schulterblättern, aber Logik sagte ihm, dass Sylvias Plan genau darauf abzielte.

Als er wieder hinschaute, war die Dunstabzugshaube abgeschaltet, das Küchenlicht brannte weiter. Hinter dem Küchenvorhang bemerkte er eine vage Bewegung. Wer sich bewegte, konnte er aus seiner Perspektive und aus dieser Entfernung unmöglich erkennen. Der Rollladen fuhr mit motorischer Gleichförmigkeit nach unten – durch einen zehn Zentimeter hohen Schlitz drang Licht. Er vermutete, dass Sylvia und Schneemüller in der Küche aßen. Er ließ die Seitenscheibe eine Handbreit herab, aber die Nacht war geräuschlos und viel zu kalt, um am offenen Fenster zu sitzen.

Als die Lichter auf dieser Hausseite gelöscht wurden, stieg Bramert aus dem Wagen. Er drückte die Tür leise zu und schlenderte auf dem Gehweg zurück, am Haus vorbei, drei Häuser weiter, drückte sein Handy ans Ohr, schlenderte bis zur Querstraße, wendete und trottete zurück, dass ihn eine Rennschnecke überholt hätte. Er gab sich Mühe, unauffällig zu sein, was ihm gelang, weil ihn niemand beachtete.

Hinter dem großen Fenster auf dieser Hausseite drangen schwache Lichtzeilen durch die Lamellen. Keine Bewegung war erkennbar. Er eilte mit langen Schritten zu seinem Wagen. Das blaue Licht klebte auf dem Dach. Er nahm es ab und legte es an seinen Platz. Er wollte weder als Polizist noch überhaupt auffallen. Er schlenderte weiter, wechselte die Straßenseite, folgte der ersten Querstraße nach links und trat nach zwei weiteren Linksbiegungen auf die Straße, in der Schneemüller wohnte.

Das Zimmer mit dem breiten Rollladen war dunkel. Beim Nebenzimmer blitzte Licht auf und erlosch sofort wieder. Kurz danach wurde es hinter den abgesenkten Jalousien wieder hell. Er bemerkte kein Schattenspiel. Aus der Fenstergröße schloss er auf ein kleines Zimmer, dass er dort Schneemüllers Schreibzimmer vermutete. Bramert verzögerte seinen Gang. Er band die Schnürsenkel, schaute zum Mond hoch, überprüfte den Mondstand mit seiner Armbanduhr. Es war elf Uhr. Er spazierte zu seinem Wagen zurück, hielt sich die Uhr ans Ohr und kontrollierte noch einmal den Mond. Aus gebückter Haltung beobachtete er das Haus, einen Schuh auf die niedere Gartenmauer gestellt, weil er ihn wieder binden musste.

Die Haustür öffnete sich. Er bemerkte den zuckenden Lichtreflex in der Glasscheibe. Er schaute hinüber, sie erkannte ihn sofort, suchte Kontakt zu seinen Augen. Trotz Dunkelheit bemerkte er Sylvias Erschrecken. Sie verschwand im Haus. Die Haustür blieb offen. Bramert hatte keine Zeit zum Rätseln, denn sie erschien wieder, zog die Tür zu und huschte zu ihrem Wagen. Bramert hatte keine Eile. Sie setzte zurück, hielt an, schloss das zweiflüglige Gartentor und fuhr davon.

ENDLICH

Sie hielt an der Kreuzung, vergewisserte sich im Rückspiegel, dass er folgte. Außerhalb der Stadt fuhr sie auf einen dunklen Parkplatz, er schloss dicht auf. Sie wartete, bis er ausstieg, dann stellte sie den Motor ab. Sie gingen langsam aufeinander zu, sprachen kein Wort, umarmten sich heftig und küssten sich.

»Ich bin froh, dass du gekommen bist.«

»Sag mir alles nachher.«

»Wann ist nachher?«

»Wenn wir uns bis zur Bewusstlosigkeit geliebt haben.«

Sie fuhren nach Kaiserslautern. Der Aufzug keuchte in den siebten Stock hoch.

Sylvia war eine Verdurstende, als sie sich in Bramerts Arme warf. Beide spürten heftiges Verlangen, das Erfüllung suchte, bevor sie das Wort Kondom aussprechen konnten. Sie schwiegen bis zum Morgen.

Das Frühstücksgespräch begann Sylvia: »Ich könnte mir vorstellen, dass wir ein Liebespaar werden.«

Er antwortete schroff: »Hast du die letzten Stunden total verschlafen?«

Sie schilderte ihre Aktion in Schneemüllers Haus, machte kein Geheimnis aus ihren Stimmungsschwankungen und den Zweifeln, die immer noch nagten.

Er fragte entsetzt: »Du betäubst deinen Chef und spionierst seinen PC aus?«

»Als Notbremse.«

»Weißt du, dass man dein Verhalten kriminell nennt?«

Sie wusste es. Mit breitem Grinsen überspielte sie ihr Unrechtsbewusstsein und entgegnete respektlos: »Du könntest mich zur V-Frau küren, dann darf ich jede Schweinerei straffrei machen.«

»Jede Schweinerei hört sich gut an. – Hiermit erkläre ich dich zu meiner V-Frau.«

Sie hätte den Stick mit den Daten vernichten können, aber bevor sie so weit war, brauchte sie Bedenkzeit. Irgendwie hatte sie auch die Empfindung, dass der Wahnsinn belohnt werden müsse.

»Weshalb bist du ins Haus zurückgegangen?«

Ihre Antwort ließ auf sich warten. Ihr Gesicht reflektierte Erschrecken. Bramert nahm Sylvia in die Arme und küsste sie. Sie hielt ihn fest und zitterte in seiner Umarmung.

»Was war los?«

»Ich habe auf das Videoauge einen Zettel geklebt, den ich beim Rückzug vergessen hatte. – Das wäre geradezu doppeldeutig ins Auge gegangen.«

Bramert bestätigte diese Einschätzung durch Kopfnicken. »Ich dachte schon, du willst mir davonlaufen.«

»Wenn ich endlich einen Mann kennenlerne?«

»Wie erklärst du Schneemüller, dass es aus ist?«

»Ich male unser Zusammensein in krassen Farben.«

»Tanja hat ihn als Macho beschrieben.«

»Narziss! Ihm fehlt die pathologische Komponente. Er wird mir glauben – je dicker ich auftrage.«

Bramert streichelte ihren Rücken von den Zehen bis hinter die Ohren.

Sie flüstere: »Ich liebe dich.«

Bramert ging mit seinem Handy ins Bad. Er sprach mit Tanja, fragte nach der Feier. Die Wasserspülung rauschte.

»Die Feier?«, fragte Sylvia, als er ins Zimmer trat.

»Wir waren auf dem Weg zu Tanjas Beförderungsfeier.«

»Tut mir leid.«

»Ich bin froh.« Er schwieg und grübelte. »Ich glaube das Beste wird sein, wenn ich die Sache vergesse.«

»Vergiss bitte nicht alles!«

Am Montagmorgen wurde Bramert von seiner inneren Uhr um sechs geweckt. Er starrte zwei Minuten nach oben, lauschte dem gleichmäßigen Atem und wusste, welche Zimmerdecke sich über ihm befand. Als er sich aus dem Laken schälte, erwachte Sylvia.

»Was ist?«, fragte sie verschlafen.

Bramert schaute auf seine Armbanduhr. »Ist wirklich schon Montag?«

»Mir hat's gefallen.«

»In einer Stunde treffen wir uns in einem Hotel.«

»Mit wem treffen wir uns?«

»Die Staatsanwältin hat erwähnt, dass die Sache hoch aufgehängt ist.«

»Und zum Aufhängen braucht sie dich, weil du so groß bist?«

»Ich muss Tanja vom Bahnhof abholen.«

Sylvia sprang aus dem Bett, eilte zwischen den Kochplatten und dem Bad hin und her. Sie drängten sich unter die Dusche. Eigentlich ein schönes Erwachen. Sie frühstückten im Stehen. Bramert schaute immer wieder auf die Uhr.

ANDERES ERWACHEN

Durch den Rollladen drang graues Licht. In Schneemüllers Haus war Sonntagnachmittag. Die wenigen Sonnenstreifen reichten ihm aus, um zu erkennen, dass er allein im Bett lag. Sein Kopf ruhte schmerzfrei im Kissen, aber als er ihn eine Handbreit hob, drohte stechender Schmerz den Kopf vom Hals zu sprengen. Er setzte sich mit Millimeterbewegungen aufs Bett und lauschte. Das Haus war geräuschlos, dafür dröhnte sein Herz, unter einer entleerten Schädeldecke. Als er an sich herabschaute, sah er das runzelige Gummiteil. Er zog es ab und hielt es mit spitzen Fingern von sich weg.

»Was ist geschehen?«, fragte eine brüchige Stimme, die er widerwillig als seine eigene erkannte. Trockener Sand kratzte in seinem Hals. Er setzte die Flasche an und stürzte abgestandenen Champagner die Kehle hinab. »Was ist geschehen?«, wiederholte er mit verbesserter Stimme.

Er ging von Zimmer zu Zimmer. Mit Daumen und Zeigefinger hielt er das schlappe Latexteil von seinem Körper weg. Als er es über die Toilettenschüssel hielt, schwamm dort ein weiteres. Er riss einen Meter Toilettenpapier ab und versenkte beide Teile mit dem Abspüler.

Er schlappte ins Schlafzimmer zurück, bemerkte den Bogen Briefpapier, der, wie eine Tischkarte gefaltet, auf dem Nachttisch stand. ›Danke, mein Schatz! – Aber dein Programm ist mehr als abendfüllend. Wir müssen darüber sprechen.‹

»Abendfüllend?« Er vermutete einen Euphemismus, der ihn einen Augenblick stolz machte. Sein Traum schien Wirklichkeit geworden, doch konservierte sein Gedächtnis keine Erinnerung an lustvollen Körpereinsatz. Der Wecker tickte so laut wie nie – elf Uhr. Er brauchte einen Rat und dachte an Hofer. Von seinem Schreibzimmer rief er an. Hofer meldete sich nach dem zweiten Klingelton mit einem schlichten »Ja?«.

»Raimund, kann ich sprechen?«

»Du kannst so viel und so laut sprechen, wie du willst, weil ich allein bin.«

Seine Stimme klang ungut. Schneemüller war enttäuscht, weil er sein eigenes Problem besprechen wollte, aber Hofers desolate Stimmung verwandelte seine vorbereiteten Worte in Banalitäten. Frau Hofers Gesicht tauchte in seinem Gedächtnis auf. – Natürlich hatte sie erkannt, dass sie gemeinsam ein Bankkonto betrachtet hatten.

Er fragte neutral: »Ist deine Frau mit den Kindern rodeln gefahren?« Als er in den schneefreien Garten blickte, wunderte er sich über seine Gedankenlosigkeit.

Hofer brüllte: »Scheiße!«

Was für eine absolut unübliche Ausdrucksweise. Bisher war Hofers definitivste Verneinungsform »nein, nein, nein« gewesen. Schneemüller begriff, dass Hofer kein Problem hatte, sondern mitten in einer Katastrophe steckte.

»Raimund, was ist los, was ist überhaupt los?«

Hofer schluchzte erbärmlich.

»Sag schon, wir sind doch Freunde.«

»Sie hat das Emblem der Bank erkannt.«

»Du solltest zu mir kommen, denn ich habe auch ein Problem, das ich nicht am Telefon bequatschen möchte. – Ich muss dir dabei in die Augen sehen.«

Hofer schniefte und putzte geräuschvoll die Nase. Er hätte um ein Haar etwas gesagt, was er dem Telefon keinesfalls anvertrauen wollte. Emotionen zerrten unkontrollierbar an den Nerven.

»Ich komme.«

Als Hofer vor dem Kleiderschrank stand, war ihm klar, dass er die Katastrophe unmöglich überstehen konnte. Seine Frau legte morgens seine Kleider bereit – alles akkurat, Anzug, Hemd, Krawatte, Socken, Taschentuch und gewienerte Schuhe. Aber die Kleidungsstücke waren an Orten versteckt, die er zuerst entdecken und danach durchstöbern musste. Er brauchte fast eine Stunde, bis er so gekleidet war, dass er ein Taxi rufen konnte.

Schneemüller entkorkte einen Rotwein und stellte zwei von den guten Gläsern auf den Couchtisch, dazu ein wenig Salzgebäck aus einer Tüte. Ein Wagen hielt vor dem Haus. Er schaute aus dem Fenster, obwohl er wusste, dass dies weder Sylvias Fiat noch Hofers Ford war. Hofer kam gebückt den Gartenweg hoch. Sie umarmten sich an der Tür. Schneemüller ignorierte die inquisitorischen Blicke der Nachbarschaft. Mitmenschliche Wärme brach sich ungehemmt eine Bahn und das war ein verdammt angenehmes Gefühl.

»Erinnerst du dich? Du hast Christa angeschaut und ich habe mich nicht getraut.«

»Ich sehe ihr Gesicht ganz deutlich vor mir, wenn ich die Augen schließe.«

»Auf der Heimfahrt war sie zugeknöpft.«

»Beruhige dich.«

»Dass wir die Bankseite zu zweit betrachtet haben, war verdächtig. Wer zeigt schon Freunden und Kollegen den Kontostand?«

Jetzt, wo er sprechen konnte, endlich das seelische Tief vor einem Freund ausbreiten durfte, fühlte er sich langsam besser. Zum ersten Mal bemerkte er die unschöne Kehrseite ihres gemeinsamen Geschäfts. Er erkannte Fehler, die schmerzhaft ins Herz stachen.

»Sie wollte den Grund kennen, was eine absolut verständliche Reaktion war. Als ich stotterte, hatte ich verloren. – Sie hat mich so kalt abserviert, dass ich gebeichtet habe – einen Teil nur, der für ihre Entscheidung ausgereicht hat.« Er tappte, wie ein kranker Hund, hinter Schneemüller her und sank in den ersten Sessel.

»Raimund, so schlimm wird es auf keinen Fall werden.«

Schneemüller schenkte Wein in die Gläser, dabei goss er einen Schwall über den Tisch, weil der zitternde Strahl sein Ziel erst suchen musste.

»Schlimmer ist bereits unmöglich«, flüsterte Hofer.

Schneemüller griff zum Glas und leerte es in einem Zug. Hofer betrachtete ihn mit offenem Mund. Mit solchem Katzenjammer waren sie sich noch nie begegnet.

Der Hausherr ging in die Küche. Er tauchte auch nach zehn Minuten nicht wieder auf. Hofer machte sich Sorgen und schaute nach. Schneemüller starrte aus dem Küchenfenster. In seiner rechten Hand hing ein Stück Küchenrolle, wie das Zeichen endgültiger Kapitulation.

»Was hast du?«

»Können wir zurück?«, fragte Schneemüller nach langem Schweigen. »Mein Magengefühl ist so miserabel, dass ich mich übergeben könnte.«

Hofer sprach wie ein Träumer, der durch die graue Tür eines Albtraums in die schwarze Realität tritt: »Wie willst du zurück? Sollen wir mit einem lustigen Lied auf den Lippen zur Seite schauen und so tun, als wäre nichts geschehen.«

Schneemüller, tonlos: »Zweifache Anstiftung zum Mord.«

»Die Produktion von Pumpen mit einem Wert, den

wir nie im Leben zurückzahlen können. Der Rückweg ist so was von blockiert.«

Schneemüller fragte vorsichtig: »Können wir Schadensbegrenzung betreiben?«

Hofer schüttelte den Kopf. »Das Ding ist uns voll in die Fresse geflogen.«

»Erstaunlich, dass wir mit zwei blauen Augen noch sehen können.« Schneemüller wollte Hofer mit dem flapsigen Spruch erheitern, aber Hofer drückte sich das Taschentuch auf beide Augen.

Er krächzte: »Und sie lebten bis an ihr Ende.«

Schneemüller fragte mit schmerzverzerrter Stimme: »Kommt Christa zurück?«

Hofer betrachtete seinen Freund mit aufgerissenen Augen. »Wirst du menschlich oder bist du schwach?«

Schneemüller erschrak und Hofer kam zu tiefer Erkenntnis. Er rang nach Luft. »Du bist in meine Frau verliebt«, stellte er fest. »Christa sagte die Wahrheit.«

Schneemüller erwiderte verlegen: »Ich verliebe mich in jede schöne Frau.«

Hofer starrte durch sein erhobenes Weinglas. Schneemüller wollte einfach nur schweigen, aber Hofer starrte immer noch, als er das Glas absetzte. Schneemüller schob den gefalteten Zettel über den Tisch.

»Danke, mein Schatz!« Hofer las die gesamte Nachricht laut und hob den Kopf. »Wer verteilt solch ein Kompliment?« Er machte eine kleine Pause. Sein Mund zuckte. »Es ist doch ein Kompliment?«, wollte er wissen. »Hast du die Schliemann flachgelegt?«

Schneemüller füllte sein Glas, fragte zaghaft: »Was liest du aus der Nachricht? – Je länger ich darüber nachdenke, desto rätselhafter klingt sie.« Er schilderte Details, an die er sich erinnerte, beschrieb sein Erwachen, seine Suche nach Sylvia – selbst intime Details legte er bloß. »Ich hatte ein Kondom übergestreift. – Aber meine Erinnerung ist ein schwarzes Loch.«

»Bist du sicher, dass sie hier war?«

Schneemüller ging in die Küche und kam mit der angebrochenen Weinflasche zurück. »Den hat sie mitgebracht.«

Hofer zog den Korken und roch daran. Er füllte sein Glas, hielt es gegen das Licht, nippte und leerte es.

BESPRECHUNG DER FÜNF

Sie trafen sich im Foyer des Radlerhotels. Die Staatsanwältin bat ihre Gäste an die Hotelbar und bestellte fünf Gläser Sekt. Hotelgäste frühstückten. Besteckklappern und geflüsterte Gespräche! Die Staatsanwältin stellte zuerst KOK Bramert und KK Tanja Zainer vor, dann folgte ein Herr mit dunkler Brille. Er hatte streng gescheiteltes, schwarzes Haar, trug einen dunkelblauen Anzug, eine rot gelb gestreifte Krawatte auf einem hellblauen Hemd. Sein Lächeln war auf eine dünne Linie über dem massiven Kinn reduziert – eine Kopie von *Agent Smith* aus ›Matrix‹.

»Herr Schmitt.«

Kurz darauf erfuhren sie, dass Schmitt vom BND kam.

Die Staatsanwältin ging zu der Dame, deren linker Unterarm elegant auf der Theke ruhte. Sie trug den Busen weich umhüllt – hellgraue Wolle mit hohem Seidenanteil. Sie löste sich von der Bar und trat Bramert mit wippenden Stöckelschritten entgegen. Bramert wäre für eine Sonnenbrille dankbar gewesen, denn sein Blick schien ihre braunen Augen zu magnetisieren. Ihr schulterlanges Haar glänzte sehr braun.

»Frau Melchers, die Speditionsleiterin von V+P. Sie wird uns über das Procedere von Land- und Seeversand informieren, damit wir uns ein Bild machen können, wo wir das Unwesen stoppen.«

Tanja drückte die Schultern zurück, als sie Frau Melchers Hand schüttelte und diese drückte ihrerseits die Schultern zurück. Dieses Gehabe sprang der Staatsanwältin in die Augen, dass sie Bramert zuzwinkerte.

»KOK Bramert, soll ich mich auch sexy präsentieren?«

»Frau Staatsanwältin, bei Ihnen reicht die Fülle des Amtes.«

Nach dem Begrüßungstrunk fuhren sie mit dem Aufzug in den vierten Stock, wo sich ihr kleines Besprechungszimmer befand. Bramert missfiel die friedliche Stimmung. Weshalb war *Agent Smith* dabei?

Bramert schilderte den Verlauf der Ermittlungen, verschwieg aber Sylvias illegale Einsätze. Er warf einen Blick zur Staatsanwältin, dann betrachtete er den BND und glaubte, dass nur noch ein gelungenes Schlusswort fehlte. »Wir können heute noch unsere Unterlagen an den BND übergeben.«

Die Staatsanwältin riss den Kopf herum. Ihre Augen hatten Probleme in den Höhlen zu bleiben. Bramert erkannte, dass sie alle Beherrschung brauchte, um einen wütenden Lachanfall zu unterdrücken. Die Spediteurin betrachtete Bramert mitleidig, Tanja klappte der Unterkiefer herab, *Agent Smith* bohrte mit dem Kugelschreiber in seinem rechten Ohr.

Die Staatsanwältin formte ihre Zunge zu einer Peitsche: »KOK Bramert, die Frage, ob Sie weitermachen, ist unzulässig. Wir wären bei unseren Ermittlungen zwei Wochen zurückgeworfen, und so viel Zeit wird uns die Gegenseite nicht zugestehen.«

Bramert fragte wütend: »Wozu der BND und V+P?«

»Frau Melchers wird uns das Grundgerüst für die Aktion geben, Herr Schmitt wird die Aktion aus nächster Nähe verfolgen und notfalls helfend eingreifen.«

»Muss ich jetzt jubeln?«

Die Staatsanwältin drehte den Kopf zur Spediteurin. »Würden Sie uns bitte erklären, wie man zwei Lieferungen vertauschen kann?«

Der Beamer warf beide Akkreditive auf die Leinwand – Mannheim und Murcia. Mit dem Mauszeiger markierte sie die sich gegenseitig entsprechenden Zeilen. Sie war in den Fall eingeweiht.

»Das Vertauschen setzt idealerweise voraus, dass die Lieferungen zeitgleich am Hafen ankommen, wobei Markierungen sowie Dokumente bereits vertauscht sein müssen.«

Tanja fragte: »Gibt es Kontrollen?«

»Die Kisten sind durch Maße, Gewichte und Seriennummern et cetera definiert. Diese Daten stehen auf den Kisten und in den Versanddokumenten.« Der Mauszeiger unterstrich die genannten Punkte. Während sie die Zeilen abfuhr, machte sie eine Sprechpause.

»Hat der Spediteur eigene Papiere?«

Sie nickte Bramert ankerkennend zu. »Die Spediteur-Übernahmebescheinigung ist ein sogenanntes Vertrauensdokument, das beim Überseeversand keine Rolle spielt.«

Bramerts gefräßiges Lächeln hatte sie aus dem Redefluss gebracht, weshalb sie sich wieder in ihren Vortrag einarbeiten musste.

»Der Kisteninhalt steht in den Dokumenten, ist in der Deklaration definiert, und für die Exportstatistik erhält jedes Produkt eine Zolltarifnummer.«

Die Betrachtung der Tabelle mit eben jenen Nummern diente der allgemeinen Erholung. Dann blätterte sie die Datei zurück. »Für das Werk Mannheim ergeben sich, durch den Quervergleich mit dem spanischen Akkreditiv, folgende Restriktionen:

A) Umladen verboten

B) Spanischer Mittelmeerhafen

C) Teillieferung ist zugelassen.«

Sie legte eine Pause ein, die sie mit einem Schluck Wasser füllte. Bramert fühlte, dass sie zum harten Kern ihres Vortrags kommen wollte. Sie steigerte ihre Lautstärke, dass der Satz in den Ohren klingelte. »Die Dokumente sind die Schnittstelle zwischen Geld und Ware!« Sie wandte sich an den BND, der geräuschvoll mit dem Kugelschreiber hantierte. »Die Mannheimer Lieferung wird zur ›ersten Teillieferung‹ erklärt, weil der Mannheimer Wert höher ist. Diese Teillieferung hat den Wert der spanischen Gesamtlieferung.«

Bramert und Tanja stellten keine Fragen, weil alles Gesagte an das Streitgespräch in Sylvias Wohnung erinnerte.

»Fällt das niemandem auf?«, fragte der BND.

»Die Ware ist in beiden Fällen komplett, sodass niemand Grund zur Klage hat. Dies ist ein Trick, damit die Buchhaltung stillhält. Der in Mannheim fehlende Betrag wird durch eine interne Rechnung ausgeglichen.«

Die Staatsanwältin erhob sich, hielt einen Papierstoß hoch, nahm die erste Seite und las: »Verordnung über eine Gemeinschaftsregelung für die Kontrolle der Ausfuhr von Gütern und Technologien mit doppeltem Verwendungszweck.« Sie schaute sich um. Bereits das Vorwort schläferte ein. Die Staatsanwältin sah die fallenden Lider und entschuldigte sich: »Ich erspare uns, das gesamte Papier vorzulesen, aber zwei Abschnitte heben den Charakter der Verordnung hervor. Deshalb möchte ich diese als Rahmen für unser Gespräch sehen.« Sie hielt das Blatt dicht vor die Augen und versuchte dem Text durch Stimmmodulation mehr Aufmerksamkeit zu bescheren. »Ein wirksames gemeinsames Ausfuhrkontrollsystem für Güter mit doppeltem Verwendungszweck ist erforderlich, um sicherzustellen, dass die internationalen Verpflichtungen und Verantwortlichkeiten der Mitgliedstaaten, insbesondere hinsichtlich der Nichtverbreitung eingehalten werden.« Sie legte wieder eine Pause ein. Diesmal betrachtete sie nur Bramert, dessen Blick von der Spediteurin gefesselt schien. »Das Bestehen eines gemeinsamen Kontrollsystems und Nichtverbreitungsregime und Ausfuhrkontrollvereinbarungen in allen Mitgliedstaaten sind eine Voraussetzung für den freien Verkehr von Gütern mit doppeltem Verwendungszweck innerhalb der Gemeinschaft.« Sie legte die Blätter auf den Tisch und betrachtete die Zuhörer, die langsam die Augenlider hoben. »Da ist von internationalen Verpflichtungen die Rede und vom freien Verkehr innerhalb der Gemeinschaft. – Wir sind beiden Prinzipien verpflichtet und werden uns an diesem Ort entsprechend abstimmen und vorbereiten. – Ich darf Sie vorher zu einem kleinen Mittagessen einladen.«

BRAMERTS ALLEINGANG

Bramert verzichtete auf das Mittagessen. Er informierte Tanja, dass er möglicherweise etwas später kommen werde, aber was er vorhatte, verschwieg er. Im Hof wählte er die Handynummer eines Bekannten vom Verfassungsschutz, der ihm noch einen kleinen Dienst schuldig war. Sie verabredeten sich in einem Haus in der Kurpfalzstraße.

»Bei Sattler zweimal läuten!«

Bramert parkte seinen Wagen und ging in Richtung Kurpfalzbrücke.

Äußerlich war das Haus eines dieser rotgesichtigen alten Bauwerke, die geschätzte 200 Jahre auf ihren Sandsteinquadern hatten, eher schmucklos. Als der Türöffner brummte, suchte er nach unauffälligen Überwachungseinrichtungen. Erst im Haus merkte Bramert, dass nur die Fassade echt war. Das war auch kein gewöhnliches Wohnhaus – wenigstens ab dem dritten Stock hörte es auf, ein solches zu sein. Bramert eilte die Treppen hoch. Sattler – vor seiner Ehe mit dem Verfassungsschutz hieß er anders – öffnete die Wohnungstür.

»Mann freue ich mich, dass du mich besuchst.«

Bramert erwiderte, mit dem üblichen Grinsen: »Ich bin zufällig in der Gegend.«

Sie betraten die Wohnung, die mit alten Möbeln gefüllt war, die hinter verschnörkelten Türen viel Elektronik versteckten.

»Ich brauche deine Hilfe«, begann Bramert.

»Hoffentlich muss ich dich nicht enttäuschen.«

»Sobolotsky«, sagte Bramert.

Sattler zeigte zu einem Polsterstuhl am Wohnzimmertisch.

»Wie ich erkenne, hängt ihr an dem Mann dran. – Wir wissen, dass er seit ein paar Tagen in U-Haft sitzt.«

»Ich dachte, dass er Urlaub macht«, spottete Bramert. »Wir wollen wissen, wer ihm den Mordauftrag gegeben hat.«

»LKA und Mord?«

»Nuklear«, antwortete Bramert.

»Das passt! Das passt sogar verdammt gut«, schwärmte Sattler. »Komm mit.«

Sie stellten sich hinter den Vorhang ans Fenster. Sattler zeigte zum obersten Stock des Hauses gegenüber, der auf dem gleichen Niveau lag wie diese Wohnung. Richtmikrofone und Kameras waren auf die beiden Fenster ausgerichtet.

»Habt ihr die Wohnung verwanzt?«

»Unmöglich. – Wir kommen nicht rein, ohne einen Alarm auszulösen, obwohl wir das Sicherungssystem kennen.«

»Wie lange überwacht ihr Sobolotsky schon?«

Sattler stellte die Gegenfrage: »Habt ihr einen konkreten Verdacht?«

Bramert reihte eine Sammlung von ungefähr zehn Bildern auf den Tisch, eine Art zweidimensionale Gegenüberstellung. Von diesen Personen waren nur ein paar verdächtig. Sattler tippte sofort auf Hofer.

»Der hat Sobolotsky besucht. Wir haben zufällig die Straße gefilmt.«

Sattler ging voraus in den zweiten Raum. Dort befand sich, zwischen anderer Elektronik, ein Abspielsystem für Videos und Tonausnahmen. Sattler zog eine DVD-Hülle, mit Datum und Kennziffer beschriftet, aus dem Regal und legte sie ins Gerät. Sie setzten sich vor den Monitor.

Hofer steigt mit Hut und Mantel aus seinem Wagen. Trotz Dämmerung ist er gut zu erkennen.

»Genau dort parke ich auch.«

»Ich weiß.«

Hofer geht gemächlich. Er verschwindet in den Hinterhof des Hauses gegenüber.

»Die Haustür wird um 20 Uhr geschlossen«, erklärte Sattler.

Die Kamera zeigt das erste Fenster, von der rechten Hauswand gesehen. Treppen knarren und Schritte. Schnaufen.

»Super Mikrofone«, lobte Bramert.

Tack – tack, tack.

Am Fenster huscht ein vierschrötiger Mann mit glatt rasiertem Schädel vorbei.

»Sobolotsky«, stellte Bramert fest.

Die geöffnete Tür wirft graue Helligkeit ins Zimmer. Die elektronische Optik regelt sich automatisch nach. Das Video ist kurz überbelichtet.

»Hereinspaziert!«

Die Männer betreten das Zimmer. Sobolotsky bietet

Hofer einen Stuhl an. Hofer setzt sich auf den Stuhl beim Fenster.

»Bier?«

»Wasser! – Man weiß nie, was passiert.«

Sattler deutete auf den zweiten Monitor, der das zweite Fenster zeigte.

Der Mann betritt die winzige Küche und geht mit einer Bierflasche und einem Wasserglas zurück. Er setzt sich Hofer gegenüber.

»War verdammtes Pech. Der Wagen ist hinter dem Abhang verschwunden.«

»Er spricht über den ersten Mordversuch«, erklärte Bramert.

Hofer zuckt gleichgültig die Schultern.

»Soll ich den Rest erledigen?«

Hofer nimmt einen Schluck und schiebt einen Zettel über den Tisch, den Sobolotsky betrachtet und zurückschiebt. Hofer steckt den Zettel in eine Innentasche seiner Jacke.

»Wann?«

Hofer betrachtet den Mann schweigend. Der Mann wird ungeduldig.

»Was kuckst du so?«

»Eine Glatze ist ziemlich auffällig.«

Der Mann ist anscheinend beleidigt. Hofer schwächt seine Kritik ab: »Im dunklen Geländewagen passt's.«

Der Mann geht in die Nebenkammer. Nach einer Minute kommt er mit einer blonden Perücke zurück. Hofer schüttelt sich und lacht verkrampft. Der Mann presst einen Kunstblumenstrauß vor die Brust wie eine Kerze für die Erstkommunion.

»Meiner Mitarbeiterin ist der Typ wie ein weißer Tiger in die Augen gesprungen«, bemerkte Bramert.

Als der Mann den Blumenstrauß auf den Tisch legt, zerbricht Hofers Lachen.

Ein scheppperndes Geräusch.

»Schätze, dem fällt die Smith & Wesson auf den Tisch.«

Hofer lobt: »Das Gerät ist beeindruckend!« Dann mit vermindertem Lob: »Blond passt zu dir wie die Faust aufs Auge – die Kunstblumen sind Mist. In unseren Breiten geht niemand mit Plastikblumen ins Krankenhaus.«

Der Mann reißt sich die Perücke vom Kopf und wirft sie auf den Tisch. Hofer starrt ihn entsetzt an.

»Man wird sich über meine Perücke wundern, ohne zu bemerken, dass ich ein Gesicht habe.«

Hofer nimmt einen weiteren Schluck, betrachtet den Mann von vorn und von der linken Seite. »Könnte passen.«

»Wann kommt das Finale?«

Hofer schleudert seine Antwort hervor. »Dringend!«

»Vielleicht ist sie harmlos?«

Hofer schüttelt den Kopf. Sie reichen sich zum Abschied die Hände.

Eine Überblendung im Film. Hofer wird von einer anderen Kamera verfolgt. Er überquert den Neckar zu Fuß auf der Kurpfalzbrücke. Die Sicht hat sich in der letzten halben Stunde verschlechtert. Mitten auf der Brücke stellt er sich ans Geländer. Ein Lastkahn fährt unter ihm stromaufwärts. Er winkt einem Mädchen, das vom Bug hochwinkt. Die Gesichter sind neblig.

»Das Mädchen war sozusagen eine Zufallsbekanntschaft«, sagte Sattler. Er lächelte zaghaft und betrachtete Bramert, als dieser schwieg und grübelte. »Zufrieden?«

Bramert schüttelte den Kopf. »Dass der zweite Versuch misslungen ist, war Zufall. – Immerhin können wir damit Hofer festnageln.«

»So einfach geht das nicht«, sagte Sattler entschuldigend. »Verfassungsschutz und LKA – du kennst doch das Märchen von den Königskindern?«

»Ich weiß.«

Bramert bedankte sich für die Information und bat, ihn zu benachrichtigen, wenn sich wieder etwas Interessantes abspielen sollte. Sie saßen am Tisch und tranken Wasser. Sattler kramte gemeinsame Erinnerungen hervor. Bramert lenkte das Gespräch zurück auf seinen Fall.

»Du hast vorhin gesagt, dass nuklear passt? – Was genau passt da?«

»Iran. – Wir sind an einer heißen Sache dran.«

»Das passt auch bei mir und beim BND. – Bitte halte mich auf dem Laufenden.«

»Wenn ich das geahnt hätte.«

UNGUTE ZEITEN

Schneemüllers schlechtes Gefühl wurde nach dem Gespräch mit Hofer geradezu miserabel. Am Sonntagnachmittag wollte er, Sylvia anrufen, aber es meldete sich nur die Mailbox. Er brach den Anruf ab und las zum zehnten Mal ihre Nachricht. Diesmal empfand er absolut keinen Stolz mehr. Er versuchte vergeblich, seine Vorstellung von einem heftigen Geschlechtsakt mit seiner fehlenden Erinnerung in Übereinstimmung zu bringen. Das Bett hatte fast unberührt gewirkt, in der Glätte des Spannbetttuchs war so gut wie keine Bewegung eingefroren. Am späten Nachmittag rief er sie nochmals an.

Weshalb er auf die Idee kam, Bianka zu besuchen, konnte er genauso wenig erklären wie die unbestimmte, schlechte Empfindung, die ihn seit Hofers Besuch fest im Griff hielt. Er fuhr zur Klinik. Eigentlich hätte ihn das Schneetreiben abhalten sollen, aber er war von seiner Eingebung aufgewühlt, dass er wie fremdgesteuert die Garagentür hochschob.

Sturm und schwerer Schneefall! Die Wetternachrichten empfahlen, keine unnötigen Fahrten zu unternehmen. Schneemüller fuhr langsam aus der Garage. Beim Einbiegen auf die Straße schwänzelte das Heck. Er fuhr vorsichtig, sein Gesicht klebte an der Windschutzscheibe. Die Scheibenwischer schoben pappiges Weiß von links nach rechts und zurück. Den Stau auf der Brücke bemerkte er rechtzeitig. Er parkte den Wagen auf dem linken Neckarufer und überquerte den Fluss zu Fuß. Er staunte, weil Schal, Hut und Schirm auf der Rückbank lagen. Ohne triftigen Grund hätte er die Fahrt ins Krankenhaus selbst bei Sonnenschein gemieden, aber wo lag dieser triftige Grund?

Schneemüller benutzte den Aufzug. Er trug eine kunstvoll verpackte Pralinenschachtel, die er unterwegs in einem Café gekauft hatte. Er klopfte an, öffnete und verharrte an der Tür. Im Zimmer standen zwei Betten. Mit einem Blick erkannte er in beiden Betten dunkles Haar. Er murmelte eine Entschuldigung, zog die Tür zu und ging nachdenklich zum Schwesternzimmer. Dort erfuhr er, dass Bianka, auf eigenen Wunsch, in ein Stuttgarter Krankenhaus verlegt wurde – man verschwieg, in welches. Diese Auskunft verstärkte das ungute Gefühl. Er legte die Pralinen im Schwesternzimmer auf einen Tisch und verließ die Klinik.

Zu Hause dachte er über seine schlechten Gefühle weiter nach. Er fürchtete, unabhängige Ereignisse zu einem unentwirrbaren Knäuel zu verknoten. Er zog seine Schürze an, kochte und grübelte während des Würzens, was seinem Abendessen ungekannte Schärfe verlieh.

Kurz nach acht Uhr rief ihn ein Bowling-Kamerad an. Er fragte, ob er die Verabredung vergessen habe. – Er hatte sie vergessen, aber sein Drang, das Haus noch einmal zu verlassen, war verschwindend gering. Nach diesem Gespräch erkundigte er sich bei Hofer, ob seine Frau zurückgekehrt war.

»Sie ist bei ihren Eltern.«

»Kommt sie bald zurück?«

»Ich weiß nicht.«

Die Stimmung trübte sich mit jedem Wortwechsel weiter ein, weshalb Schneemüller kaum noch wagte, eine weitere Frage zu stellen.

»Sag doch endlich, was los ist! Sind wir keine Freunde mehr?«

»Christa lässt sich verleugnen und verbietet den Kindern, mit mir zu sprechen.«

Sylvia setzte sich zum Nachdenken aufs Bett, strich übers Betttuch, lauschte Bramerts Schritten, die sich zum Aufzug entfernten, lauschte auf ihren verkrampften Atem. Der Aufzug schnaubte nach unten. Sie wollte die ›Aktion Schneemüller‹, diesen unerotischen Fehltritt, vergessen.

Der Gedanke an eine Begegnung mit ihm verursachte Magenschmerzen. Also verschickte sie eine Mail, in der sie ihre Abwesenheit am Arbeitsplatz damit rechtfertigte, dass sie an der Uni die Versuchsergebnisse auswerten müsse.

Sie kämpfte bis zur Fahrt an die Uni den inneren Kampf, ob sie anrufen sollte. Ein Telefongespräch wäre angemessen gewesen, aber dazu fehlte ihr die Courage. Ihre Nerven lagen blank. Sie hätte Schneemüller auf keinen Fall in die Augen sehen können. Ihre Stimme hätte die mentale Blockade ins Telefon geschrien. Hinzu kam, dass Bramert kein Kondom benutzt hatte. Sie spürte, wie ihr die Kontrolle entglitt. Sie war entschlossen, sich gründlich zu besinnen und wollte reparieren, was sich noch reparieren ließ. Sie schaute im Internet nach einer Apotheke auf dem Weg zur Uni, fuhr hin um die ›Pille danach‹ zu kaufen.

»Sie benötigen ein Rezept.«

Es schien ihr der Gipfel des Schwachsinns, dass sie dazu ein Rezept benötigte. »Dann lande ich womöglich bei einem Moral-Podex, der selbst Vergewaltigungsopfern die Pille verweigert.«

Der Apotheker lächelte überlegen. »Sie meinen sicher Codex?«

»Podex gleich Hintern, Hintern gleich Arsch«, giftete sie.

»Es tut mir leid.«

Sylvia schrie wütend: »Dann fresse ich einfach eine Monatspackung auf einmal!«

Sie verließ die Apotheke im Stechschritt, gab sich allerdings 24 Stunden Bedenkzeit.

Im Labor wertete sie Messprotokolle aus. Dunkelfeld betrat den Raum mit einer Gruppe angehender Studenten. Sie begrüßten sich, er erkundigte sich nach dem Praktikum. Um Viertel vor zehn Uhr, nachdem die staunende Gruppe das Labor verlassen hatte, erreichte sie der Anruf vom Krankenhaus, dass Bianka in eine Stuttgarter Klinik überstellt wurde.

»Wer hat das angeordnet?«, wollte sie wissen.

»Die Staatsanwaltschaft – und Ihre Schwester hat eingewilligt – nach Rücksprache mit dem leitenden Arzt.«

»In welche Klinik?«

Sie solle sich für diese Auskunft an die Staatsanwaltschaft wenden. »Staatsanwältin Kyriaki Chemsky.«

Sylvia ließ sich den Namen buchstabieren, fragte weiter: »Ist meine Schwester noch auf dem Weg?«

»Sie liegt bereits auf ihrem Zimmer.«

Sylvia huschte eine Idee durch die Gehirnwindungen. »Hat sie noch Besuch bekommen?« An wen sie dachte, oder ob sie überhaupt an jemand dachte, hätte sie in diesem Moment unmöglich sagen können. Sie hörte, wie die Frage ans Schwesternzimmer weitergegeben wurde.

»Ein Mann ist mit einer Pralinenschachtel erschienen. Er war enttäuscht und überrascht.«

»Rotblond?«

»Schwarzer Bürstenschnitt.«

Sylvia wusste durch die knappe Beschreibung, dass Schneemüller Bianka sehen wollte. Weshalb hatte er das vorgehabt? Was hatte ihn auf die Idee gebracht? Das Wetter hätte ihn von einem solchen Unternehmen abhalten sollen und das Wetter war in Mannheim kaum besser als in Kaiserslautern. Sie wollte sein Motiv Menschlichkeit nennen.

Der Anruf aus dem Krankenhaus war ein gewaltiger Schock, dass sie sich kaum auf ihre Arbeit konzentrieren konnte. Holger, Biankas Exmann, hatte darum gebeten, ihn über die Entwicklung zu informieren. Bianka war ihm nicht so gleichgültig, wie ihre Mutter vermutet hatte. Jetzt war er in ihrer Nähe, dass er sie problemlos besuchen konnte.

»Ruf mich bitte an, wenn sich ihr Zustand verschlechtern sollte – oder, wann immer du willst.« Sie teilte ihm die neue Entwicklung mit und versprach, ihm den Namen des Krankenhauses zu geben.

Mit der Nachricht von Biankas Verlegung musste Sylvia das weitere Vorgehen neu durchdenken. Jetzt war sie zum entschiedenen Handeln gezwungen, bevor sie die Kontrolle endgültig verlor. Sie wusste, dass die Lawine losgetreten war, dass sie nur noch die Wahl zwischen feiger Flucht und dem mutigen Entgegenstemmen hatte.

Kurz vor elf Uhr ging sie zum Mittagessen in die Mensa. Sie reihte sich für die blauen Chips ein. Um diese Zeit stand noch keine Schlange vor der Essensausgabe, dass sie mit ihrem gefüllten Tablett zügig zur Kasse durchkam. Sie ergänzte das Grundmenü um einige leckere Erweiterungen, aber eine halbe Stunde nach dem Essen musste sie lange nachdenken, um sich zu erinnern, was sie gegessen hatte.

Sie setzte sich an die Fensterwand. Einer ihrer Studenten grüßte, sie kannte das Gesicht und erwiderte den Gruß. Während des Essens überlegte sie, was sie Schneemüller sagen wolle. – Irgendwann musste sie sich einem Auge-in-Auge-Gespräch stellen – weshalb also warten?

Sylvia ging auf die Toilette, wo sie vor dem Spiegel Gesten und Mimik übte, bis eine junge Frau hereinkam. Sylvia wusste, dass sich die Stimme ins Mienenspiel einhüllte, dass ein guter Zuhörer nur belogen werden konnte, wenn

Gesicht und Körperhaltung mit der Botschaft übereinstimmten. Sie ging an den Tisch zurück, setzte sich vor das Tablett, saß allein und wählte Schneemüllers Nummer. Das Gespräch begann wie das kreisende Fauchen von zwei brünstigen Katern. Jedes Wort lauerte, jeder Satz konnte vorschnellen und die Psyche zerkratzen.

»Es war schön«, begann sie das eigentliche Gespräch.

»War es das?«

»Weshalb sagst du so etwas? – Warst du so in Fahrt, dass du alles vergessen hast?«

»Es ist halt so.«

»Zweifelst du an meinen Worten?«

»Ich habe keine Erinnerung. Da ist ein schwarzes Loch in meinem Kopf.«

Sie lachte, weil sie so eine Bemerkung vorausgesehen hatte. Sie sprach ganz entspannt: »Du willst eine Wiederholung – aber nein, ich kann mir das nicht mehr zumuten. Das reicht für die nächsten hundert Jahre.« Das war ein Kompliment, nach dem sie Überschwang erwartete.

»Schade.« Schneemüllers Stimme raschelte wie zertretenes Herbstlaub.

»Ich werde gegen Mittag im Werk sein – bin schon unterwegs.«

Er schwieg.

Als sich die Pause bis zur Peinlichkeit dehnte, verabschiedete sie sich mit einem knappen »Tschau« und klappte das Gerät zusammen.

Die Kasse am Ende der Essenausgabe rappelte wie ein Schnellfeuergewehr. Es war halb zwölf, der Hauptstrom setzte ein. Als sie das Handy wegsteckte, bemerkte sie drei Studenten an ihrem Tisch. Die Gesichter verrieten, dass sie mitgehört hatten. Am liebsten wäre sie aufgesprungen und davongerannt, aber sie beherrschte sich so weit, dass sie verständnisvoll in die verdutzten Gesichter grinste.

Sie murmelte: »Das musste gesagt werden.« Sylvia trug ihr Tablett zum Fließband, das ihr Geschirr in die Küche beförderte.

DIE BESPRECHUNG GEHT WEITER

Als Bramert von Sattler zurückkehrte, hatten die Damen ihre Restaurierung beendet. Die Staatsanwältin und Frau Melchers plauderten sich ins Besprechungszimmer. Tanja kam zuletzt. Sie hatte einigen Aufwand betrieben, um erotische Feinheiten zur Geltung zu bringen. Bramert betrachtete erwartungsvoll die Tür, als er das Klappern ihrer Pumps hörte. Tanja war mit sich und ihrer kleinen Welt zufrieden. Nachdem sie sich gesetzt hatte, warteten alle auf Tanjas erste Frage, weil sie so übermotiviert strahlte.

»Ist das Szenario überhaupt durchführbar?«

Die Dame von V+P schwieg lange, aber bevor Tanja zu einer weiteren Frage ansetzte, erklärte Frau Melchers: »Es bedarf einer Heerschar von Mitwissern« und fügte hinzu, als alle schwiegen: »Um so etwas durchzuziehen, muss sehr viel Geld fließen.«

»Was ist viel?«, wollte Bramert wissen.

»Jeder Beteiligte riskiert Beruf, Zukunft und eine mehrjährige Gefängnisstrafe. Einen zweistelligen Millionenbetrag halte ich für angemessen.«

»Politische Verblendung?«, fragte Schmitt.

Sie schüttelte ihren Pferdeschwanz, dass Bramert irritiert wegschaute. »Es geht eindeutig um viel Geld.«

Er schaute in die Runde, bettelte fast: »Was wäre so falsch, wenn wir dem Treiben Einhalt gebieten?«

»Nein!«, entschieden Staatsanwältin und BND gemeinsam.

Bramert fragte: »Wissen Sie, dass in einer Mannheimer …?«

»Falsch!«, widersprach die Staatsanwältin.

Herr Schmitt, mit überlegenem Gehabe: »Sie brauchen daraus kein Geheimnis zu machen. – Auch Frau Melchers weiß, dass dort eine Patientin liegt.«

Bramert und Tanja betrachteten sich erstaunt.

Die Staatsanwältin schien leicht aus der Fassung gebracht. »Selbst wenn wir dieselbe Patientin meinen, wurde diese Aussage von der Zeit zunichtegemacht.«

Der BND, erschreckt: »Verstorben?«

Die Staatsanwältin schüttelte den Kopf.

»Entlassen?«, fragte Bramert.

»Verlegt!«

Bramert verlor über eine lange Strecke den Gesprächsfaden, weil ihn ungute Gedanken verfolgten. Der BND rüttelte ihn auf.

»Alle Mitarbeiter von WASAN sind verdächtig.«

»Wir kennen die Verdächtigen«, widersprach Bramert.

»Klären Sie uns bitte auf«, forderte der BND mit scharfem Ton.

Tanja sprang ein, referierte eine Viertelstunde über Biankas Vernehmung, die Untersuchung des Geländewagens, die Festnahme des Auftragsmörders. »Vieles deutet auf eine Verbindung in den Iran«, schloss sie.

Bramert erwähnte, dass eine Bekannte bei WASAN ein Praktikum machte.

»Eine Jugendliche?«, fragte der BND entsetzt.

Bramert geriet in Rage und widersprach vehement. Danach betrachtete ihn Schmitt, als hätte er ihn durchschaut. Das wäre ein hervorragender Ansatz gewesen, ihm den Fall zu entziehen. Bramert wartete vergeblich darauf. Tanja wäre grenzenlos enttäuscht gewesen.

Auf dem Ecktisch stand ein Telefon. Die Staatsanwältin bestellte Getränke und Gebäck. Jemand öffnete die Fenster, aber sie wurden bald wieder geschlossen, weil die Füße vereisten. Der Getränkekarren näherte sich klirrend. Die Staatsanwältin lud alle ein, sich selbst zu bedienen. Diese Pause diente auch zur Lockerung der Beine.

Bramert goss Frau Melchers Tee ein. Die schlanke Hand hielt die Tasse ruhig und elegant. Ringe suchte er an dieser Hand vergeblich.

»Sie haben Musikerhände«, lobte er.

»Dass ich keinen Ring trage, könnte bedeuten, dass er mich bei der Arbeit stört.«

Bramert zeigte ihr seine ringlosen Hände. Er lächelte schelmisch und sagte: »Ich spiele Klavier und Schach.«

Sie tauschten Karten aus. Die Schrift ihrer Karte war erhaben, mit blauer Farbe gedruckt – ohne Privatanschrift.

Tanja kam mit ihrer leeren Kaffeetasche auf seine andere Seite. Bramert goss ihr Kaffee ein, dosierte die Milch und rührte. Frau Melchers ging zum BND.

»Was meinst du?«, fragte er.

»Rückzug wäre die falsche Richtung.«

Bramert stellte sich ans Fenster. Er öffnete einen Spalt weit und atmete frische Luft. Er spannte seinen Brustkorb, die Jacke zog sich glatt, sodass sich der Rückengurt des Schulterhalfters abbildete. Sein Handy vibrierte. Er betrachtete das Display, schloss das Fenster und verließ mit langen Schritten den Raum. »Bin gleich zurück!« Bramert begegnete auf dem Flur der Staatsanwältin. Er flüsterte: »Dieser BND-Schmitt ist mir unsympathisch.«

Sie wackelte mehrdeutig mit dem Kopf und ging in den Saal zurück.

Bramert saß Frau Melchers gegenüber. Als er den Stuhl zurückschob, lächelte er zu Tanja, die sich auf der Tischplatte aufstützte und aus dieser Warte Frau Melchers – halb von oben herab – betrachtete. Bramert ging nach vorn zum Flipchart.

»Wie würden Sie die Sache anpacken?«, fragte Tanja.

Frau Melchers schaute Bramert hinterher. Vielleicht hätte sie die Frage gern von ihm gehört? Die Sache anpacken? Als er sich neben das Flipchart positionierte, starrte er auf die schlanken unberingten Hände, die mit den Unterlagen spielten. Frau Melchers spürte den Blick und füllte die Lungen. Eine goldene Ankerkette versenkte einen blau strahlenden Anhänger in dem *Grand Canyon* ihres Busens. Sie strich das obere Blatt ihrer Unterlagen glatt und wandte sich endlich an Tanja.

»Man darf Technologieschmuggel keinesfalls mit dem Schmuggel von Zigaretten vergleichen. Zigarettenschmuggel bleibt im kriminellen Untergrund, während Technologieschmuggel wie eine legale Aktion beginnt. –

Selbst der Schlussakt sollte unerkannt hinter einem Schleier von Legalität verschwinden.«

Bramert schrieb mit einem Filzstift auf das Flipchart. Die Stichworte verströmten Lösungsmittelgeruch.

Frau Melchers machte mit ihren Fingern eine kleine Rechnung. »Man benötigt mindestens zweimal drei Personen auf der oberen Hierarchieebene.«

Tanja ereiferte sich: »Das ist unmöglich!«

»Das ist der Anfang«, wandte Frau Melchers ein. Sie machte eine weitere Aufzählung mit ihren Fingern und fasste zusammen: »Ich schätze, dass mindestens zwölf Personen bestochen und gekauft werden müssen.«

Während die Dame sprach, riss Bramert das Blatt vom Gestell und zerknüllte es. Sie schwieg irritiert und folgte Bramert mit den Augen. Er ging gemächlich zum Papierkorb hielt die Hand darüber und öffnete sie.

»So läuft das nie im Leben!«

»Der BND möchte das Wespennest ausräuchern. Wir wissen allerdings, dass die identifizierten Personen keinesfalls das Potenzial haben, die notwendige Logistik durchzuziehen.« Schmitt machte eine Pause, wollte weitersprechen, doch Bramert kam ihm zuvor: »Hätten Sie uns dieses Wissen freiwillig weitergegeben?«

»Eins nach dem anderen.«

Bramert war wütend. »Ist das Ihr Verständnis von Zusammenarbeit? – Ich komme mir vor, als ob ich gegen eine hundertjährige Eiche pinkle, um sie zu entwurzeln.«

Der BND-Mann schmunzelte. »Wir suchen noch das Drehbuch, damit wir gemeinsam pinkeln können, dazu …«

»Brauchen wir V+P zum gemeinsamen Pinkeln? Ist es das, was Sie uns klarmachen wollen? Wenn ich Sie richtig verstehe, wollen Sie Boykottware aus der Hand geben?«

Der Mann blieb ungerührt, sodass Bramert einen fertigen Plan vermutete. Schmitt zeigte auf Frau Melchers. Bramert spannte das Sakko mit Wut, ein Härtetest für das weiche Tuch.

»Der Spedition V+P in der Person von Frau Melchers …«

»… wollen Sie hoheitliche Aufgaben in die Hand legen?« Bramert vollendete den Satz, den Schmitt wahrscheinlich anders beendet hätte.

Das Schweigen zerrte an den Nerven. Die Staatsanwältin schaute wütend zu Bramert und verlor zum ersten Mal die Beherrschung. »Hör's dir einfach an.« Sie errötete, bevor sich Blicke auf sie richteten.

Tanja machte den Vorschlag: »Ich würde einen Ortungssender verstecken«, aber niemand beachtete ihren Gedanken.

Der BND meinte kleinlaut: »KOK Bramert hat recht.«

Die Staatsanwältin entschuldigte sich bei Bramert mit einem Zeichen, das nur er wahrnahm. Sie bat die Teilnehmer zum Abendessen.

IM WASAN-BÜRO

Sylvia kam gegen Mittag nach Mannheim. Sie brachte die Versuchsunterlagen und ordnete alles auf ihrem Schreibtisch. Hofer hatte Interesse an den Stroboskopaufnahmen bekundet, welche das Strömungsverhalten in Abhängigkeit von der Drehzahl zeigten. Sie schaute zum Glaskasten hinüber. Hofers Büro war leer, der Schreibtisch wirkte aufgeräumt. Sylvia fragte den Kollegen am Schreibtisch in ihrem Rücken, ob Hofer in die Kantine gegangen sei.

»Herr Hofer hat sich heute Morgen noch nicht gezeigt. Herr Schneemüller hat sich auch erkundigt.«

Sylvia packte die Unterlagen in die Mappe und besuchte Schneemüller. Der Drehstuhl der Sekretärin war gegen den Schreibtisch geschoben. Das Vorzimmer war leer, die Sekretärin war vermutlich in der Kantine oder zu einer Besorgung unterwegs. Sylvia klopfte an Schneemüllers Tür.

Das Innenpolster dämpfte den Klang ihrer Knöchel. Sie öffnete vorsichtig, schaute hinein und zog wieder zu. Schneemüller führte ein Gespräch mit einem dunkel gekleideten Herrn. Er bemerkte die Bewegung der Tür, schaute, zwinkerte mit einem Auge, was offensichtlich ein Zeichen war, das sie als »Warte!« interpretierte. Sie setzte sich auf den Stuhl der Sekretärin. Dabei kam ihr eine Idee. Sie richtete ihr Handy aus, dass die Tür zu Schneemüllers Büro im Fokus war. Das Gerät war so in einem Ordner versteckt, dass sich das Objektiv hinter dem Griffloch befand.

Fünf Minuten später bewegte sich die Türklinke. Sie löste die Videofunktion aus, nahm einen Kugelschreiber in die Hand, vertiefte sich in ein Schreiben, das auf dem Schreibtisch lag. Der dunkle Anzug trat aus dem Büro, Schneemüller folgte. Sie schaute mit freundlichem Sekretärinnenlächeln hoch und versuchte dabei, den Mann in eine nationale Schablone einzuordnen. Dichtes gescheiteltes schwarzes Haar, ein getrimmter Vollbart, der die

Nase unmöglich verbergen konnte, naturdunkles Gesicht. Er war einen halben Kopf größer als Schneemüller. Das Video schickte sie Bramert aufs Handy.

Nach einer Viertelstunde kam Schneemüller zurück. Er legte seiner Sekretärin eine Nachricht auf den Schreibtisch. Sylvia folgte ihm ins Büro. »Ich bin froh, dass du gekommen bist.«

Auf seinem Schreibtisch klappte sie die Mappe auf. Er sah kurz hinein, nahm eine Fotografie, meinte, dass er davon zu wenig verstehe, und legte sie zurück. Dies war ein unübersehbares Anzeichen einer aufkommenden Krise. Er gab Unkenntnis zu, was natürlich eine Schwäche war, wenn man sich bisher den Nimbus von Unfehlbarkeit gegeben hatte. Leider sei Hofer verhindert. Sylvia gab sich mit der Auskunft zufrieden. Das Thema Liebe blieb vorläufig unerwähnt. Ihre Anwesenheit genügte ihm, alle Zweifel wegzufegen. Nach zehn Minuten brachte die Sekretärin zwei Tassen Kaffee – schwarz, ohne Zucker.

»Dunkelfeld hat meine Vorlesung übernommen.«

»Wie ist er zufrieden?«

»Wir haben uns nur kurz gesehen.« Als sie Schneemüllers weichen Charakter bemerkte, machte sie sich Vorwürfe. Sie meinte sie sei, seit der ersten Begegnung, einem Vorurteil erlegen. Dann erkannte sie, dass ihn eine Erschütterung verändert hatte. Eine versteckte Schicht zeigte sich unter der abgefallenen Tünche. Seine Mundwinkel sanken mit leidendem Ausdruck herab.

Dann befreite sich seine Stimme explosionsartig: »Hofer wurde von seiner Frau verlassen.«

»Kennst du den Grund?«

»Ich könnte heulen.«

»Und Hofer?«

»Ich fühle mich schuldig.« Das war tiefernst gemeint.

»Weshalb?«

»Ich hätte aufpassen müssen.« Nach einer langen Pause: »Ich habe den Blick auf das Wesentliche verloren.«

»Hast du …?«

Schneemüller betrachtete sie entgeistert. Sylvia unterdrückte alle hochkommenden Fragen, weil sie fürchtete, gegen eine wacklige Wand zu stoßen. Sie wartete.

»Letzte Woche waren die beiden bei mir. Der Abend hat mir gutgetan.« Schneemüller war den Tränen nahe. »Ich habe Hofer um seine Frau immer beneidet.«

»War ich nur Ersatz?«

»Am Freitag hat sie die Kinder ins Auto gepackt und ihn verlassen.«

Sylvia wurde von seiner Trauer angesteckt. Ein Anruf kam. Sie erhob sich. Er gab ihr das Zeichen zu bleiben.

Er sprach englisch. »Ja, ich bin allein.«

Er wiederholte das Zeichen, dass sie bleiben solle. Sie nahm den Tonfall wahr. Der Gesprächsinhalt blieb verborgen. Irgendwann zog sie Schlüsse.

»In zwei Tagen übergeben wir.«

Er lauschte und bestätigte: »Sehr erfolgreich.«

»Ja, er war hier.«

Eine kleine Pause. »Herr Hofer ist auf einer Dienstreise.«

Pause. »Okay, wir schließen dann unseren Part ab.«

Pause. »Goodbye.«

Schneemüller war gestresst.

»Schlimme Nachricht?«, fragte sie.

»Ein Anruf für Hofer. – Alles im grünen Bereich.«

Sie verabredeten sich zu einem Bowlingabend. Sylvia überließ ihm die Mappe mit den Kopien.

»Deine Frage hat mich geschmerzt, denn ich liebe dich.«

Wieder spürte Sylvia, dass sie die Kontrolle verlor. Eigentlich ein wunderbares Schlusswort, aber an diesem Tag war das Wort ›Liebe‹ eine tonnenschwere Last.

Sie ging ins Büro. Vor der Kantine verweilte sie und schaute sich vorsichtig um. Hinter der Glasfront war viel Bewegung. Drei Schlangen standen vor der Essenausgabe. Sie wählte seine Nummer, Bramert meldete sich sofort. Danach ging sie erleichtert an ihren Schreibtisch. Mit konzentrierter Arbeit stieß sie unangenehme Gedanken in den Hintergrund, bevor sie sich zu Gebirgen auftürmten.

ESSEN IM RADLERHOTEL

Bramert und Tanja folgten der Gruppe. Ihnen war kaum bewusst, dass die Besprechung in einem Hotel stattfand. Auf dem Weg zum Speisesaal begegneten ihnen weder Gäste noch Personal. Ihr Speisesaal war ein kleiner Raum, der sonst für Seminare genutzt wurde.

Tanja hielt Bramert am Arm fest und flüsterte: »Du betrittst gleich ein Lifestyle-Magazin – vergoldete Holzstühle mit cremefarbenen Hussen, eine makellos weiße Tischdecke über einem dunklen Eichentisch. Beim Mittagessen waren elegantes Geschirr und versilbertes Besteck eingedeckt, frische Blumen standen in der Tischmitte.«

Tanja blieb stehen, Bramert verharrte staunend an ihrer Seite.

»Hast du eine Idee, wie das mit V+P ablaufen soll?«, wollte sie von Bramert wissen.

»Die besten Ideen kommen mir bei gutem Essen.« Sein Handy vibrierte in der Sakkotasche. Er schaute aufs Display und gab Tanja das Zeichen. Sie drückte die Tür hinter sich zu. »Ich höre«, meldete er sich.

»Wir bowlen noch einmal.«

Er schwieg mit verkniffenem Mund.

»Die Ware geht übermorgen zur Verpackungsfirma.«

Bramert dachte über diese Information nach.

Sylvia sprach weiter: »Hofer wurde von seiner Frau verlassen. Schneemüller war den Tränen nahe.«

Bramert brummte unverständlich, weil er nachdachte. »Wir wissen, dass beide schlapp machen«, bemerkte er kalt.

»Auf dem Schweizer Konto liegen ungefähr 190 Millionen Euro.«

Die Tür ging auf, die Staatsanwältin streckte den Kopf heraus. »Kommen Sie?« Sie verschwand wieder.

»Ich muss zu meinem Essen.«

»Tschau!«

Der Raum vibrierte wie bei einem Essen unter guten Freunden. Bramert steuerte den freien Platz am unteren Tischende an. Zu seiner Rechten saß Frau Melchers. Ihr gegenüber saß der BND, Tanja saß am anderen Tischende, auf der linken Seite der Gastgeberin. Der Platz auf ihrer rechten Seite war ohne Geschirr und der Stuhl an den Tisch gerückt.

Frau Melchers flüsterte: »Es tut mir leid, dass ich so ruppig war.«

Bramert hatte sein Gespür für ruppige Attacken schon vor Jahren verloren, legte die Stirn in Falten und sagte: »Die meisten Übeltäter kommen ruppig rüber.«

Sie lachte und das klang in Bramerts Ohren angenehm.

Er korrigierte sich, wobei sein rechtes Auge schelmisch zwinkerte: »Ich sollte meine Aussage neu formulieren, oder verzeihen Sie mir auch so?«

»Ich hielt Sie für eine Art Vorschlaghammer, aber mit der Zahl ihrer Register übertreffen Sie die meisten Orgeln.«

Bramert fühlte sich am Bauch gekitzelt. Er nahm sich vor, diese Metapher in seinen Grundwortschatz aufzunehmen. Sie wurden von gegenüber beobachtet. Beim Griff nach dem Glas schaute er über den Tisch. Jemand hatte ihm Bier bestellt. Tanja hob in diesem Augenblick ihr Glas. Sie gab ihm ein Zeichen, das er ohne erklärende Worte nicht deuten konnte.

Das Essen wurde aufgetragen, für alle das gleiche Menü.

»Waffen tragende Frauen sind Fleischfresser«, flüsterte er Frau Melchers ins Ohr und deutete mit dem Kinn zu Tanja.

Sie lachte verschmitzt, dass ihr Haar wippte. »Ich brauche keine Waffe, denn ich bin ein Beutegreifer und somit selbst eine Waffe.«

Bramert wünschte sich eine bessere Antwort als eine klägliche Bestätigung, aber Frau Melchers gehörte zu den Frauen, die ihn in einem Verhör zur Verzweiflung bringen würden. Er war versöhnt, als das Essen in seine Nase dampfte.

»In das Essen könnte ich mich reinlegen«, flüsterte er.

»Darf ich die Soße abschlecken?«

Angenehmer Schauder überrieselte ihn. Er schaute diskret nach rechts und links, aber fand wieder keine schlagfertige Antwort. Er spürte Kitzel an seinem Bauchnabel, über den er lieber schwieg, denn er stellte sich vor, wie die lange Zunge seiner Tischnachbarin über die köstliche Lasur schlängelte.

»Wow!«, entschlüpfte ihm.

Nach dem Hauptgang sprach er so laut, dass niemand die Ohren spitzen musste: »Die Ware wird übermorgen vom Verpacker übernommen.« Er nahm einen Schluck, schaute sich um. Niemand machte den Ansatz zu einem Einwand.

»V+P übernimmt die Ware ab Verpacker«, verkündete seine Tischnachbarin. »Ich werde nachfragen, wie die neuesten Instruktionen sind.« Sie verließ den Raum.

Bramert aß sein Dessert, das zu einer Himbeerpfütze geschmolzen war. Als sich die Dame setzte, informierte sie den Tisch über ihr Gespräch mit der Spedition. »Wir fahren die Ware mit drei Sattelzügen nach Cartagena und bereiten das so vor, dass wir jeden Meter Fahrt unter Kontrolle haben.«

Eine weitere Festlegung war, die Ware sollte ohne Halt durchfahren, bis eine Verbindung zu den Hintermännern hergestellt war. V+P versprach, in einer Zugmaschine einen Ortungssender zu installieren. In sicherem Abstand solle die GSG 9 folgen. Kurz vor der Grenze befand sich ein großes Warenlager, wo eine Übernachtung für die Fahrer vorgesehen war.

Frau Melchers erläuterte: »Dort haben die Schmuggler eine verlockende Gelegenheit, die Markierungen zu tauschen. Wir installieren eine Videoüberwachung.«

Hier endeten die Details und ebenso die Kompetenz des LKA. Für das Überschreiten der Grenze war der Plan nur unvollständig abgesichert. Das Essen endete um 15:30 Uhr.

Bramert sollte Maßnahmen koordinieren, für die er weder das Fachwissen noch die Entscheidungsbefugnis besaß.

»Die Hitze, welche der Koch in der Glut seiner Küche erzeugt, wird durch die Faktoren Weg und Zeit auf ein erträgliches Maß reduziert, bevor unser Gaumen den Geschmack wahrnimmt«, sagte der BND, und es klang wie das Imitat einer wärmetechnischen Gourmetvorlesung.

Außer der Staatsanwältin erkannte niemand den humoristischen Kern. Sie lächelte bittersüß.

Tanja bat Bramert, sie in die Innenstadt zu fahren. Sie verschwieg, was sie erledigen wollte.

»Was hältst du von der Melchers?«, fragte sie.

Bramert war begeistert. »Die Melchers ist witzig, sogar ein wenig provokant.«

»Ich trau der nicht über den Weg. – Die ist mir zu glatt.«

Die genannte Person verließ in dem Moment das Besprechungszimmer und Bramert schaute ihr nach. »Was sagst du?«, fragte er.

»Ich habe bemerkt, dass die Melcher zwei A-Seiten hat.«

»Genau so sehe ich das auch.«

Tanja lachte gehässig. »Von vorn und von hinten ein A…«

»Eifersucht ist unprofessionell«, sagte Bramert und fühlte sich wieder ertappt.

EIN FRAUENGESPRÄCH

Tanja hatte kurz vor 15 Uhr in einer getarnten Pinkelpause angerufen. Sylvia war Tanjas Telefonstimme ungewohnt, weshalb sie die gerollten R-Laute prickelnd fand.

»Können wir uns heute treffen? – Ich verbringe das Wochenende in Mannheim.«

Sylvia fragte misstrauisch: »Privat?«

Tanja lachte ungut. »Im Gegenteil.«

Sie verabredeten sich vor dem Historischen Rathaus. Sylvia grübelte und fand keinen einleuchtenden Grund, warum Tanja sie treffen wollte. Sie überlegte, ob Hofer der Grund war, denn sein Glaskasten war auch am Dienstag verwaist, aber diese Vermutung gab sie auf, weil Hofer kein Thema für ein Vieraugengespräch war. Sie versuchte Schneemüller telefonisch zu erreichen, aber seine Sekretärin teilte ihr mit, er habe früh Feierabend gemacht.

»Nein, er hat keine Nachricht hinterlassen.«

Der frühe Feierabend war so ungewöhnlich, dass er verdächtig genannt werden musste. Damit keimte in Sylvia der Vermutung, dass sich Gefahrenpotenzial zusammenbraute. Sie räumte ihren Arbeitsplatz auf. Bevor sie das Büro verließ, sprach sie noch ein paar Worte mit dem Kollegen hinter ihr und erklärte, dass sie kein Weihnachtsgeschenk für ihre Mutter gekauft habe, denn ihr früher Feierabend konnte ebenfalls Argwohn erzeugen.

Sylvia trat aus dem dunklen Parkhaus in die tief stehende Sonne. Das Licht betäubte sie fast. Meist bekam sie von solchen Lichtblitzen Migräne. Sie stellte sich in den

Schatten hinter einer Hauswand. Alles kreiste vor ihren Augen und sie kreiste mit. Diesmal war der Anfall nach fünf Minuten überwunden. Im Auto schloss sie bei solchen Attacken ein Auge, um Doppelsicht zu vermeiden, und fuhr rechts ran.

Ein roter Mercedes mit ›ES‹-Kennzeichen bog auf der Kurpfalzstraße nach links ab. Wollte Tanja Bramert zum Gespräch mitbringen? Bramert und Tanja – darauf war sie unvorbereitet und dieser Doppelpack missfiel ihr eindeutig. Wenn sie darüber nachdachte, hatte sie überhaupt keine Lust zu einem Gespräch.

Sie ging trotzdem zum Treffpunkt. Der rötliche Sandsteinbau des Alten Rathauses stand mit breiter Brust vor dem Marktplatz, wuchs wie Ayers Rock aus urbaner Landschaft. Tanja stand allein am Portal, sie erkannten sich gleichzeitig, winkten und schlenderten aufeinander zu. Tanja trug einen taubengrauen Hosenanzug unter dem offenen roten Wollmantel. Sie wirkte wie eine Modepuppe der neuen Kollektion. Sylvia war sportlich gekleidet, Jeans, wattierte Jacke, rote Wollmütze mit herabgelassenen Ohrschützern, Stiefel mit dicken Sohlen. Der krasse Unterschied ihrer Kleidung machte beide zurückhaltend. Nach knapper Begrüßung gingen sie in Richtung Paradeplatz, weil auf dem Marktplatz vorweihnachtliches Drängen und Schieben herrschte.

»Hat Sie Bramert gebracht, oder hat er Ihnen seinen Wagen geliehen?«

Tanja lachte kurz. »Bramert sagt, dass man Dinge mit F nie ausleihen soll. Fahrzeug, Füllfederhalter, Frau.«

»Fellhemd passt auch noch«, ergänzte Sylvia.

»Hat er eins?«

Sylvia errötete.

Tanja, kalt: »Mir ist egal, ob ihr gevögelt habt.«

»Sind Sie gekommen, um mir das zu sagen? Da hätte eine SMS genügt – noch besser über Facebook – für alle Freunde.«

Sylvia drehte sich um und ging in die Richtung, aus der sie gekommen war.

»Warten Sie! Das war Quatsch – entschuldigen Sie!«

Tanja rannte ihr schreiend hinterher. Sylvia wartete.

»Also, was gibt's«, fragte sie.

Tanja ergriff ihre Hand, was Sylvia im ersten Moment schockierte. Sie zog ihre Hand nicht zurück, sondern packte zu. Irgendwie mochten sie sich trotz aller Vorbehalte – vielleicht. In beiden Frauen brannte aggressives Feuer, das verschlang und verschlungen werden wollte. Plötzlich umarmten sie sich.

»Ich lade dich zu einem Kaffee ein«, schlug Sylvia vor, nachdem sie ihre Überraschung abgeschüttelt hatte. Sie staunte über das spontan gebrauchte Du.

Sie gingen an Geschäften vorbei, schauten flüchtig in die Auslagen. Ohne Zug oder Druck, mit Worten geizend, bahnten sie ihren Weg. Ein kurzer Blick in die Augen und sie traten in ein kleines Café. Als sie sich setzten, war ihnen bewusst, dass sie sich mehr mochten, als ablehnten. Tanja legte ihren Mantel auf einen freien Stuhl, Sylvia packte ihre Jacke darauf.

Tanja stellte überrascht fest: »Das ist mir noch nie so passiert.«

»Ich hingegen umarme täglich junge Frauen.«

Sie saßen sich gegenüber, schauten sich in die Augen. Sylvias Mund trug einen kirschfarbenen Lippenstift, die Augendeckel waren dunkel geschminkt, um Schneemüller Reue zu zeigen – ein Hauch Trauer über eine zerronnene Gelegenheit. Sylvia, die sonst so überheblich wirkte, war sanft.

»Wenn ich meine Schwester so umarmen könnte, so an den Händen packen könnte – dann wäre ich glücklich.« Sylvia schaute zuerst erschreckt, lachte dann, als hätte sie einen Scherz gemacht.

»Hast du mit Bramert?«

»Wir sollten solche Fragen niemals stellen, und antworten dürfen wir schon gar nicht.«

Sie tranken schwarzen, ungesüßten Kaffee und aßen Käsekuchen.

»Du wolltest mich sehen?«, fragte Sylvia.

Tanja gab einen kurzen Abriss von der Veranstaltung im Hotel – sehr kurz – sehr allgemein. Da Sylvia die meisten Details kannte, hatte sie keine Fragen.

»Ich nehme an, dass die Information von dir stammt, dass die Ware übermorgen an den Verpacker geht. V+P übernimmt dort.«

»Ja.«

»Mir ist der Plan zu unsicher, aber ich möchte auch keine Panik anheizen. Ich habe bei der Besprechung den Vorschlag gemacht, dass ein Ortungssender in eine Pumpe eingepackt wird. Niemand hat sich um diesen Gedanken gekümmert.«

»Die Überlegung ist logisch. Möglicherweise hast du zu leise gesprochen.«

Tanja, gereizt: »Spreche ich leise?«

»Mir reicht's!«

Tanja schockierte Sylvias Antwort, dass sie zuerst den Sinn suchte, dann einen Fehler bei sich, schließlich entschuldigend die Hände hob. Sylvia belächelte das Missverständnis, ohne es zu korrigieren. ›Mir reicht deine

Lautstärke‹ hätte sie sagen sollen, aber wahrscheinlich lag es am Ton, dass Tanja eine Ablehnung, in dem Sinne von »Ich hab die Schnauze voll!«, interpretierte. Weil Sylvia ruhig sitzen blieb, sprach sie weiter.

»V+P hat vorgeschlagen, in der Kabine einer Zugmaschine einen Ortungssender zu installieren.«

»Ist es das, was ich wissen soll?«

Tanja schüttelte den Bubikopf.

»Weshalb wolltest du mich sehen?«

Tanja ließ sich Zeit, trank einen Schluck Kaffee mit solcher Vorsicht, als koste sie einen frisch ausgespienen Lavastrom. Sie schauten sich in die Augen. »Könntest du einen Sender in eine Pumpe packen?«, fragte sie nach unendlich langer Zeit.

Sylvia hatte eine Idee, eine Erinnerung, sprach zaghaft: »Da war dieser Anruf, den Schneemüller während meiner Anwesenheit in seinem Büro entgegennahm, und den ich teilweise mitgehört habe. – Ich habe deutlich herausgehört, dass Schneemüller und Hofer jede Versandaktivität stoppen sollen.«

»Das deutet darauf hin …« – Schweigen, Nachdenken, Kopfschütteln – »dass unsere Überlegungen zum Transport – Umladen, Teillieferung und so weiter – möglicherweise nutzlose Planspiele waren.«

Sylvia fragte nachdenklich: »Wer ist bei diesem Spiel der Regisseur?«

»Mir kommt es vor, als ob das ganz anders läuft. Aber wie?«

»Und jetzt?«

Tanja nahm aus ihrer Handtasche ein blaues Taschentuch – etwas, das in ein blaues Taschentuch eingewickelt war. Sie packte es vorsichtig auf. Sylvia betrachtete das Teil.

»Ein Handy?« Am liebsten hätte sie losgelacht, weil das verdammt komisch wirkte, als Tanja das Ding wie eine Reliquie aus einem gesalbten Tuch wickelte.

»Ein Handy, das nur die Funktion hat, dass es geortet werden kann – mit zwei vollgeladenen Akkus. Wir können das Signal zwei Wochen lang empfangen.«

Sylvia bestellte noch ein Stück Obstkuchen, um in Ruhe nachzudenken. »Die Flanschen sind mit Deckeln verschlossen.«

»Kommst du unauffällig ran?«

Sylvia hob die Schultern. »Darüber habe ich mir noch keine Gedanken gemacht.«

»Theoretisch?«

»Im Pumpengehäuse? – Ich nehme an, dass so ein Metallraum wie ein Faradaykäfig wirkt. – Ich habe da überhaupt keine Ahnung«, gestand Sylvia.

»Müsste gehen.«

Sylvia überlegte weiter. »Pumpengehäuse aus magnetisierbarem Edelstahl.«

»Es geht bestimmt!« Sie wickelte wieder das Tuch herum und schob das Bündel zu Sylvia, die es in ihre Handtasche packte.

»Wenn die Ware vom Spediteur verspätet übernommen wird, ist die Batterie leer, bevor die Lkws anfahren.«

Tanja, flehend: »So viel Zeit haben weder wir noch die anderen. Versuchst du's?«

Sylvia nahm einen Schluck, setzte die Tasse beidhändig ab, wie einen bleischweren Gedanken. Dann spießte sie das letzte Kuchenstück auf die Gabel und schob es zwischen die knallroten Lippen. Sylvia hielt die linke Hand vor den kauenden, schluckenden und sprechenden Mund. »Wenn ich dir damit …«

Tanja legte eine Hand auf Sylvias andere Hand. »Ich will nicht, dass du's meinetwegen machst.«

Sie gingen zum Parkhaus – und Sylvia fuhr Tanja zum Hotel.

AUF LEBEN UND TOD

Sylvia fuhr an Schneemüllers Haus vorbei, weil sie etwas über sein vorzeitiges Verschwinden erfahren wollte. Es war dunkel, das große Tor stand offen, die Garagentür war geschlossen. Sie überlegte, ob sie klingeln solle, fand aber keinen Anlass, der dies notwendig machte. Kurz vor der Kreuzung hielt sie an. Von hier überblickte sie die gesamte Straße im Rückspiegel.

Sie rief Paul an. »Paul, es ist Zeit. Bitte wie abgesprochen.«

»Dringend?«

»Die Person ist außer Haus und der Auftrag ist so gut wie in der Kiste.«

»Wie abgesprochen«, bestätigte Paul. »Ich ruf dich nach dem Vollzug an.«

Sylvia überlegte, von welcher Seite Schneemüller zu seinem Haus fahren würde. Gefühlsmäßig stand sie richtig. Eine Begegnung wäre absolut dramatisch. Sie hatte seine Anspannung bemerkt, die Misstrauen oder Suche nach einer helfenden Hand war. Er würde fragen und sie würde stottern. Ein safrangelber Fiat 500 war kein graues Massenauto. Sie parkte halb auf dem Gehweg und fuhr dicht an einen Straßenbaum, damit wenigstens das vordere Nummernschild verborgen war. Während sie wartete, überlegte sie, weshalb sich Schneemüller verändert hatte – was ihm die Maske weggerissen hatte. Sie vermutete Hofer sei der Schlüssel zum psychischen Wandel.

Schneemüller telefonierte mit Hofer am Dienstagvormittag.

»Es geht mir gut, aber ich fühle mich krank.«

»Es geht dir gut, aber du fühlst dich krank?«, wiederholte er ungläubig.

»Ich weiß.«

»Kommst du morgen?«

»Schon möglich.« Hofer klang hoffnungslos.

Dies war der letzte Anruf, den Hofer entgegennahm. Das Telefon läutete durch, bis der Ruf irgendwann abbrach, beim Handy meldete sich die Sprachbox. Schneemüller fürchtete, dass Hofer etwas zugestoßen war, dass er eine Dummheit gemacht hatte, dass ihnen ihr großes Projekt mit aller Wucht um die Ohren flog.

Er machte früher Feierabend und fuhr in den Odenwald zu Hofers Frau. Sie war unzugänglich, gab sich hart wie ein Diamant, doch brach sie in Tränen aus, als Schneemüller andeutete, dass sich Hofer etwas antun könnte. Sie duzten sich, was bisher einem Tabubruch gleichkam. Sie ging voraus und er folgte.

»Bernd, mir wächst das über den Kopf«, sagte Frau Hofer.

»Christa, mir geht's genauso!«

Sie stapften auf dem verschneiten Feldweg einem Wäldchen entgegen. Diesen Gang empfand Schneemüller sonderbar befreiend, denn sie waren noch nie allein – also ohne Hofer – gewesen. Die Frau sprach über ihren Verdacht, den ihr Mann nicht entkräften konnte.

»Ich kann dich verstehen«, gab ihr Schneemüller recht und beichtete reumütig: »Das hat wie ein Kinderabenteuer begonnen.«

Sie warf sich Schneemüller an den Hals, weil er hier draußen in der Kälte der einzige feste Halt war und schrie in seinen Mantel: »Raimund trägt für so viele Menschen Verantwortung! Er stürzt uns in eine Katastrophe!«

»Er zerbricht daran. Er leidet schrecklich, weil du ihn verlassen hast. – Er versteht dich, aber er zerbricht.«

»Was glaubst du, wie ich leide?« Sie weinte in Schneemüllers Mantelkragen. Seine Hände hätten gerne, Trost gespendet.

»Drei Tage fehlt er bereits am Arbeitsplatz. Jetzt hebt er sogar das Telefon nicht mehr ab.«

Die Frau schluchzte: »Was soll ich machen?«

Jetzt fasste er Mut und streichelte ihren Kopf. Sie nahm diesen Trost an, ließ den Trost geschehen, beruhigte sich und betrachtete Schneemüller mit verweinten Augen.

»Gib mir deine Hausschlüssel. Sonst müsste ich womöglich die Tür aufbrechen lassen.«

Sie zog den Schlüsselbund aus ihrer Manteltasche und reichte ihn Schneemüller.

»Bring ihn zurück.«

»Raimund?«

»Den Schlüssel.«

Sie näherten sich dem Haus ihrer Eltern. Als die Frau

in einer gefrorenen Traktorspur stolperte, hakte sie sich bei Schneemüller ein.

Er fuhr zu Hofer, klingelte an der Haustür, wartete, klingelte noch einmal. Dann schloss er auf, eilte die Treppen hoch, klingelte an der Wohnungstür und schloss auf. Hofer lag auf dem Sofa. Er schien zu schlafen. Schneemüller rüttelte ihn, schaute sich um, als Hofer keine Reaktion zeigte. Auf dem Tisch stand ein Whiskeyglas. Ihn machte das Tablettenröhrchen neben dem Glas misstrauisch. Es war leer. Im Glas bemerkte er weißen Niederschlag, stürzte ans Telefon, wählte die Nummer des Notarztes, las den Namen des Medikaments.

Alles, was er aus Filmen von ähnlichen Fällen kannte, konnte er vergessen. Hin und her gehen, starken Kaffee einflößen, sprechen. Hofer war bewusstlos, jede dieser lebensrettenden Maßnahmen war undurchführbar. Er konnte nur auf den Notarzt warten und grübeln. Er informierte Frau Hofer, beschrieb, wie er ihren Mann gefunden hatte, bestätigte, dass der Notarzt alarmiert war und versprach, dass er ins Krankenhaus fahren werde.

»Wie ist sein Puls?«, fragte sie.

»Ich habe keine Ahnung.«

Sie erklärte ihm, wo er den Blutdruckmesser finden konnte, aber er unternahm keine weitere Aktion. Er wartete auf das Klingeln und öffnete die Wohnungstür. Viele Schritte eilten die Treppen hoch. Er trat zurück, dass er niemand behinderte. Der Arzt machte Versuche zur Reanimation.

»Er wird's überleben.«

Schneemüller fragte nach dem Krankenhaus. Hofer war auf eine Trage geschnallt. Zwei Sanitäter trugen ihn hinab. Schneemüller schaute sich in der Wohnung um, löschte die Lichter, ging und schloss ab.

Er fuhr ins Klinikum. Hofer war patientenmäßig erfasst, er warf einen kleinen Blick ins Zimmer, bevor er von einer Krankenschwester verscheucht wurde.

»Der Zutritt zum Zimmer ist verboten«, klärte sie ihn auf.

Schneemüller informierte Frau Hofer über die Situation. Morgen könne sie ihren Mann sicher besuchen, meinte er.

»Hat er mit dir gesprochen?«

»Er starrt nur die Decke an.«

Schneemüller hörte sie schluchzen und sagte darauf: »Scheiße«, aber entschuldigte sich sofort für seine verbale Entgleisung.

»Bringst du bitte meine Schlüssel?«

Paul stellte die Verbindung zu Schneemüllers PC her, machte eine Überweisung von ungefähr 180 Millionen auf das Konto von WASAN, wobei er sich streng an den fälligen Rechnungsbetrag hielt. Den Rest überwies er auf ein Konto einer karibischen Bank. Der Geldtransfer war seit einer Woche vorbereitet. Das Konto der eidgenössischen Bank war auf null geschmolzen und gelöscht. Anschließend verwischte er alle Spuren auf der Festplatte.

Sylvia betrachtete einen Ausschnitt ihres Gesichts im Rückspiegel. Ihre Lippen waren blau verfärbt, aber sie hielt durch. Sie ließ den Motor laufen, damit die Heizung wenigstens ihre Füße auftaute. Endlich sah sie Lichter im Rückspiegel. Sie beobachtete den näher rollenden Wagen.

Schneemüller bog in die Hofeinfahrt, ohne ihren safrangelben Wagen zu bemerken. Sie rief Paul an. »Im Moment ist die Person heimgekehrt.«

»Im Moment bin ich fertig geworden. Ich fahre den PC auf Stand-by. – Fertig! –Warte! Beinahe hätte ich vergessen dir zu sagen, dass jemand auf die Webcam Zugriff hat. Du bist wahrscheinlich beobachtet worden. Sei vorsichtig.«

»Ich bekam so ein blödes Gefühl und habe deswegen das Videoauge zugeklebt, aber da war es möglicherweise zu spät.«

»Pass auf dich auf!«

»Tschau.«

KRISENSTIMMUNGEN

Sylvia lauschte dem Weihnachtslied, das aus der Bratwurstbude tönte. Sie machte ihre Bestellung, die Verkäuferin schob ihr die gelbe Senfflasche hin. Sylvia spritzte eine Senfbahn auf die weiße Wurst, als ihr Handy klingelte. Sie suchte einen freien Stehtisch, wollte das lästige Geräusch ignorieren, ihre Zähne schnappten nach der Wurst, aber die Neugier war stärker als der Hunger.

Sie betrachtete das Display und sagte: »Mist!«

Nach dem vierten Klingelton nahm sie den Ruf entgegen.

»Hallo, Bernd!« Eigentlich wollte sie freundlich klingen, aber Vorsicht überwog.

»Ich komme aus der Klinik«, begann er und damit versetzte er Sylvias Handy in Vibration. »Könntest du kommen? Ich brauche jemanden, mit dem ich sprechen kann.«

Ihr Gehirn kreiste wie eine Achterbahnfahrt. Als sich ein Mann mit Glühwein an den Tisch stellte, trat sie zurück und senkte ihre Stimme.

»Können wir damit bis morgen warten? Ich muss zu Abend essen und müde bin ich außerdem.«

»Bitte komm! Ich muss etwas loswerden, weil ich sonst durchdrehe.«

Sylvia aß die Bratwurst, es folgten Glühwein und eine Portion Pommes. Sie überlegte, was der Grund des Anrufs war. Weshalb wurde er weinerlich, als sie ihre Unlust zeigte? Sie erdachte zwei Möglichkeiten.

›Schneemüller und Hofer‹, begann eine erneute Drehung ihres Gehirns. Sie dachte mit ungutem Gefühl an das leere Konto. Woher sollen die das so schnell erfahren haben, wehrte sie diesen Gedanken ab. Hofer fehlte den dritten Tag bei der Arbeit, also hatte der Anruf eher mit Hofer zu tun. Eine Falle konnte es dennoch sein. Hatte Schneemüller plötzlich Schmetterlinge im Bauch – mit bleiernen Flügeln? Das Erwachen aus einem Katzenjammer? Dazu passte eher die weinerliche Stimme. Sylvia wog lange ab, was sie tun sollte oder gar tun musste.

Wieder ging es ihr darum, dass im Falle ihres Todes der Schuldige bestraft werden konnte. Sie telefonierte mit Bramert und erzählte ihm, was vorgefallen war und was sie vorhatte.

Bramert fragte vorsichtig: »Weshalb?«

»Hofer ist die Frau davongelaufen. Zuerst dachte ich, dass es damit zu tun hat, aber Schneemüller war in der Klinik – vielleicht eine schreckliche Diagnose?«

»In der Klinik?«

»Wozu sollte es gut sein, wenn ich seine Krankengeschichte erfahre?«

»Weshalb Klinik?«

»Ich habe mich nicht getraut, danach zu fragen.«

Bramert, gereizt: »Was vermutest du?«

»Schneemüller will vor dem Tod seinen Seelenfrieden finden.«

Bramert ging hin und her. Sie hörte die gedämpften Schritte in einem leeren Flur.

»Wo bist du?«, fragte sie.

»Wir bleiben im Hotel, bis zum Ende.«

Sylvia sagte entschlossen: »Gib mir die Nummer der Staatsanwaltschaft. Ich werde Schneemüller beknien, dass er sich stellt.« Sylvia notierte die Nummer.

»Die Staatsanwältin heißt Kyriaki Chemsky.«

»Frag sie, in welchem Krankenhaus meine Schwester liegt.« Nach dem Gespräch schloss sie ihre Jacke bis zum Hals und ging ziellos durch die Stadt, schaute in Geschäfte, betrachtete Menschen. Sie hatte viel Zeit. Die Fahrt von Kaiserslautern nach Mannheim dauerte knapp 40 Minuten – erst dann wollte sie bei Schneemüller klingeln.

Die Wohnung im dritten Stock blieb im Visier des Verfassungsschutzes, aber die Maßnahme war so weit modifiziert, dass ein Detektor die Geräte automatisch aktivierte. Am nächsten Morgen um 7 Uhr wurde die Aufzeichnung gesichtet und sofort zu den Sprachspezialisten gebracht, die feststellten, dass sich die drei Männer in Farsi unterhielten. Sattler erhielt um 9 Uhr die Abschrift des Gesprächs. Er betrachtete das Video und versuchte die Mundbewegungen mit der schriftlichen Übersetzung zusammenzubringen.

Beginn der Aufzeichnung: 21:03 Uhr. Innerhalb von einer Viertelstunde waren drei Männer in der Wohnung aufgetaucht. Irgendwie wirkten ihre Gesichter ähnlich, weil die Physiognomie von dicken, schwarzen Bärten bedeckt war. Sie trugen dunkle Anzüge, dunkel gestreifte Krawatten. Die Vermutung akademischer Berufe schien naheliegend.

Aus der Abschrift konnte Sattler die Namen der Personen entnehmen. Arash nannten sie den Kleinsten. Er war ungefähr 1,70 Meter groß. Hormoz war größer und Salman ragte fast 1,90 Meter in die Höhe. Beim zweiten Lesen lief das Video.

Die Männer sitzen an dem kleinen Tisch. Jeder hat ein Wasserglas vor sich.

Salman, im Ton eines Buchhalters, der ein abgebranntes Teppichlager bewertet: »Hofer hat eine Woche zu früh schlappgemacht.« Er betrachtet die beiden Zuhörer. »Jetzt liegt er in der Klinik und wird bald ansprechbar sein. – Ich glaube, wir haben ein großes Problem.«

Hormoz, wenig bewegt, eher gelangweilt: »Kennen wir dort jemand?«

Salman bestätigt das durch Kopfnicken.

Arash fragt: »Was ist mit dieser Frau? Ist sie bekannt? Ist sie schon früher bei Schneemüller aufgetaucht?«

Hormoz scheint neugierig: »Was für eine Frau?«

Salman zieht aus seiner Jacke eine Brieftasche, die einen kleinen Stapel Fotos im Format von Ansichtskarten ent-

hält. Er wählt ein Foto und reicht es Hormoz, der es eingehend betrachtet.

Hormoz: »Das ist Schneemüllers Sekretärin. Die saß bei meinem Besuch im Vorzimmer.«

Salman: »Die hat die Webcam abgedeckt – also weiß sie mehr.«

Hormoz: »Wissen wir, was sie in Schneemüllers Privatbüro gemacht hat?« Er reicht Arash das Foto der es eingehend betrachtet. »Mit der Frau habe ich kein gutes Gefühl. Das Gesicht wirkt entschlossen.«

Salman: »Wenn sie geschnüffelt hat, bekommt sie ein finales Problem. Die Prüfung läuft schon.« Er schaut auf seine Uhr. »Ich erwarte in den nächsten Minuten die Auskunft.«

Arash: »Wir können nur noch unseren Weg weitergehen, also müssen wir die Maßnahmen einleiten.«

Alle stimmen zu.

Salman notiert etwas auf einen Zettel, den er in seine Jacke steckt.

Hormoz: »In einer Woche ist alles vergessen.«

Salmans Handy klingelt. Er geht in den Nebenraum.

Arash und Hormoz unterhalten sich über technische Probleme einer verpackungstechnischen Fertigungsanlage. (Wurde nur in Stichworten übersetzt.)

Salman kommt zurück. »Die ist keine Sekretärin und heißt Sylvia Schliemann.«

Arash: »Hofer stellt im Augenblick das drängendste Problem dar.«

Salman: »Hofer hängt noch am Tropf. Wer übernimmt ihn?«

Arash hebt eine Hand.

Salman: »Wer übernimmt Schliemann?«

Hormos hebt eine Hand.

Salman: »Dann organisiere ich Schneemüller und die Rückbuchung.«

Das Zimmer leert sich innerhalb einer Viertelstunde.

End der Aufzeichnung: 21:52 Uhr.

GEWISSENSQUALEN

Sylvia stellte den Wagen am Anfang der Straße ab und ging 50 Meter zu Fuß. Nach den Gesprächen an der Bratwurstbude blieb ihr Handy abgeschaltet. Sie war misstrauisch, dass sie sich sogar auf dem Weg zum Haus unauffällig umdrehte. Paul hatte ihr Angst gemacht. Jemand kannte ihr Gesicht. Sie hätte Bramert fragen sollen, aber woher sollte er darüber Bescheid wissen? Sie schwiegen teilweise in der falschen Hoffnung, sich gegenseitig zu schützen.

Als Schneemüller die Tür öffnete, legte sie einen Zeigefinger auf seinen Mund. Er verstand. Auch er war misstrauisch.

»Wir könnten ein bisschen spazieren gehen«, begann sie.

»Deswegen habe ich dich angerufen.« Er verschwand im Haus. Sie ging ans Gartentor, von wo sie die herabfahrenden Rollläden beobachtete. Er trat winterlich gekleidet aus dem Haus. Sie gingen zu ihrem Wagen.

»Ich kenne sonst niemand, mit dem ich über mein Problem sprechen könnte«, begann er. Er machte eine Andeutung, aus der Sylvia erkannte, worüber er sprechen wollte. Fünf Meter vor ihrem Wagen riet sie: »Sprich im Wagen über ein neutrales Thema.«

Er beobachtete ihr Gesicht, als er an der Beifahrerseite stand. Im Wagen sprachen sie über Bowling. Sylvia bog am Wasserturm in die Fressgasse und parkte am Anfang. Sie hielten sich an den Händen, schlenderten durch die Münzgasse in die Planken. Erst in dem ruhigen Nachtcafé, in der dunkelsten Ecke, beichtete Schneemüller: »Hofer und ich haben Scheiße gebaut«, begann er. »Hofer wollte sich umbringen. Das war verdammt knapp, als ich ihn gefunden habe.«

»Hat das damit zu tun?«

»Seine Frau ist gegangen.«

»Dreifache Gleitringdichtung ist eine ungewöhnliche Konstruktion.«

»Du weißt, was läuft?«

»Ziemlich!« Das klang euphemistisch.

Er betrachtete sie mit großen Augen. »Das ist uns über den Kopf gewachsen und ich fürchte, dass es schlimmer kommt.«

»Ist etwas Irreparables passiert?«, fragte Sylvia. Ihre Stimme träufelte eine Dosis geheimes Wissen in sein Bewusstsein.

»Wir haben irgendwie auch Glück gehabt.«

Sylvia hob fragend die Brauen und schwieg.

»Eine junge Frau liegt im Krankenhaus und das ist unsere ganz große Schuld. Sie wird sich wieder erholen. Um ein Haar wären wir zu Mördern geworden.«

Sylvia schaute sich im Raum um. An vier Tischen

tuschelten Pärchen, ein Mann las in einer Zeitung, die mit einem Holzgriff ausgestattet war – typisch Kaffeehaus. Die Bedienung balancierte ein beladenes Tablett heran. Schneemüller hatte einen Himbeerkuchen bestellt. Sylvia betrachtete das Stück eingehend, bis sie Appetit spürte.

»Sieht lecker aus«, lobte sie, als die Bedienung die Tassen zurechtrückte. Sylvia bestellte ein Stück. Sie schwiegen, bis die Bedienung den Himbeerkuchen vor Sylvia abstellte.

Sie beugte sich zu Schneemüller und flüsterte in sein rechtes Ohr: »Die junge Frau ist meine Schwester.«

Er fragte ungläubig: »Die Bedienung?«

Noch leiser: »Bianka Rotbeck ist meine Schwester.«

Schneemüller fiel die Kuchengabel aus der Hand, dass sie auf dem Teller schepperte. »Du bist …?« Seine Stimme versagte vor dem Ende des Satzes.

Sie betrachtete ihn ruhig, war dabei, ihre Kuchengabel zum Mund zu führen. Er versuchte zu sprechen, aber alles schien unpassend. Seine Wangen waren Teilstücke einer zerrissenen Maske. Worte hingen schmerzhaft in seinem Rachen. Er stieß einen heißeren Schrei hervor: »Du Schwein!« Seine Hände schnellten wie Kobras vor, schlossen sich um ihren Hals. Auf diese emotionale Explosion war sie unvorbereitet. Er drückte zu, bevor sie einen Plan machen konnte. Niemand im Raum bemerkte, was geschah, weil niemand hinschaute. Da stieß sie die Kuchengabel mitsamt dem Kuchenstück in seinen linken Arm. Die Gabel steckte, als sie mit beiden Ellbogen einen kraftvollen Schlag zwischen seine Arme führte und die Fangeisen abfielen. Ihre Handkanten trafen seinen Hals simultan, mit hochdosierter Wucht.

Schneemüller brauchte 20 Sekunden, bis das Blut wieder mit normalem Druck durch sein Gehirn zirkulierte. Er starrte Sylvia mit aufgerissenen Augen an und rätselte, was geschehen war.

»Wollte ich dich würgen?«, fragte er ungläubig.

Sie krächzte: »Du hast mich gewürgt.« Sie hob den Kopf, dass er die Druckstellen sah.

Schneemüller war schockiert. »Was zum Teufel ist in mich gefahren?« Er schüttelte ungläubig den Kopf. »Ich werde mich stellen«, flüsterte er. »Hofer hat sich aufgegeben, als ihn seine Frau verlassen hat. Ich bin dabei den Verstand zu verlieren.« Seine Zähne schlugen aufeinander. Er schwieg.

Sylvia suchte Logik in seinem Verhalten. Die rabiate Reaktion schien das letzte Aufbäumen – das ungelenke Abschütteln einer schwachsinnigen Handlung, die seit Langem das Gehirn blockierte. Der programmierte Ablauf musste mit Gewalt gestoppt werden, bevor er ins geistige Nichts rutschte. Er strich mit der linken Hand über die roten Flecken auf der weißen Tischdecke – Himbeerkrümel. Die Gabel steckte noch in seinem Arm. Sylvia hielt seine linke Hand fest und zog die Gabel mit einem Ruck heraus. Er betrachtete staunend seinen Jackenärmel, starrte auf die drei roten Punkte. Sie wuchsen rasch und vereinten sich zu einem Klecks.

Sie räusperte sich ein paar Mal, bis sich ihre Stimme erholt hatte.

»Bernd, du musst zu einem Arzt gehen.«

»Wozu?«

Sie zeigte auf den wachsenden Fleck, aber sein Gesicht verriet keine Reaktion, als er draufschaute.

»Kennt Frau Hofer die Geschichte?«

Schneemüller wippte kraftlos mit dem Kopf.

»Die Sache wäre unbemerkt geblieben, aber ihr habt die Nerven verloren. Der arabische Zettel war harmlos, aber jetzt steckt ihr bis zum Hals in den Fäkalien.«

»Gib mir einen Rat«, flehte er.

Sie streichelte seine Wangen.

»Verzeih«, hauchte er.

»Die Fahnder wissen, dass du in dieser Sache ein kleines Licht bist. Sie wollen das kriminelle System aushebeln. Herr Schneemüller ist dabei nur am Rande interessant. Dich hätten sie schon längst festnehmen können.« Sie schwieg und er saß wie erstarrt. »Verstehst du?«, fragte sie nach einiger Zeit.

Er war von sich selbst enttäuscht, denn plötzlich sah er, was er von Anfang an hätte sehen müssen.

»Geh zu einem Arzt.«

Langsam floss Leben zurück. Er vermochte der Situation ins brennende Auge zu blicken. »Sag mir die Nummer, die ich anrufen muss.«

»Draußen.«

Sie zahlten und verließen das Café.

»Chemsky«, meldete sich die Staatsanwältin.

Bramert, Tanja und der BND saßen im Büro der Staatsanwältin um den Besuchertisch. Sie warteten seit einer Stunde auf diesen Anruf. Die Staatsanwältin wollte keine große Besprechung.

»Das kriegen wir allein in den Griff«, verriet sie Bramert in einem Vieraugengespräch.

Die drei am Tisch beobachteten sie, als sie das Handy ans Ohr drückte und zum Fenster schlenderte. Sie schaute zum Tisch hinüber. »Herr Schneemüller, ich höre.«

Bramert hob den Daumen.

»Der Richter wird es mit Sicherheit strafmildernd auslegen, dass Sie sich selbst anzeigen. – Sie wissen wahrscheinlich, dass wir die Personen greifen wollen, die dahinterstecken.«

Sie ging zum Tisch zurück, setzte sich, lauschte.

»Bitte verhalten Sie sich, wie immer. Alles muss unauffällig weitergehen.«

Sie lauschte wieder.

»Welches Krankenhaus? – Wir kümmern uns darum.«

Sie klappte ihr Handy zu. Ihr anschließendes Schweigen war beunruhigend. Der Mann des BND stemmte beide Hände auf die Tischplatte und schnellte von seinem Stuhl hoch. Tisch und Stuhl überstanden den Kraftakt, aber dabei blieb es.

»Was ist?«, wollte Bramert wissen.

»Hofer wollte sich umbringen. Schneemüller hat ihn gefunden. Er liegt auf Intensiv.«

»Der Mann muss bewacht werden«, legte Bramert fest.

MACHT UNAUFFÄLLIG WEITER

Tanja und Bramert fuhren zum Krankenhaus. Der versuchte Suizid konnte das Ende ihrer Aktion bringen.

Tanja überlegte laut: »Ob die Gegenseite von Hofers Verzweiflungstat erfahren hat?«

Bramert berichtete, dass Sylvia einen Anruf mitgehört hatte. »Es waren zwar immer nur Schneemüllers Antworten, aber sie konnte einen schlüssigen Dialog ableiten.«

»Du fürchtest, die Gegner sind schneller als wir?«

Sie fuhren über die Neckarbrücke, waren ungefähr einen halben Kilometer vom Klinikum entfernt. Hier erreichte sie Sattlers Anruf. Er sagte: »Bramert, ich habe heute Morgen die Übersetzung eines Gesprächs bekommen. Ich fürchte, dass es zu spät ist. – Es sollen finale Lösungen für drei Personen vorbereitet werden. Die Dringlichkeit ist in folgender Reihenfolge zu sehen – Hofer, Schneemüller, Schliemann.«

Bramert setzte das Blaulicht aufs Dach und jagte zum Klinikum, Tanja erklärte an der Pforte den Einsatz und die Schranke wurde gehoben.

Die Hochdruckpumpen standen in zwei Reihen für die Übernahme bereit. Jede Pumpe war auf einen Holzrahmen geschraubt und mit einer durchsichtigen Folie überzogen. Die Ein- und Austrittsflanschen verschlossen blaue Kunststoff-Schutzkappen. Schneemüller und Sylvia arbeiteten zusammen. Sie aktivierten das präparierte Handy in Hofers Büro. Sylvia wickelte das Gerät in einen weichen Schutz aus Putzwolle und einem alten Handtuch von zu Hause.

In der Mittagspause war die Werkhalle leer. Schneemüller und Sylvia gingen zur ersten Pumpe. Er hob die Folie, entfernte die Schutzkappe vom Austrittsflansch. Ein Hallentor schlug. Sie lauschten.

»Mach schnell«, flüsterte Schneemüller.

Sylvia schob das Bündel in den Stutzen. Schneemüller stellte den Originalzustand her. Danach gingen sie betont unauffällig zurück – er in sein Büro, sie an ihren Schreibtisch.

Sylvia räumte ihren Schreibtisch auf, das Praktikum war beendet. Pickert meldete sich, um sich zu erkundigen, ob sie zufrieden war. Sein Interesse – und vor allem, dass er sich an das Datum erinnerte – überraschte sie.

»Alles ist bestens gelaufen. Ich habe einen richtigen Schub für meine Promotionsarbeit erhalten.« Sie erwartete eine Frage nach der anderen Sache. Er wünschte viel Erfolg für ihren weiteren Weg. Sie lehnte sich zurück und genoss die guten Wünsche. Als sie anfing, gemächlich zu wippen, klingelte ihr Handy.

»Hofer ist tot!« Bramert ließ ihr Zeit, Luft zu schnappen. »Tanja und ich sind ziemlich früh in die Klinik gefahren, weil er Personenschutz erhalten sollte. Er lag bereits unter dem weißen Laken. – Sein Tod war kurz vorher bemerkt worden.«

»Kommt er in die Rechtsmedizin?« Nach kurzer Pause: »Sollte er einem Verbrechen erlegen sein, dann denkt daran, dass Schneemüller auch gefährdet ist.«

»Unterlasse jeglichen weiteren Versuch, unsere Arbeit zu machen.«

»Das liegt mir eben im Blut«, erwiderte sie. »Mein Vater …«

Darüber hätte Bramert gern mehr erfahren. Der Abbruch des Satzes wirkte wie Erschrecken. Sie schwieg. Unter anderen Umständen hätte er ruhig gewartet, aber er hatte keine Zeit und sagte wenig einfühlsam: »Die Todesliste nennt zuerst Hofer, dann Schneemüller, danach Schliemann. Wir ergreifen die notwendigen Maßnahmen und ich informiere dich, wie du dich verhalten musst.«

»Die Todesliste«, murmelte Sylvia.

»Kannst du Schneemüller vorwarnen? Am besten macht er eine kleine Urlaubsreise.«

Es war Mittagszeit. Schneemüllers Vorzimmer war verwaist. Sylvia klopfte und öffnete vorsichtig. Er winkte sie ins Büro. Sylvia ging wie auf Eiern. Sie flüsterte und gab ihm das Zeichen, ebenfalls leise zu sprechen. Sie ließ den Wasserhahn seines Waschbeckens laufen. Er erhob sich, um sie mit Handschlag zu begrüßen.

»Herr Hofer ist tot.«

Wie vom Blitz gefällt fiel er in seinen Bürostuhl zurück und rollte gegen einen Aktenschrank. Augen und Mund standen weit offen.

»Es wäre besser, wenn wir übers Gelände gehen«, schlug sie vor.

Schneemüller stemmte sich mühevoll hoch. Er drehte den Hahn zu und folgte ihr. Sie gingen an der Kantine vorbei.

»Bramert wollte bei Hofer eine Rund-um-die-Uhr-Überwachung organisieren. Als er mit Tanja in Hofers Zimmer trat, war die weiße Decke über ihn gezogen.«

»Mord?«

»Hofer liegt in der Rechtsmedizin. Das LKA muss sich zurückhalten. – Das könnte die Täter aufschrecken.«

»Bramert und Tanja?«

»LKA.«

Schneemüller erbleichte und schnappte nach Luft. »Du auch?«, fragte er.

Sie zog die Winterjacke eng um den Körper, als ein eisiger Windstoß sich im offenen Kragen verfing. Ihr heftiges Kopfschütteln wickelte den Zopf um ihren Hals. Sie zitterte vor Kälte. Ostwind, minus 20 Grad. Der verharschte

Schnee knackte unter den Schritten. Er ging neben ihr, sein selbstbewusster Gang hatte einen Knick erhalten. Als sie das Gesicht zu ihm drehte, dampfte eine graue Wolke aus ihrem Mund.

»Du bist der Nächste auf der Liste«, sagte sie schwach. »Und ich stehe direkt unter dir.«

Er machte große Augen und fragte: »Weshalb du?«

»Die Videokamera von deinem PC ist manipuliert.«

Schneemüller erkannte, dass er noch tiefer drinsteckte, als er bisher geahnt hatte. »Glaubst du, dass ich da rauskomme?«

»Du hast dich selbst angezeigt.«

»Das Geld war eine Illusion, der wir wie kleine Kinder hinterherliefen. Hofer wurde seine Illusion zuerst geraubt.«

»Leben ist keine Illusion.«

»Zehn Millionen schufen ein Gefühl von Allmacht.«

In der Werkhalle dröhnte schweres Motorbrummen. Sie gingen hinüber. Die Verpackungsfirma war mit einem großen Gabelstapler und Schwerlastkarren samt Zugmaschinen erschienen. Sie verfolgten die Arbeit. Als die ersten vierachsigen Karren abrückten, gingen sie zurück. Sie durchquerten den kleinen Park schweigend. Vor dem Bürogebäude stand Schneemüllers Wagen, mit Eiskristallen bestäubt.

»Das Konto bei den Eidgenossen ist von deinem PC verschwunden. Der Rechnungsbetrag liegt auf dem Konto von WASAN. Ich gehe davon aus, dass der Rest verschwunden bleibt.« Sylvias Stimme dampfte wie eine alte Lok am Berg.

»Das hätte ich gemerkt«, stöhnte er halb enttäuscht. »Ich muss mich jetzt um Christa kümmern.«

»Hofers Witwe?«

Sein Kopf wippte schwermütig auf und ab.

Eigentlich hätte sie jubeln sollen, weil das Problem Schneemüller ein versöhnliches Ende gefunden hatte, aber sie verzog ihr Gesicht zu einem bitteren Lächeln, reichte ihm einen Zettel. »Leg den unter deine Schreibunterlage und begib dich sofort auf eine Geschäftsreise.«

»Und Christa?«

»Lass dir was einfallen. Nimm sie mit, wenn du vermutest, dass sie in Gefahr ist.«

Schneemüller klappte den gefalteten Zettel auf. »Mein Passwort.« Er war abgrundtief deprimiert, weil er irgendwann geglaubt hatte, er hätte alles im Griff. »Mir kommt es so vor, als ob jeder mehr über mich weiß als ich selbst.«

»Die wollen das gesamte Geld zurück.«

»Und mich anschließend …«

Schneemüller ließ den schockierenden Halbsatz als grauen Dunstfetzen vor seinem offenen Mund hängen. Einen Herzschlag später zerrte ein Windstoß den begonnenen Satz davon.

»Bramert wird den Ablauf mit dir absprechen.«

Sie umarmten sich.

»Vielleicht bekommst du doch noch die Frau, die du liebst.«

Schneemüller rannen Tränen über die Wangen.

VORBEREITUNGEN

Um 9 Uhr des folgenden Tages teilte Frau Melchers Bramert die Nummern der Handys mit, die mit den Zugmaschinen nach Mannheim unterwegs waren.

»Sie sprachen von einem speziellen Sender, oder habe ich da etwas falsch verstanden?«

Die Spediteurin meinte, diese Lösung sei einfacher und unauffälliger. »Alle unsere Lkws haben ein Handy eingebaut. Die Abschaltung ist blockiert. – Sie können jeden Laster getrennt verfolgen.«

Bramert erkannte den Vorteil dieser Lösung.

»Die Laster kommen von verschiedenen Aufträgen und werden sich in zwei Tagen in Mannheim treffen.«

»Ich bedanke mich für die vorzügliche Zusammenarbeit«, lobte Bramert.

»Herr Schneemüller hat angeordnet, dass V+P in Murcia auch die spanische Ware übernimmt.«

Die Staatsanwältin, Tanja, Bramert und der BND-Mann machten die Restabwicklung. Schmitts Gesicht wurde mit jedem Tag undurchdringlicher. Die Augen verbargen sich auch an der dämmrigen Bar hinter dunklen Gläsern. Sie trafen sich im Frühstücksraum. Bramert übergab Schmitt einen Zettel mit den aktuellen Informationen. In Schmitts Zimmer stand ein PC mit großem Bildschirm, mit dem sie die Ortung der Lkws vor dem richtigen Einsatz testeten.

Die Ortung funktionierte ausgezeichnet. Drei Punkte blinkten auf dem bundesdeutschen Straßennetz von Google Earth. Zuerst schienen die Punkte unbewegt, aber eine halbe Stunde später erkannten sie die Richtung der Fahrten. Ein Punkt näherte sich Frankfurt, einer blinkte in der Nähe von Halle und einer befand sich in der Gegend von München. Schmitt nannte die Handy-Idee genial und Bramert stimmte zu.

Tanja verabschiedete sich um sieben Uhr, weil sie Schneemüllers Haus fürs SEK vorbereiten musste.

Die Staatsanwältin sagte trocken: »Schmitt will uns dumm sterben lassen. – Es reicht, wenn wir ihm sagen, dass wir Schneemüller beschützen, aber über unsere detaillierten Maßnahmen informieren wir ihn erst am Schluss.«

Tanja traf sich mit Schneemüller vor seiner Reise. Er machte mit Tanja einen kleinen Rundgang durch Haus und Umgebung. Er wünschte seinen Nachbarn eine schöne Zeit und sagte, dass während seiner Abwesenheit mit Bewegung im Haus zu rechnen sei.

»Ich habe meine Schwester gebeten aufs Haus aufzupassen, weil das Ende meiner Dienstreise in den Sternen steht.«

Die Dame von gegenüber meinte, dass er beim nächsten Mal ohne Scheu fragen könne, damit sie ein Auge aufs Haus werfe. Er versprach, dies zu tun, aber er habe Handwerker bestellt, die seine Schwester beaufsichtigen müsse. Tanja bestätigte dies durch gewichtiges Kopfnicken. Sie spielten ein wenig Brüderchen und Schwesterchen.

Schneemüller fuhr davon. Tanja stellte den Dienstwagen in die Garage und trug zwei pralle Lebensmitteltüten ins Haus. Sie wollte für das SEK den Küchendienst übernehmen, damit sich die Männer entspannt auf ihren Einsatz vorbereiten konnten. Vorläufig war der Einsatz auf drei Tage beschränkt. Das Haus sollte bewohnt wirken, wozu auch der Dunstabzug beitrug. Schneemüller war in Gefährdungsstufe 1 eingeordnet, das heißt, dass mit einem Anschlag auf seine Person gerechnet wurde. In diesem Fall galt nicht die Polizeiroutine, die dem zukünftigen Mordopfer empfahl, die Beratung eines Psychologen in Anspruch zu nehmen. Bramert war der Verantwortliche und er musste jedes Risiko vermeiden. Hofers Tod deprimierte ihn ohnehin.

»Schneemüller ist außer Gefahr«, schätzte Schmitt die Lage ein.

Niemand hatte ihn nach seiner Meinung gefragt. Bramert suchte einen einleuchtenden Grund, weshalb er ungefragt die meistgefährdete Person außer Gefahr sah.

»Kommissarin Zainer passt auf Schneemüller auf.« Bramert verschwieg die Information, dass eine Todesliste abgearbeitet werden sollte, und er verschwieg seine bedingte Zusammenarbeit mit dem Verfassungsschutz. Schmitt war ihm zu glatt. Der Hinweis der Staatsanwältin drückte ihn auf der Beliebtheitsskala weit nach unten.

»Setzt sie sich mit dem Strickzeug neben Schneemüller?«, wollte Schmitt wissen.

»KK Zainer weiß wie's geht.«

Schmitt entgegnete mit viel Überzeugungskraft: »Sie kennen die Abläufe in diesem *Business* nicht.«

»Ich mag keine Leiche mehr«, war Bramerts wütendes Schlusswort.

Tanja bereitete das Haus so vor, dass Personenschäden minimiert wurden. Schneemüller war mit Hilfe des LKA untergetaucht. Tanja telefonierte im Garten, weil ihr das Haus zu unsicher war. Sie informierte Bramert über den Stand ihrer Vorbereitungen.

Bramert sagte beiläufig: »Das Konto ist aufgelöst. Die Division durch Null gibt Null.«

»Paul?«, wollte Tanja wissen.

Er schwieg, aber sie meinte, das Knacken seiner zuckenden Schultern zu hören.

Leicht verärgert fragte sie: »Hältst du noch mehr Informationen zurück?«

»Salman will sich um Schneemüller und das Geld kümmern.«

»Wer ist Salman?«

»Der ist fast so groß wie ich und spricht Farsi.«

»Dann sag mir schnell, was »Hände hoch!« auf Farsi heißt.«

Schneemüllers Schreibzimmer durfte niemand betreten, weil eine zuverlässige Information besagte, dass die Webcam manipuliert war. Da der Schlüssel innen steckte, klebte Tanja ein rotes Warnzeichen an die Zimmertür. Sie baute ihren Laptop auf dem Esstisch im Wohnzimmer auf. Fürs Internet verwendete sie einen Stick. 20 Minuten nach acht Uhr startete sie das Programm, mit dem sie das Handy in der Pumpe zu erkennen hoffte. Das Handy blinkte im Industriegebiet.

Anschließend ging sie von Zimmer zu Zimmer. Bis aufs Büro überprüfte sie jeden Raum nach Sicherheitskriterien. Sie schloss alle Rollläden – außer im Wohnzimmer und der Küche. In der Werkstatt, dem ersten Raum nach der Kellertür, versteckte sie einen 180-Grad-Bewegungsmelder, der Bewegungen per Funksignal meldete. Als sie die Vorbereitungen beendet hatte, kochte sie eine Kleinigkeit, womit sie das Haus auch geruchstechnisch bewohnt erscheinen ließ. Sie aß in der Küche, spülte das

Geschirr unter dem Warmwasserstrahl, trocknete ab und räumte auf. Sie machte einen abschließenden Rundgang durch die Räume, wobei sie auch das Atelier im ersten Stock besichtigte. Alles war aus ihrer Sicht erledigt, sie konnte sich Ruhe verordnen. Sie legte die CD ein, deren Hülle offen dalag, zog ein dünneres Buch aus dem Regal und setzte sich in den Sessel.

Kurz vor 13 Uhr kam ein Anruf aufs Handy. Sie schlenderte den Gartenpfad entlang, entriegelte das Doppeltor. Anschließend öffnete sie die Kellertür, denn die Handwerker wollten unerkannt bleiben. Eine Viertelstunde später hielt der weiße Mercedes Sprinter eines Malerbetriebs vor dem Haus. Er fuhr rückwärts in die Auffahrt bis zur Kellertreppe. Der Fahrer stieg aus, öffnete die hinteren Türen, die rechte versperrte die Sicht zwischen Kellertreppe und Wagen, die linke verdeckte die Sicht zum Nachbarhaus. Zwei weiß gekleidete Maler stiegen zügig aus und huschten die Kellertreppe hinab. Der Fahrer ließ sich mit dem Ausladen Zeit. Farbeimer, Leiter und ähnliche Utensilien trug er durch den Keller ins Haus. Nach erledigter Arbeit schloss er die Wagentüren, stieg ein und fuhr weg. Tanja schloss das Gartentor und die Kellertür.

Die Maler trugen ihre weiße Berufskleidung unter dem Arm, als sie ins Wohnzimmer traten. Jetzt waren es schwarz gekleidete Männer mit der Aufschrift ›Polizei‹ auf dem Rücken. Sie legten die Malerkleidung unter das kleine Fenster. Tanja zeigte den SEK-Männern die Lokalität. Es war 13:30 Uhr. Sie prüften die Einstellung des Bewegungsmelders. Danach setzten sie sich um den Tisch und plauderten über den Fall, soweit er das SEK betraf.

Der Leiter der Zweiergruppe schaute auf seine Armbanduhr. »Die Lkws könnten jetzt auf der Autobahn sein.«

»Wieso ruft niemand an?«, fragte Tanja.

»Störung in der Telefonverbindung oder so was.«

Tanja betrachtete das Ortungsprogramm verärgert. Der Laptop zeigte keinen blinkenden Punkt. Das konnte bedeuten, dass die Batterien leer waren, absolut katastrophal wäre die Entdeckung und Vernichtung des Handys.

»Das sieht sehr beschissen aus!« Tanja rannte in den Garten und rief Bramert an. »Ich erfahre zufällig, dass sich die Ware bewegt.«

»Schmitt wollte dich informieren. Vor 25 Minuten sind sie losgefahren.«

Tanja, nervös: »Ruf bitte Sylvia an, ob es Probleme gab. – Ich schicke dir eine Mail mit Informationen.«

Bramert erfragte keine Details. »Mach ich sofort«, versprach er.

Tanja stürmte ins Wohnzimmer zurück und setzte sich vor ihren Laptop. Die SEK-Männer spürten ihre Anspannung und betrachteten sie wissbegierig. Selbst im Haus trugen sie Skimasken, dass Tanja nur Augen und Lippen sah.

»Irgendwas ist schiefgegangen und geht weiterhin schief«, erklärte sie. Sie schickte die Mail mit den Informationen an Bramert.

Einer der Männer stellte sich hinter sie, als sie ihren Laptop zum Teufel wünschte. Er verfolgte, was sie mit so viel Hingabe machte. Tanja vergrößerte den Maßstab der Google-Earth-Karte. Auf dem kleinen Bildschirm blinkte ein Punkt, wie der Kot eines Glühwürmchens.

DIE WARE ROLLT

Seit 9:10 Uhr beobachtete ein Kriminalhauptmeister das Verpackungsunternehmen. Er saß bei einer Firma der Nachbarschaft am Fenster. Auf einem kleinen Tisch an seiner Seite standen ein Fernglas, das Telefon, zwei belegte Brote und eine große Thermoskanne mit Kaffee. Um 10:20 Uhr meldete er die Ankunft des Sattelzugs aus München. Er notierte die Ankunftszeit hinter die Mobiltelefonnummer des Lkws. Der Fahrer fädelte die Plane aus und deckte die Ladefläche frei. Sofort begann das Beladen. Ein Stapler nahm Kiste um Kiste auf seine Hörner, um sie auf der Ladefläche abzusetzen. Der Lkw-Fahrer verschwand im Fahrerhaus, wo er wahrscheinlich schlief.

20 Minuten später erschien der nächste Lkw und Punkt elf meldete der Beobachter die Ankunft des letzten. Die beiden warteten vor dem Gelände, bis der beladene Lkw das Gelände verließ und auf der anderen Straßenseite parkte. Um 13:43 Uhr fuhren die drei Sattelzüge in Kolonne zur A 8, wo sie sich nach Süden bewegten.

Für die Strecke bis Cartagena waren 42 Stunden geplant – der Halt vor der Grenze war eingerechnet. Der Ladeschluss in Cartagena war einen Tag nach der geplanten Ankunft. Das Zeitfenster war knapp berechnet.

Auf dem Display stand ›Bramert‹.

»Warte!«, sagte Tanja, eilte aus dem Haus und stellte sich neben einen großen Rosenbusch. »Bramert, schieß los.«

»Ich habe mit Sylvia gesprochen. Es ist gut gelaufen und

vor zehn Minuten habe ich das Signal auf der A 5 geortet. Die Karawane müsste ungefähr in einer halben Stunde Rastatt erreichen.«

»Dir ist klar, wer und weshalb?«

»Ich spreche mit Chemsky, bevor ich den BND informiere.«

»Brauchst du weibliche Intuition?«

»Wir rollen alles neu auf.«

Es entstand eine angespannte Pause, dann platzte es aus Tanjas Mund: »Das Busenwunder hat uns reingelegt.«

Bramert fragte erschreckt: »Sylvia? Das ist …« Er begriff und hauchte: »Das passt haarscharf.«

»Die hat alles überblickt – auch deine Schwäche.«

Er fragte beleidigt: »Meine Schwäche?« Nach einer Denkpause: »Ich höre, dass die Laster dunkelblau sind und von einem anderen Spediteur kommen.«

Die Staatsanwältin trommelte ungeduldig mit einem Kugelschreiber auf ihren Schreibtisch. Neben dem Schreibtisch stand eine Sekretärin mit dem Stenoblock.

»Ihre Kriminaloberrätin hat sich nach dem Stand der Ermittlung erkundigt«, wandte sie sich an Bramert.

»Und?«

»In zehn Minuten kommt ein Hubschrauber, der Sie an den Puls des Geschehens bringt.«

»Ich bin hier schon infarktgefährdet.«

»Ich werde mich persönlich um *Agent Smith* kümmern.«

Danach diktierte sie der Sekretärin eine kurze Pressenotiz zu einem anderen Fall.

Als sie allein waren, flüsterte die Staatsanwältin: »Du kennst meine Vorbehalte?«

Bramert schwieg.

»Der soll die drei Punkte betrachten, bis er schwarz wird.«

»Und wenn der Typ explodiert?«

»Du bist aus der Schusslinie. Der Hubschrauber wartet.«

Bramert fragte einfühlsam: »Was geschieht mit der Tussi?«

»Der Countdown läuft.«

Sie gingen bei diesem Gespräch über den Rasen eines winzigen Parks. Das Rotorengeräusch wurde lauter. Ein Polizeihubschrauber mit Plexiglaskuppel landete. Bramert trug sein Laptop in einer schwarzen Tasche und rannte tief gebückt zu der geöffneten Tür. Die Staatsanwältin winkte mit der einen Hand, als die Maschine abhob. Mit der anderen drückte sie ihre Frisur nieder.

Die GSG 9 wartete bei Bietigheim mit zwei Hubschraubern. Bramert änderte während des Flugs den Einsatzplan. Er sprach über die verschlüsselte Frequenz. Die geplante Straßensperrung war hinfällig. Der Lkw-Kontrollpunkt bei Untergruppenbach wurde aufgelöst. Ein Hubschrauber startete nach Bühl an der A 5, während der andere auf Bramert wartete.

»Wie sieht's aus?«, fragte die Staatsanwältin.

Agent Smith zeigte auf die drei Punkte, die zu einem länglichen Punkt verschmolzen waren. Jeder Punkt blinkte mit einer anderen Frequenz, dass die kleine Raupe lebendig wirkte.

»Die fahren an Stuttgart vorbei.«

»Wo ist dieses Lagerhaus von V+P?«

Er deutete mit dem Zeigefinger auf einen grenznahen Punkt bei Offenburg.

»Ihr wisst, dass Bramert nur bis zur Grenze aktiv werden kann. Jenseits der Grenze ist der Konvoi euer Baby.«

Er schien darüber nachzudenken, nickte schwach, gab aber keinen Kommentar.

Die Staatsanwältin erhielt einen Anruf aufs Handy und verließ den Raum.

»Soll ich den Zettel weitergeben?«, fragte sie.

»Es ist zu früh. Das sollte zum Schluss erledigt werden«, schlug Bramert vor.

»Habt Ihr Sichtkontakt?«

Bramert, vorsichtig: »Wir können nur vermuten und hoffen, dass die Lkws im Konvoi fahren.«

Die Staatsanwältin brummte einen Gedanken: »Entweder ein Mittelmeerhafen oder ein Flughafen.«

»Die Autobahnpolizei hält Ausschau.« Bramert brüllte plötzlich: »So ein Mist. Das Signal ist weg!«

Kurz nach Rastatt verschwand der blinkende Punkt. Ein Polizei-Porsche fuhr von Offenburg nach Norden, ein Mercedes fuhr von Bruchsal nach Süden. Der Porsche war 30 Kilometer vor Rastatt, der Mercedes war 20 Kilometer entfernt, als das Signal verschwand. Die Fahrzeuge kreuzten sich. Weder waren die Laster aufgetaucht noch blinkte der Punkt. Es schien, als seien die Lkws direkt in die Hölle gefahren.

Bramert stieg in den wartenden GSG-9-Hubschrauber. Er hörte im Hintergrund den Polizeifunk. Als er den Kopfhörer aufsetzte, erfuhr er, dass die Bundespolizei einen Brand unter einer Brücke meldete. Der rote Punkt blinkte wieder. Bramert forderte darüber genaue Information an.

»Der Brand konnte gelöscht werden, bevor ein Schaden an der Unterführung entstanden ist. – Die mögliche Endtemperatur hätte das Bauwerk gefährdet.«

»Was hat gebrannt?«

»Nach erster Information brannte Folie.«

»Farbe?« Er wartete, bis die Information eingeholt war.

»Blau! – Drei Haufen! – Der mittlere sollte die anderen entzünden.«

Bramert gab dem Hubschrauber das Zeichen zum Abheben. Er schrie ins Mikro: »Haben alle die Nachricht von dem Brand mitgehört?« Er wartete auf Rückmeldungen. »Erinnert sich jemand an einen alten italienischen Gaunerfilm? Dort wurde einem Fiat durch Abziehen einer Folie eine neue Färbung verpasst.«

»Eine verrückte Idee«, meinte der GSG 9 rechts neben ihm.

»Das ist von A bis Z durchkomponiert.«

Sie fixierten den kleinen Bildschirm des Piloten und verfolgten den blinkenden Punkt auf der A 5.

Ein ziviles Fahrzeug wurde nach Süden geschickt. Über die chiffrierte Frequenz gab Bramert die Nummer des Ortungshandys an die Einsatzkräfte. Der Wagen meldete eine Kolonne von drei gelben Lastern.

Das Szenario des Schreckens bestand weiterhin darin, dass jeder Sattelzug eine andere Route nahm. Der Mercedes überholte, wartete auf dem nächsten Rastplatz und wiederholte die Aktion. Zwei weitere zivile Wagen griffen in das Spiel ein. Da Bramert das Gefährdungspotenzial schlecht einschätzen konnte, forderte er eine Sperrung der

Autobahn hinter den Lkws und gleichzeitig wurde vorn die Herunterleitung des Verkehrs vorbereitet.

Eine knapp ausgeschilderte Umleitung stand nach zehn Minuten bereit. Ein Mercedes Geländewagen, mit einem Leuchtschild ›Folgen Sie mir‹, wartete zwei Kilometer vor Bühl. Bei der geplanten Zugriffstelle landete ein Hubschrauber mit GSG 9. Sechs Männer mit Skimasken gingen links der Straße in Position. Die vorgesehene Stelle barg Gefahren. Bramert und die Einsatzkräfte rechneten mit der Vernunft der Fahrer.

Die Sattelzüge fuhren mit gleichmäßiger Geschwindigkeit gen Süden. Offensichtlich entging ihnen, dass sie beobachtet wurden. Der Hubschrauber mit Bramert bewegte sich außer Sicht- und Hörweite. Zur Umleitung und Sperrung standen Fahrzeuge und Mannschaften in Wartestellung.

Den Lkw-Fahrern hätte der reduzierte Verkehr auffallen können. Der Geländewagen mit dem blinkenden Schild ›Folgen Sie mir‹ löste sich vom Standstreifen und überholte. Die Sattelschlepper folgten dem Geländewagen über die Autobahnabfahrt. Die Polizisten an der Sperre jubelten. Ein Uniformierter stand auf der Straße und winkte den ersten Sattelzug, mit einer roten Kelle, auf den Grasplatz. In diesem Moment erkannte der Fahrer die Falle und fuhr geradeaus. Er senkte den Fuß aufs Gaspedal, dass sich sein Fahrzeug mit 400 PS auf den Uniformierten zuarbeitete. Im letzten Moment sprang der Mann zur Seite.

»Der Zugriff ist misslungen! Die Laster rasen durch die Ortschaften!«

KONZERTIERTE AKTION

Sylvia saß vor ihrem Laptop und arbeitete an ihrer Doktorarbeit. Sie vibrierte wie die C-Saite eines Cellos. Nur ihr halbes Gehirn war auf die Arbeit konzentriert, ihre Ohren lauschten ins Haus und nach der Straße. Das Schnaufen des Aufzugs versetzte sie in Alarmbereitschaft. Zufällig reinigte Sylvia ihre Pistole. Waffe und Magazin lagen auf der rechten Seite des Laptops. – Schritte näherten sich im Flur. Klick! Sie schob das Magazin ein, eine Patrone steckte in der Kammer. Sie horchte angestrengt. Die Schritte kamen näher – Stöckelabsätze. Noch war die Waffe gesichert. Die Schritte tippelten vorbei.

»Die Architektur-Tussi«, flüsterte sie herablassend. Sie hatte das Raus und Rein mit dem Magazin satt. Es blieb drin. Sie legte die Pistole wieder auf die rechte Seite und tippte ein paar Gedanken in ihren Laptop.

Ein Wagen fuhr langsam die Straße hoch. Beim Einparken knirschte der Harsch wie brechende Knochen. Sie stand auf und schaute aus dem Fenster. Zwei Männer saßen vorn. Sylvia blieb so, dass sie von der Straße nicht gesehen wurde, und beobachtete den grauen Ford.

Ein verliebtes Pärchen stieg aus einem roten Wagen, der weiter oben parkte. Der Mann und die Frau näherten sich umschlungen der Haustür. Sylvia erschrak, als es einen Stock tiefer dreimal klingelte. Sie blieb auf ihrem Beobachtungsplatz.

Die Männer stiegen aus, eilten zum Haus. Sie trugen dunkle Anzüge unter offenen, eleganten Kamelhaarmänteln.

Ebenfalls förmliche Kleidung trugen zwei Herren, die aus einem dunklen Opel ausstiegen, der einige Meter hinter Schneemüllers Haus parkte. Sie waren mit der Örtlichkeit vertraut. Während der eine vor der Haustür wartete, stieg der andere die Kellertreppe hinab. Vor der Tür öffnete er seine Aktentasche. Im Haus blieben die Vorgänge fast unbemerkt. Der Mann vor dem Keller führte ein Spezialgerät ins Sicherheitsschloss. Er war geübt. Nach 50 Sekunden drehte er den Schließzylinder, die Kellertür zur Werkstatt schwang geräuschlos auf. Der Bewegungsmelder sandte ein leise schnurrendes Warnsignal ins Wohnzimmer.

Der Mann an der Haustür klingelte. Die internen Beobachter wussten, dass zwei Personen auf getrennten Wegen ins Haus eindringen wollten.

»Ich komme!« Tanja und eilte zur Haustür, davor stand ein großer Schatten, der Salman gehören musste.

Sie machte den Eindruck, als sei sie beim Kochen gestört worden. In der rechten Hand trug sie die rote Schürze. Es wirkte, als hätte sie das Teil gerade aufgebunden. Der rote Stoff verbarg ihre Dienstwaffe. »Ja, bitte?«

»Ist Herr Schneemüller zu sprechen?«

»Mein Freund müsste in einer halben Stunde kommen. Ich bereite gerade das Essen.«

»Was für ein großes Pech«, bedauerte der Mann. »Ich bin ein Studienkollege.«

»Da wird sich Bernd sicher freuen.«

»Glauben Sie, ich kann warten?«

Tanja ging zur Seite, dass der Mann eintreten konnte. »Kommen Sie doch rein. Sie können mitessen, wenn Sie so viel Zeit haben.«

Dankbarkeit spielte rings um den Mund, aber seine Augen zeigten gläserne Starre. Als er im Hausflur stand, öffnete er die Aktentasche. »Das wird Bernd interessieren.« Er zog eine schallgedämpfte Pistole aus der Tasche. Für Sprüche und Belehrungen war keine Zeit.

Tanja schrie: »Polizei! Salman, lassen Sie die Waffe fallen!«

Sie riss die rote Schürze weg. Der Mann sah die Pistole, aber seine Bewegung folgte einem Automatismus, weil sein Gehirn das Geschehen nicht umsetzte. Tanja drückte ab. Ihre Trommelfelle rauschten wie riesige Wasserfälle. Die schallgedämpfte Waffe lag auf dem Boden und der Mann daneben. Seine rechte Schulter blutete. Tanja kickte die Pistole außer Reichweite.

Die SEK-Gruppe war aufgeteilt. Ein Mann wartete an der Kellertreppe, die in den Flur mündete und ein Mann rannte nach außen zur Kellertür, die zum Garten führte. Der Mann im Keller stürmte die Treppe zum Flur hoch.

»Waffe fallen lassen und Hände hoch!«

Zwei Pistolen richteten sich auf ihn. Sein Kollege lag stöhnend auf dem Boden. Der Anblick schockierte ihn so sehr, dass ihm die Waffe aus der Hand rutschte und dumpf auf den Teppichboden schlug.

Seit zwei Stunden warteten drei zivile Fahrzeuge in Viernheim vor dem Bürohaus der Spedition V+P. Frau Melchers war ohne Unterbrechung an ihrem Arbeitsplatz geblieben. In dieser Zeit hatte sie acht Anrufe erhalten und viermal selbst telefoniert. Jedes Gespräch hatten sie aufgezeichnet. Einmal wurde nach dem zweiten Klingeln abgebrochen.

Gegen 15 Uhr kam der verschlüsselte Befehl: »Zugriff!«

Die Ausgänge des Gebäudes wurden gesichert und vier Beamte betraten das Haus mit einem Durchsuchungsbeschluss. Frau Melchers ließ sich widerstandslos festnehmen.

Der Mann vom BND betrachtete entspannt die drei Punkte. Die Staatsanwältin unterhielt sich mit ihm über belanglose Themen. Es wirkte verspielt, als sie den verschlüsselten Polizeifunk anschaltete.

»… haben die Kontrolle durchbrochen.«

Beim BND-Mann gruben sich Sorgenfalten in die Stirn und seine Wangen zitterten. Er lauschte angespannt.

»Das ist mir alles zu hoch.«

»… Grenzübergänge sind in Alarmbereitschaft versetzt.«

Sie schaltete den Empfänger wieder aus.

Er schüttelte ratlos den Kopf und sagte: »Die Punkte bewegen sich absolut gleichmäßig.«

»Wenn Bramert die Lkws gestoppt hat, lasse ich Frau Melchers festnehmen.«

»Weshalb Frau Melchers? – Wo ist Bramert?«

Sie zeigte auf den Lautsprecher.

»Sie schauen einen halben Tag lang blinkende Punkte an und wissen genau, dass die Musik woanders spielt.«

Der BND erbleichte. »Sie wollen mir wohl …?«

»Ich bemühe mich, zu vergessen, dass Sie mir gedroht haben.«

Bramert meldete sich auf dem Handy und sie ließ *Agent Smith* mithören. »Ich sitze neben vier Spezialkräften. Wir haben Sichtkontakt. Es ist gut, dass die Fahrzeuge jetzt gelb sind. – Wir haben die Stelle festgelegt.«

»Sind es Fahrzeuge von V+P?«, fragte die Staatsanwältin.

»Es handelt sich um Sattelzüge einer unbekannten Firma.«

Die Rotorblätter klatschten, dass die Verständigung mit dem Handy schwierig war.

»Lasst sie durchfahren, wenn ein Personenrisiko besteht.«

»Wir müssen verhindern, dass sie sich trennen.«

»Viel Erfolg!«

»Herr Schmitt, merken Sie, wie so eine Sache abläuft?«

Bramert starrte in die vorbeihuschende Landschaft. Die GSG-9-Männer verfolgten den roten Punkt, der sich auf der L 85 bewegte.

Er sprach zu den Einsatzkräften: »Sperrt die L 85 hinter dem kleinen See. Ein Campingplatz ist dort eingezeichnet. Ich fürchte, dass sich die Kolonne hinter der Brücke aufspalten möchte.«

Er wandte sich zu den GSG 9: »Ich werde die Lkws vor der Brücke stoppen. Da die Straße gesperrt ist, riskieren wir, dass ein Laster in stehende Pkws rast. Wahrscheinlich wartet bereits eine gaffende Meute und will die Aktion filmen. Die werden weggepustet, wenn die Laster durchpflügen.«

Die Augen hinter den Skimasken betrachteten ihn aufmerksam.

»Wie packen wir's an?«, fragte einer.

»Mein Vorschlag ist, dass ihr links steht und die Reifen zerschießt, wenn die Laster weiterfahren. Ich stehe vorn auf der Straße und sprenge den Motorblock, wenn die erste Zugmaschine näher als 80 Meter kommt.«

»Explosiv?«, fragte ein anderer.

»Spezialgeschosse, wie sie zur gezielten Tötung bei Volksaufständen eingesetzt werden sollen – mit einem Sprengkopf aufgemotzt.«

»Okay, du machst den ersten Versuch.«

»Die dürfen die Brücke unter keinen Umständen überqueren.«

»Der Hubschrauber gibt uns im Notfall Feuerschutz.«

Der Hubschrauber flog mit Zusatzschub an der Kolonne vorbei.

»Tötung von Aufständischen?«, fragte der GSG 9 erstaunt. »Meinst du, im Krieg?«

»Ich meine das, was in Lissabon für die EU beschlossen werden soll.«

»Du quatschst Blödsinn.«

»Offensichtlich wird in Europa das erwartet, was derzeit in Arabien abläuft.«

»Du bist ein Zyniker«, zischte der Kollege böse.

Bramerts Stimme klang tatsächlich zynisch: »Kannst wohl mit der Skimaske keine Zeitung lesen?«

Vor der Brücke, einen Kilometer vor dem Konvoi, ging der Hubschrauber neben der Straße nieder. Die GSG 9 und Bramert sprangen heraus und rannten geduckt unter dem kreisenden Rotor zur Straße.

Der Hubschrauber flog dem Konvoi entgegen.

»Hier spricht die Polizei! Die Straße ist gesperrt!«, brüllte der Lautsprecher, der das Klatschen der Rotorblätter übertönte.

Die erste Zugmaschine durchfuhr mit verminderter Geschwindigkeit die leichte Biegung. Sie war 200 Meter von Bramert entfernt, der breitbeinig vor der Brücke stand. Er erinnerte an Revolverhelden alter Zeiten. Seine

Pistole zielte auf den Kühler. Er wirkte unendlich cool, als er mit der linken Hand eine Strähne aus seiner Stirn wischte. Dann packte er die Pistole mit beiden Händen.

»Stellen Sie ihre Fahrzeuge ab und verlassen Sie die Kabinen! Stellen Sie sich mit erhobenen Händen neben ihre Fahrzeuge.«

Der letzte Laster rollte aus, die anderen fuhren weiter. Bramert blieb breitbeinig stehen. Die erste Zugmaschine näherte sich mit unverminderter Geschwindigkeit.

»Sie haben keine Chance! Ergeben Sie sich!«

120 Meter Entfernung. Bramert hörte das gleichmäßige Brummen von 400 PS. Er legte die Stelle fest, wo er im letzten Augenblick hinspringen wollte.

90 Meter Entfernung. Bramert feuerte den ersten Schuss ab. Das Geschoss riss ein gewaltiges Loch ins Frontteil. In dieses Loch feuerte er den zweiten Schuss und kurz darauf den dritten. Metall kreischte auf wie ein tödlich verwundetes Stahltier. Die Räder der Zugmaschine blockierten, sie stellte sich quer.

Bramert hatte den Eindruck von Zeitlupe. Feuerstöße zerfetzten auf der Fahrerseite die Reifen.

Der Hänger schob nach, drückte die Zugmaschine am Brückengeländer vorbei. Das Führerhaus hing mit den Vorderrädern über dem Bach. Der nachfolgende Laster touchierte noch, dass ein kräftiger Ruck durch die hängende Kabine ging. Fahrer und Beifahrer saßen erstarrt auf ihren Sitzen.

Eine halbe Stunde später trafen zwei Kleinbusse ein, die das fahrende Personal in Empfang nahmen. Die sechs Männer wurden mit Blaulicht nach Stuttgart gebracht.

Der Aufzug arbeitete sich langsam hoch. Eine Tür wurde in der Wohnung unter ihr zugeschlagen. Schritte eilten auf der Treppe. Der Aufzug hielt auf ihrem Stock. Sie hob die Waffe und wartete. Sie hielt die Pistole mit beiden Händen, zielte auf einen Punkt, weil sie wissen wollte, ob sie zitterte. Sie war absolut ruhig. Die Aufzugtür öffnete sich fauchend, kein Schritt war hörbar.

Der Aufzug fuhr nach unten. Immer noch war kein Schritt hörbar. Als der Aufzug im Erdgeschoss hielt, ging sie rückwärts durchs Zimmer, damit sie die Tür im Blick hatte. Am Fenster drehte sie den Kopf für einen Blick nach unten. Das Pärchen und die beiden Männer im Kamelhaarmantel standen vor einem Wagen, ein weiterer Mann kam vom Haus. Ein Kastenwagen der Polizei näherte sich. Die Kamelhaarmäntel trugen Handfesseln.

Sylvia setzte sich an den Tisch und arbeitete weiter. Die Pistole lag rechts neben dem Laptop. Sobald sie einen Wagen hörte, der vor dem Haus seine Geschwindigkeit verminderte, ging sie ans Fenster. Um 16 Uhr teilte ihr Tanja mit, dass der Fall in die Endphase gehe und sie sich keine Sorge mehr machen solle.

DER ABSCHLUSS DER ENDPHASE

Paul war der eindeutige Gewinner, aber außer Sylvia wusste das niemand. Etwas mehr als neun Millionen Euro warteten auf einem karibischen Konto. Ein halbes Jahr später ließ ihn Sylvia wissen, dass sie zum Glatzeschneiden bereit sei.

Sylvia – Doktor Sylvia Schliemann – wohnte in Mannheim und arbeitete im neuen Hauptwerk der WASAN AG als Leiterin im Export. Schneemüller arbeitete im englischen Werk von WASAN. Die Staatsanwältin hatte kein Verfahren gegen ihn eröffnet und sich dafür eingesetzt, ihm eine zweite Chance zu geben. Seine Chance war größer, als er sie verdient hätte. Er heiratete seine große Liebe, sein Idealbild einer Frau und Mutter. Pickert erhielt das Bundesverdienstkreuz erster Klasse.

Bramert übernachtete mindestens einmal pro Woche bei Sylvia – sofern sie keine Dienstreise durch ferne Lande hetzte. In Libyen waren riesige Wasservorkommen entdeckt worden, welche der Große Revolutionsführer für die Wasserversorgung der Küstenregion erschließen ließ. Er nannte das gigantische Vorhaben *Great Man Made River* und Sylvia war so sehr Libyerin, wie sie Deutsche war.

Die Haarschneidemaschine ratterte laut, Pauls Haar sank in Fladen auf Schulter und Rücken. Er war von einem weißen Badetuch umhüllt. Sylvia führte den Haarschneider vom Nacken zur Stirn. Bramert versuchte vergeblich, sich durch Klopfen an der Tür bemerkbar zu machen. Er hatte einen Schlüssel. Jetzt stand er im Zimmer und niemand beachtete ihn. Erst als Sylvia die Maschine ausschaltete, hörte sie ihn.

»Musst du dir ein paar Euro dazuverdienen?« Bramerts Stimme klang nur zu 80 Prozent freundlich.

Sylvia legte den Haarschneider auf den Tisch und umarmte ihn. Sie küssten sich. Paul fiel auf, dass er vernachlässigt wurde. Er schaute sich um. »Eine Wette«, erklärte er.

»Eine verlorene Wette, nehme ich an?«

»Eher nicht oder doch?«

Sylvia wollte das Gespräch beenden und erzählte, dass Schneemüller angerufen hatte. »Er hat sich überschwänglich bedankt. – Verstehst du das?«

Bramert betrachtete die angefangene Glatze.

»So ist die Wette weder verloren, noch gewonnen.«

Sylvia beendete ihr Werk.

»Noch rasieren?«

Paul strich mit der Hand über seinen Schädel, die Borsten kratzten wie Sandpapier auf einer Glasscheibe. Sylvia reichte ihm einen Spiegel.

»Sieht doch gut aus«, lobte er.

Sylvia kehrte die Haare zusammen und warf sie in den Müll. Paul blieb sitzen, Bramert nahm gegenüber Platz.

»Habt Ihr den Mord an Hofer aufklären können?«

»Der Mord ist aufgeklärt. Durch die Aufmerksamkeit einer Krankenschwester sind wir auf die Ärztin einer anderen Abteilung aufmerksam geworden. Sie hat ein Herzgift in den Tropf gespritzt.«

Sylvia arbeitete in der Küche. Die Küchentür stand offen, der Geruch eines köstlichen Mahls wehte heraus. Sie hörte nebenher, was gesprochen wurde.

»Da haben viele Zufälle mitgespielt, dass wir dieser Person auf die Spur gekommen sind.«

Paul gratulierte zu dem Erfolg.

»Die ist uns entwischt. Wir haben kein brauchbares Bild. – Aber eine DVD.«

»Könnt ihr davon kein Bild machen?«

»Im Prinzip ja, aber du siehst kein Haar und das Gesicht grinst die ganze Zeit unendlich sanft – aber unter der aufgeputzten Schicht ist sie verachtend – versteht ihr. Das ist absolut ungeeignet für ein Fahndungsfoto.«

Bramert schob die DVD ins Laufwerk des Laptops. »Die Frau wirkt fast echt – die meisten hielten sie anscheinend für echt.«

Paul ging um den Tisch und stellte sich hinter Bramert. »Das, was man sieht, wirkt auf mich äußerst brauchbar«, war sein Kommentar.

»Hör ihr zu«, fauchte Bramert.

Sylvia eilte aus der Küche. Sie fragte erstaunt: »Und von der könnt ihr kein Bild machen?«

»Wir haben's versucht, aber da lässt sich nichts Verwertbares draus machen.«

Pauls Einwand: »Sie sagt, dass sie nirgendwo hingehen kann. Die Festnahme müsste ein Kinderspiel sein.«

Sylvia betrachtete Bramert forschend, denn Pauls Einwand war unwiderlegbar. Sie eilte zurück in die Küche, als sich Bramert mit seiner Erklärung Zeit ließ.

Er sprach laut. »Heuchelei wird als Wahrheit angeboten.«

»Ich würde sie jederzeit erkennen, weil mich das Gesicht fasziniert.«

»Wo und wie?«, wollte Bramert wissen. Er reichte Paul seine Karte. »Für alle Fälle – man weiß ja nie.«

Paul steckte die Karte in seine Geldbörse und setzte sich wieder. Er wischte einige Haare zusammen die Sylvia übersehen hatte und verschwand kurz in der Küche.

Sylvia, laut: »Wisst ihr, dass ich in Tripolis geboren wurde? Ich bin dort zuerst in die Schule gegangen. – Danach lebte ich bis zum Abitur in Kairo.«

»Bist du Araberin?«, fragte Paul.

»Wer weiß das schon? Immerhin ist der Große Revolutionsführer mein Pate.« Als Paul schwieg, fügte sie hinzu: »Solltest du je mein Schlafzimmer betreten dürfen, kannst du ein Ölgemälde sehen, wie er mir eine Medaille fürs beste Abitur umhängt – nach einer Fotografie mit dem ägyptischen Bildungsminister bei der Abifeier in Kairo.«

Bramert, stolz: »Ich hab's schon gesehen.«

Paul, widerborstig: »Wohin wirst du fliehen, wenn du mir den Garaus gemacht hast?«

Sylvia erwiderte weinerlich: »Wo soll ich nur hingehen? Soll ich mich von einem Gefängniswärter assimilieren lassen?« Der Spruch erregte zweistimmiges Männerlachen. Sylvia kam mit Tellern aus der Küche. Bramert verschwand darin. Paul wollte sich in das Geschehen einbringen und eilte ebenfalls hinaus.

Paul setzte den Schlussstein in dem Fall. Sechs Wochen nach dem Gespräch in Sylvias Wohnung zog er die mittlerweile lappige Karte aus seinem Geldbeutel. Der Herbst brachte die ersten kühlen Nächte. Paul war auf dem Weg zu den Sommernächten der Bahamas. Das Versprechen von heißblütigen Stränden lockte ihn. Außerdem wollte er sein Geld persönlich kennenlernen. Auf dem Frankfurter Flughafen schaute er verträumt einer schwarzen

Haarschleppe hinterher. Wegen der unwilligen Kinder an ihren Händen blickte er ihr nach. Irgendwie schaffte sie es, einen Rollkoffer mitzuziehen. Er beeilte sich, dass er ihr Profil sah. Er wollte unbedingt ihr Gesicht sehen. Es sah abgenützt aus, dieses Gesicht, sodass es an schlaffes Dauergrinsen erinnerte.

Er stellte sich an einen ruhigen Platz und wählte Bramerts Nummer.

»Ich höre.«

»Bramert, der fehlende Stein vom Hofermosaik geht soeben in Frankfurt durch die Passkontrolle.«

»Kennzeichen?«

»Dunkelbrauner Mantel, zwei Kinder, grauer Rollkoffer.«

»Tschau!«

Die Passagiere zum Flug in die Bahamas wurden aufgerufen. Paul reichte sein Ticket einer jungen Frau, die er gewinnend betrachtete. Sein Haar war so lang, wie sein Daumen dick war. Die Maschine hob, wegen einer atmosphärischen Störung im Luftraum, eine halbe Stunde verspätet ab.

Er strich sich halbwegs enttäuscht über den Schädel, weil er gegen sich selbst die Wette abgeschlossen hatte, dass die Frau entwischen werde. Da er bei dieser Wette nur verlieren konnte, nahm er sich vor, auf den Bahamas ein Haarstudio zu beehren.

Aus einem Telefongespräch mit Sylvia erfuhr er: »Auf dem Frankfurter Flughafen wollte ein nicht namentlich genannter Mann die Festnahme einer Frau verhindern. Er setzte auch nach mehrfacher Aufforderung seine Sonnenbrille nicht ab, verhielt sich provozierend, griff mit solcher Hast in seine Jacke, zog die Faust zurück. Eine Kugel aus einer Pistole der Bundespolizei traf ihn in die Stirn. Seine Jacke beulte eine Pistole, die Faust umklammerte einen BND-Dienstausweis.«

So stellte eine kaum sichtbare Pressemitteilung das unerwartete Hinscheiden des *Agent Smith* in geglätteter Version dar.

ENDE

Weitere Krimis finden Sie auf den folgenden Seiten und im Internet:

WWW.GMEINER-SPANNUNG.DE

STEFAN SCHWEIZER
Goldener Schuss

978-3-8392-1688-0 (Paperback)
978-3-8392-4653-5 (pdf)
978-3-8392-4652-8 (epub)

»Privatdetektiv Enzo Denz ermittelt im Rocker-Milieu vom Allgäu bis an den Bodensee.«

Privatdetektiv Enzo Denz erhält von dem türkischen Unternehmer Mehmet Gül den Auftrag, dessen untergetauchte Tochter zu suchen. Er findet Canan in der Ravensburger Szenekneipe ›Räuberpistole‹. Aber sie ist tot! Gestorben an einem »Goldenen Schuss«. Für Denz weisen alle Indizien auf Mord hin. Ein Abgrund aus Drogen- und Menschenhandel tut sich auf …

GMEINER SPANNUNG

WWW.GMEINER-VERLAG.DE
Wir machen's spannend

MICHAEL BOENKE
Kässpätzlesexitus

978-3-8392-1662-0 (Paperback)
978-3-8392-4601-6 (pdf)
978-3-8392-4600-9 (epub)

»Ein skurril-heiterer Schwabenkrimi mit sprachlichen Finessen und vielen Bezügen zur regionalen Küche.«

Das heitere Kässpätzleswettessen in sommerlich oberschwäbischer Idylle nimmt ein jähes Ende: Eine tote Mitesserin – erstickt am schwäbischen Gaumenschmaus. Ein Unfall, so ergeben es die Untersuchungen. Dann gibt es eine zweite Tote, gegart im Dampf des Pasteurschranks einer oberschwäbischen Brauerei. Und wiederum heißt es: ein tragischer Unfall. Daniel Bönle, mittlerweile Hausmann, wird in die skurrilen Ereignisse hineingezogen. Seine Ermittlungen führen ihn auch wieder ins geheimnisvolle Ried …

MANFRED BOMM
Lauschkommando

978-3-8392-1663-7 (Paperback)
978-3-8392-4603-0 (pdf)
978-3-8392-4602-3 (epub)

»August Häberle dringt mit seinem 15. Fall ins Spionagenetz des amerikanischen Geheimdienstes (NSA) ein.«

Die Frau eines global tätigen Bankers wird in ihrem Haus auf der Schwäbischen Alb ermordet. Es stellt sich heraus, dass ihr Mann Ziel von Lauschangriffen des US-Geheimdienstes NSA war. Kommissar August Häberle muss erkennen, dass sich die Agenten auch für ein Ulmer Forschungsinstitut interessiert haben. Gleichzeitig dringt ein junger Computerexperte in das Netzwerk italienischer Waffenhändler ein und stößt dabei auf das geheime Spionage-Doppelleben seines eigenen Vaters …

GMEINER SPANNUNG

WWW.GMEINER-VERLAG.DE
Wir machen's spannend

UDO WIECZOREK
Nachthall

978-3-8392-1702-3 (Paperback)
978-3-8392-4681-8 (pdf)
978-3-8392-4680-1 (epub)

»Geologin Ehrnsteiner und Kommissar Ruckgaber ermitteln im ersten Krimi von Udo Wieczorek in und unter Blaubeuren. Eine unheimlich finstere Höhlenjagd.«

Kurz vor dem Einmarsch der Amerikaner 1945 in Ulm entsorgt eine Seilschaft um Maximilian Ströttner verräterische Altlasten in einem Steinbruch bei Blaubeuren. 35 Jahre später strengt ein Höhlenverein in unmittelbarer Nähe eine Grabung an. Die junge Höhlenforscherin und Geologin Doris Ehrnsteiner ist Ströttner schnell auf der Spur und fördert weitere Ungereimtheiten zutage. Gemeinsam mit Oberkommissar Ruckgaber, versucht sie, die Rätsel um Ströttner zu lösen. Dabei macht sie eine entsetzliche Entdeckung …

Das Neueste aus der Gmeiner-Bibliothek

Unsere Lesermagazine

Bestellen Sie das kostenlose KrimiJournal in Ihrer Buchhandlung oder unter www.gmeiner-verlag.de

Informieren Sie sich …

www … auf unserer Homepage:
www.gmeiner-verlag.de

@ … über unseren Newsletter:
Melden Sie sich für unseren Newsletter an unter www.gmeiner-verlag.de/newsletter

f … werden Sie Fan auf Facebook:
www.facebook.com/gmeiner.verlag

Mitmachen und gewinnen!

Schicken Sie uns Ihre Meinung zu unseren Büchern per Mail an gewinnspiel@gmeiner-verlag.de und nehmen Sie automatisch an unserem Jahresgewinnspiel mit »mörderisch guten« Preisen teil!

GMEINER SPANNUNG

WWW.GMEINER-VERLAG.D
Wir machen's spannen